NARRATIVA

896

Asha Lemmie

# LA RAGAZZA CHE SOGNAVA HEMINGWAY

Romanzo

TRADUZIONE DI
ANNA RICCI

NORD

Titolo originale
*The Wildest Sun*

ISBN 978-88-429-3579-7



In copertina: immagini © Trevillion Images; Shutterstock
Progetto grafico di labiancavolta

# LA RAGAZZA CHE SOGNAVA HEMINGWAY

*A Oliver*

Nessuno può farti sentire inferiore
senza il tuo consenso.

ELEANOR ROOSEVELT

# PRELUDIO

## *Delphine*

### PARIGI, FRANCIA, SETTEMBRE 1945

Il calore di cento fiammelle m'investe, e in questo istante mi sento pura come oro zecchino. Tengo le palpebre serrate, la testa bassa. Qui, in questa piccola cappella, sono in ginocchio davanti all'altare pieno di candele. È una delle lunghe ore grigie tra la mezzanotte e l'alba, e Parigi è immersa in un sonno profondo, le sue luci splendono di nuovo ora che la guerra è stata vinta.

Starei dormendo anch'io, se non avessi ucciso una donna.

Madre Bernadette - un tempo nota come Louise de Valence - dice che solo la fede nella preghiera e un pentimento sincero possono salvare la mia anima. Insiste su quanto sia necessaria l'umiltà. È facile per lei: parliamo di una donna nata con una grande bellezza e nel benessere, e che ha gettato entrambi nel fango per diventare una sposa di Cristo. Per me, invece, l'umiltà non è qualcosa di spontaneo. Sono la figlia di un padre orgoglioso e di una madre meravigliosamente vanitosa. Sono una ragazza che ha sempre saputo di essere destinata a qualcosa di grande, e lo otterrò a qualsiasi costo.

Giocherello col rosario che ho preso in prestito. Maman voleva che ricevessi una buona istruzione, così mi ha affidata fin da piccola alle suore dell'Académie de Sainte Geneviève, sotto l'occhio vigile della madre superiora, la sua carissima amica d'infanzia Louise. Non importava se non potevamo permetterci la retta, se nel corso degli anni avevamo esaurito tutto il denaro di famiglia di maman, se avevamo solo un tetto sulla testa, cimeli che lei era troppo orgogliosa per vendere e un buon nome offuscato dalle voci che giravano sulla mia procreazione.

Louise sosteneva che dovevo avere l'opportunità d'imparare. La chiamava carità cristiana. Era gentile, paziente e molto attenta con me, e io la odiavo quasi tanto quanto le volevo bene. Un atteggiamento infantile da parte mia, ma non potevo farci niente. Il mio orgoglio non lo tollerava. La collera, rapida e letale, ribolliva dentro di me ogni volta che mi puntava addosso quel suo sorriso sereno.

Mi pianto nel palmo della mano un lato affilato del crocifisso d'avorio appeso al rosario e capisco che la mia rabbia, alla fine, mi ha distrutta.

Non esiste possibilità di perdono per ciò che ho fatto. Non stavolta.

Non potrò guardare maman negli occhi azzurri come fiordalisi e chiederle scusa. Non potrò andare a scuola, nelle prossime settimane, a sonnecchiare durante le lezioni di latino e a mescolarmi con le compagne di classe che non mi apprezzano affatto però sono troppo educate per dirlo apertamente. Non potrò passeggiare sulla Rive Gauche della Senna e acquistare libri dagli ambulanti per leggerli il giorno stesso coi piedi penzoloni sull'acqua.

La città in cui sono nata è più viva che mai, animata da una gioia delirante, risorge dalle ceneri come una fenice che si alza in volo, eppure io l'ho persa per sempre. L'ho avuta per tutta la vita, e perfino durante i duri anni infelici della guerra le sono stata grata. Non so più chi sono, senza Parigi.

Quando mi alzerò da terra, abbandonerò per sempre la ragazza che ero.

Poggio la testa sul pavimento freddo e mormoro la mia ultima confessione.

«*Mon Dieu*», dico in tono pietoso. Ho la voce rotta dal pianto, ma non ho più lacrime da versare. «Ero invidiosa. Sono stata sciocca, arrogante, e la odiavo per la sua debolezza, oltre che per la sua bellezza e per il suo fascino così assoluto.» Affondo di più il crocifisso. La mia voce diventa un sussurro così flebile che io stessa faccio fatica a sentirla. «Volevo tanto... volevo che tutti amassero me come amavano lei, nonostante i fallimenti. Volevo che lei mi amasse.»

Il buio mi danza davanti. Sento il viso in fiamme, ancora rovente di vergogna.

«Non voglio essere la seconda... l'eterna medaglia d'argento», piagnucolo.

M'infilo un pugno in bocca per attutire le mie grida disperate. Non posso crollare, non di nuovo. Ho passato più di una settimana a letto, scossa da singhiozzi che sembravano volermi spezzare in due, rifiutando il cibo, l'acqua, perfino di dormire perché sarebbe stato un sollievo dal dolore.

Non ho il diritto di concedermelo ancora.

Adesso dovrò andare avanti con quel briciolo di sicurezza necessario per passare da un giorno all'altro. Non devo fermarmi. Sono dannata, ma adesso sono libera, e devo andare a cercarlo.

Mi alzo lentamente: ho braccia e gambe indolenzite, la testa pesante. Accendo una candela per la sua anima e spero che esista davvero il Dio cui non ho mai prestato troppa attenzione, in modo che lei possa trovare la pace che, crudele, l'ha abbandonata nel mondo terreno.

Lascio andare il rosario, volto le spalle alle luci tremolanti e mi avvio a passo lento verso la mia stanza.

Tra qualche ora le sorelle si sveglieranno per la preghiera del mattino. Raduno i miei pochi averi, poi mi siedo alla piccola scrivania e scrivo un biglietto.

Mi trema la mano, anche se ho deciso da giorni cosa dire.

Mentre scrivo, infatti, la mia mente è già altrove, è scivolata fuori dalla finestra socchiusa come un passero spensierato. Vedo l'oceano che attraverserò scintillare alla luce della luna, e vedo gli edifici imponenti dell'America. Vedo quegli occhi castani così dolci, le sue labbra incurvate in un sorriso. Se mi sforzo con tutta me stessa, riesco perfino a immaginare la luce che si accenderà nei nostri occhi quando ci riconosceremo, e proverò ancora una volta la felicità effimera di uno stolto che vola troppo vicino al sole.

*Carissima madre Bernadette,*

*o Louise, come ti chiamava la mia adorata mamma. Mi dispiace tanto andare via così, non ho avuto il coraggio di comportarmi diversamente. Grazie per tutto ciò che hai fatto per me. Mi dispiace tanto deluderti, ma c'è qualcosa che devo trovare.*

*Non devi angosciarti per la mia anima. Non c'è nulla che tu possa fare.*

*Ti scriverò, non tornerò mai più. Sai già il perché. Ti voglio bene e vorrei tanto poter restare, però non è questo il mio destino. Ho prelevato dalla tua stanza il denaro che maman ti ha affidato. Mi ha detto che te l'ha consegnato in modo che tu potessi custodirlo per me quand'ero piccola: era l'ultima parte della sua eredità, così non avrebbe potuto sprecarla lasciandomi nell'indigenza. So che non volevi ancora darmelo, ma adesso ne ho bisogno.*

*Una volta mi hai detto che pensavi che Dio avesse grandi piani per me, però, dal momento che non mi fido dei Suoi piani, ho deciso di dedicarmi a un mio grande progetto.*

*Vado a cercare mio padre.*

*Con tutto l'affetto,*

*Delphine Violette Auber Hemingway*

# PARTE PRIMA

# 1

## *Virgo terrae*

HARLEM, NEW YORK, OTTOBRE 1945

A cinque anni ho imparato a far girare mia madre su un fianco in modo che non soffocasse col vomito. Ho imparato a poggiarle un panno fresco e umido sulle guance arrossate e convincerla a bere dell'acqua. Ho imparato che un goccio di vino bianco ghiacciato la faceva scivolare giù con dolcezza, senza lo schianto terribile che la gettava a terra, tremante e in preda agli spasmi. A nove anni sapevo fare un Martini dry perfetto, ed ero felicissima ogni volta che vedevo lo sguardo di maman illuminarsi. Se aspettavo il momento in cui diventava dell'umore giusto, mi lasciava sedermi tra le sue gambe, mi faceva le trecce e cantava. Se la imploravo, emetteva una risata cristallina e mi raccontava di quand'era ragazza ed era una delle giovani socialite più promettenti di tutta la Francia. Aveva molte conoscenze altolocate e sperava di diventare una poetessa famosa, autrice di versi che l'avrebbero resa immortale. I genitori desideravano per lei un buon matrimonio, e Dio sa che avrebbe potuto averlo – l'incarnato roseo, i folti riccioli neri, il fisico snello e i luminosi occhi azzurri erano il sogno di ogni pittore –, eppure era stato uno scrittore americano a farle girare la testa, ed era stato la sua salvezza e la sua rovina.

Conosco a memoria la storia, la so ripercorrere avanti e indietro. Conosco meglio il passato di mia madre che me stessa.

Quando maman ha conosciuto Hemingway, è stato un colpo di fulmine.

L'ha incontrato per la prima volta in un bar, il Dingo, dove sono stati presentati dal suo americano preferito che era giunto a Parigi vent'anni prima, uno scrittore che lei chiamava « il carissimo Fitzy ». È stata l'amante di mio padre per due anni, e lui la chiamava il suo *tournesol*, il suo girasole. Le diceva pure che le sue poesie erano banali, e litigavano furiosamente, ma lei non sapeva mai dirgli di no.

Lui ha mantenuto la promessa di lasciare la moglie, anche se non per lei.

« Avrei quasi potuto sopportare se fosse rimasto con quell'inutile donna. Dopotutto lei è arrivata prima, e poi avevano quel bambino adorabile. In un certo senso, lei aveva più diritti di me. Però essere abbandonata per quel *mostro* di un terrier moribondo... è stato intollerabile. Mi ha voltato le spalle per mettere un anello al dito di quella volgare sgualdrina », si lamentava, le guance arrossate, lo sguardo afflitto. Si asciugava lacrime invisibili. « Almeno mi sei rimasta tu. *Ma belle Delphine. Mon ange* », sospirava poi.

Sono nata l'11 gennaio del 1929. Una volta entrata nella vita di mia madre, lui ne era già uscito: era tornato in America con la seconda moglie.

Louise mi ha raccontato che, dopo la sua partenza, lei ha cominciato a bere molto di più e che la malinconia sempre presente l'ha afferrata dopo che i suoi genitori l'hanno ripudiata per essere rimasta incinta. Non serviva che me lo dicesse.

L'avevo sempre saputo, ma non mi ero mai concessa di rimuginarci sopra. Non mi sono mai autocommiserata né ho mai desiderato che le cose andassero in modo diverso. Mia madre aveva bisogno di me, non c'era spazio per l'indulgenza.

Adesso che sono da sola, però, in questa frenetica città straniera, ho fin troppo tempo a disposizione per pensare. E penso sia un vero peccato che, quand'è arrivato il momento di ereditare qualcosa da mia madre, di lei non sia rimasto quasi più nulla.

Dalle assi del pavimento sotto di me arriva il profumo di pollo fritto. È un odore nuovo per me, ma mi accorgo che ne sono diventata dipendente in pochissimo tempo.

Vivo in una stanzetta sopra un ristorante, il Blue's. I proprietari sono vecchi amici di maman, un uomo di colore di nome Joseph LaBere, che tutti chiamano Blue, e la moglie Delia.

Prima di venire a stare qui, lo avevo visto solo quattro o cinque volte durante i suoi rari passaggi a Parigi. L'ho sempre trovato bellissimo: alto, con la pelle color bronzo, i capelli mossi tenuti in ordine col gel, e gli occhi vivaci e maliziosi. È originario della Louisiana e parla un ottimo francese, visto che ha vissuto a Parigi quando aveva vent'anni. Sua moglie padroneggia la lingua alla perfezione. Anche se è proprio la lingua che abbiamo in comune il motivo per cui ho deciso di scrivere a lui qualche settimana fa, implorandolo di aiutarmi a trovare una sistemazione in America, è vero pure che lui è il mio preferito nella cerchia degli amici di mia madre rimasti. Se dovessi gettare al vento la dignità e buttarmi ai piedi di uno di loro, vorrei che fosse lui.

Credo che lui e mia madre siano quasi stati amanti, ma lei mi ha raccontato che lo ha visto correre dietro a ogni gonnella nei locali jazz prima di conoscere sua moglie, mentre lei stava aspettando l'amore travolgente che non sono sicura abbia mai trovato.

« Delphine! Vieni a prendere qualcosa per cena », grida Delia dal fondo della scala sgangherata.

Sto per risponderle che mi serve un momento per rendermi presentabile.

Ho il vestito spiegazzato, i capelli sporchi e spettinati. Ho passato tutta la giornata seduta alla scrivania davanti all'unica finestra a scarabocchiare le assurdità che sto tentando di plasmare nella forma di un libro vero.

Mi chiedo se non sia il caso di cambiarmi i vestiti, poi mi viene in mente che ho rinunciato a ogni forma di vanità e decido di lavarmi solo le mani per pulirle dall'inchiostro prima di scendere. Rischio la vita ogni volta che faccio queste scale.

Il ristorante è chiuso - il giovedì sera la chiusura è anticipata - e la sala da pranzo vuota ha un'aria lugubre. Quand'è aperto è sempre pieno, un luogo affollato, rumoroso e allegro.

È stata Delia ad arredarlo, con mobili semplici e puliti e una magnolia bianca in un vasetto su ogni tavolo. Le finestre sono ampie, ad arco, quindi l'ambiente non è mai soffocante benché sia piccolo. Ha appeso alle pareti alcuni suoi disegni, paesaggi dell'infanzia: salici, battelli a vapore e persone che si rilassano sul lungomare con indosso gli abiti della domenica.

La villetta di Blue e Delia è dall'altra parte della strada. Mi hanno offerto di andare a stare da loro, ma ho preferito prendere il piccolo appartamento sopra la cucina del ristorante, un tempo occupato dal cuoco. Mi piace avere un po' di privacy, soprattutto qui non posso dimenticare di essere in esilio. Come potrei farlo? Sono tormentata dalla vergogna e non faccio che lanciarmi occhiate alle spalle. Le acque profonde dell'oceano che ho attraversato non sono bastate a lavare via il sangue dalle mie mani.

Quando mi vede, Delia sorride, e tendo le braccia per accettare il piatto colmo di gamberi e semolino. Con le presine blu a scacchi tiene una pentola con dentro qualcosa di verde; credo sia gombo, che ha un sapore abbastanza inquietante.

« Ho già portato via il resto, questo è l'ultimo avanzo », dice col suo elegante accento del Sud. È una donna alta, bellissima, con una carnagione chiara, lunghi riccioli morbidi e occhi nocciola. Viene definita creola, e ha frequentato un'università femminile in Québec dove ha studiato arte a vent'anni. Sembra avere ancora quell'età, e gliel'ho detto la prima volta che l'ho vista; lei ha ridacchiato e mi ha risposto che potevo avere tutti i dolci che volevo per tutto il tempo in cui mi fossi trattenuta lì.

È molto gentile, e per me non è facile restare dietro la linea della gratitudine per la sua ospitalità e mantenere le distanze. Ha quel genere di sguardo che ti fa venir voglia di raccontarle la verità.

Attraversiamo la strada e andiamo a casa loro. Il cane che hanno, un Jack Russell di nome Babette, mi annusa le caviglie quando entro.

Blue è seduto alla tavola da pranzo ben apparecchiata e legge il giornale. Le briciole sul suo piatto dicono che non ci ha aspettate per cominciare a mangiare i crostini.

« Joseph! » lo sgrida Delia, e sentendosi chiamare col suo vero nome lui solleva lo sguardo e sorride. Ha una vanità sfrontata che in qualche modo lo rende adorabile.

« Non arrabbiarti, moglie. Sei troppo carina per mettere il broncio. »

« Ti avevo detto di aspettarci! »

Chino la testa per nascondere un sorriso e scivolo sulla sedia. Comincio il gioco che faccio sempre con me stessa: osservo gli oggetti nella stanza e cerco di farmi venire in mente come si chiamano in inglese, non in francese. Il mio inglese migliora. Ne capisco un po', ma mi vergogno a parlare, il che significa che non mi esercito quanto dovrei.

Maman mi ha insegnato un po' dell'inglese che ha imparato da tutti i suoi amici americani e inglesi dei vecchi tempi: una delle poche cose utili che abbia mai fatto. Diceva che un giorno mi sarebbe servito per trovare un buon lavoro.

« Potresti fare l'insegnante, oppure l'agente di viaggio. Voglio fare in modo che tu abbia più opportunità di me. Non puoi dipendere da un uomo, tesoro mio. Dio non li ha fatti per questo », diceva.

Mi raccontava che mio padre non si era mai preso la briga d'imparare più di qualche parola base di francese: si limitava a indicare, aspettandosi che gli altri lo capissero. « Pensava che la gente poteva sempre imparare a parlare con lui, se voleva dirgli qualcosa d'importante », mi diceva. La prima moglie parlava molto bene; lui faceva affidamento su di lei, e poi, più avanti, su mia madre. « Non avrei dovuto permetterglielo », sospirava.

Il suo sorriso pentito mi passa davanti agli occhi, e lo scaccio sbattendo le palpebre.

Delia è ancora irritata mentre mi mette il cibo nel piatto. Ieri sera abbiamo mangiato una zuppa così piccante da farmi male alla gola, poi ho preso due fette di crostata di more.

Le gonne mi vanno più strette. Delia è una cuoca sopraffina e non ho mai mangiato così bene. Maman non metteva quasi mai mano ai fornelli, se non per accendersi le sigarette. Mangiavamo nei café se aveva dei soldi, oppure io preparavo uno stufato con ciò che riuscivo a trovare, e non c'era molto a disposizione negli anni di guerra. Di solito erano acciughe in scatola servite con pane raffermo.

Non abbiamo mai usato l'elegante tavolo da pranzo che maman aveva ereditato da sua madre. Lo evitava come se fosse un cimelio recuperato dalla tomba di una mummia. Non le piaceva parlare dei genitori: quando le facevo domande, sembrava si vergognasse.

« Non riesco a capire perché non puoi aspettare. Almeno hai reso grazie? » continua Delia, lisciando la tovaglia prima di accomodarsi di fronte al marito.

Lui si stringe nelle spalle. « Dio sa cosa penso di Lui. »

Lei borbotta qualcosa in inglese che non capisco. Di solito in mia presenza parlano francese per non farmi sentire esclusa.

« Se tu riparassi il forno nella nostra cucina, non sarei costretta a preparare i nostri pasti al ristorante. »

Lui ridacchia. « Il prossimo fine settimana. »

Inarco le sopracciglia. Mi ricorda mia madre ogni volta che giurava che avrebbe fatto il bucato, mi avrebbe comprato dei vestiti per andare a scuola o mi avrebbe portato ad Antibes... come se il nostro bellissimo castello di famiglia non fosse stato venduto anni prima per pagare i debiti. Capisco perché andavano così d'accordo. Entrambi erano dei veri incantatori.

Delia è scettica come me, ma lascia correre. Mi guarda scuotendo il capo, quasi a volersi lamentare di quanto lo ama.

Ho voglia di dirle che almeno lui l'ha sposata ed è qui con lei, che non l'ha abbandonata con una figlia deludente e l'anima distrutta. È un uomo che mantiene la parola. Ha costruito il ristorante perché era il sogno di Delia, anche se ha dato il suo nome al locale. Ho voglia di dirle che sarebbe peggio se non fosse solo vanitoso, perché è evidente che ha occhi soltanto per lei.

Invece prendo un boccone di cibo e non dico nulla.

Blue chiacchiera delle vicende del vicinato per un po': matrimoni e scandali, nascite e morti. Dice che la figlia del pastore è stata vista con un ragazzo bianco e che per una settimana non riuscirà a sedersi comoda dopo la ripassata che le ha dato il padre. So che in America le razze non devono mescolarsi – maman mi ha spiegato che qui esistono teorie un tantino folli a proposito del colore della pelle delle persone – e quando sono arrivata Blue mi ha avvisata di stare alla larga dai ragazzi del quartiere a meno di non voler finire nei guai.

Un tempo l'avrei considerata una sfida. Adesso invece penso di avere già abbastanza problemi così.

Mi guarda. « Hai un fidanzato in Francia, mia cara? »

Non riesco a evitare di richiamare alla mente l'immagine di un sorriso timido, anche se lui non è mai stato altro che una vana speranza per me.

Mi pizzico l'interno del palmo sotto il tavolo per impedirmi di scivolare nel passato. Vi affonderei come nelle sabbie mobili, da cui non uscirei mai più. Sento i polmoni contrarsi, l'aria nella stanza che si fa sempre più impalpabile.

« No. »

Delia interviene: « Non si fanno queste domande a una signorina: rischi di metterla in imbarazzo ».

Lui schiocca la lingua. « La conosco da quand'era bambina, sua madre è come una parente per me. Non ha senso che si vergogni di parlarmene. »

Sento le orecchie andare in fiamme, ma la vergogna non c'entra niente. È perché so cosa sta per chiedermi, e mi preparo a mentirgli. Sono un'ottima bugiarda, il che un tempo mi dava grande soddisfazione, adesso però provo solo un tetro disprezzo verso questa mia abilità. Mi è necessaria e la userò senza esitare e senza sensi di colpa, ma non sento più nessun piacere nel farlo.

« Allora, come sta tua madre? L'hai sentita, di recente? »

Incredibilmente, sorrido senza il minimo sforzo. Ho bei denti: è una delle mie caratteristiche migliori, e li faccio brillare. « Sta bene. È a Cannes, mi sembra di avervelo detto se non erro. È ospite di sua cugina. Dice che ha ripreso a scrivere poesie.» Tiro fuori la lettera piegata dalla tasca come un mago che estrae un coniglio da un cilindro. «Ho un'altra lettera da parte sua, è per te.»

È falsa, ovviamente.

Ho falsificato la firma di mia madre, e poi la scrittura, per anni. Altrimenti come avrei fatto a mandare la prima lettera a Blue, col suo nome, pregandolo di prendersi cura di sua figlia mentre lei era in convalescenza per la cirrosi? La lettera che gli avevo scritto dopo, con la mia grafia, era stata il tocco finale. Sapevo che non avrebbe detto di no a mia madre. Mio padre è l'unico che lo abbia mai fatto.

Blue la prende e la apre subito.

Delia si protende in avanti. È troppo sicura di sé per essere gelosa; il suo gesto è dettato solo dalla curiosità. «Allora?»

Lui la scorre con una rapida occhiata. Non mi sono dilungata: le bugie brevi sono più facili da ricordare.

«Sembra stia meglio. Scrive che l'aria fresca le sta facendo bene», dice, e sembra sollevato.

Delia annuisce e mi guarda. «Be', fai sapere a tua madre che qui sei ben nutrita, e che preferisco allargarti i vestiti che smettere di cucinare.»

«Glielo dirò, certo», rispondo, falsa come Giuda.

Più tardi, quella sera, sono in ginocchio sulle assi di legno, rivolta verso l'unica finestra. Non sono in una cattedrale e non ci sono vetrate istoriate con le rappresentazioni delle vite dei santi. La luce arancione che mi accarezza proviene dai lampioni. Si sente un gatto miagolare, e mi piacerebbe tanto avere un balcone come a casa, così da poter uscire e miagolare anch'io.

Non sto pregando, ho solo scoperto di riuscire a pensare

molto meglio, quando sono in quella posizione. Per qualche momento riesco a radunare i pensieri sfuggenti e a trattenerli nelle mani.

Distesa davanti a me c'è la risposta di Louise al biglietto che le ho lasciato.

*Cara Delphine,*

*non posso approvare ciò che hai fatto. Sei troppo giovane per vivere da sola. Ti chiederei come ci sei riuscita, ma so già che non mi diresti la verità. So che un tempo tua madre frequentava molte persone e sono certa che avrai trovato il modo di sfruttare le compagnie discutibili con le quali s'intratteneva e la sua continua necessità di sentirsi amata. Devo dirti di tornare a casa, anche se dubito che mi darai ascolto. Dovresti stare qui, con me, sotto la protezione delle sorelle. Ne abbiamo parlato. Abbiamo pregato insieme per questo, no? Credevo avessimo concordato che saresti rimasta qui e che avresti completato la tua formazione. Dici che vuoi fare la scrittrice, e come potrai scrivere se non impari a dominare i pensieri?*

*Ti sprono ad abbandonare il folle piano d'inseguire un uomo che potrebbe anche non essere nessuno per te. So cosa ti diceva sempre tua madre, ma, che Dio la benedica, era una donna malata.*

*Non ti biasimo per averle dato ascolto: eri una bambina che si aggrappava a una favola, in cerca di consolazione e di una via di fuga da un mondo difficile.*

*Adesso però sei una giovane donna. Devi chiedere a te stessa se ne valga davvero la pena. Renditi umile nella preghiera, e Dio ti guiderà.*

*Anch'io ho seguito un percorso che nessuno capiva. Non posso ergermi a tuo giudice, Delphine.*

*Pregherò perché tu sia sana nel corpo e nell'anima, che non è né mai sarà impossibile da salvare.*

*Louise*

Appallottolo il foglio e lo getto nel cestino della spazzatura. Non voglio soffermarmi troppo sulla situazione della mia anima, in questo momento; non voglio essere tormentata dall'introspezione. Ma soprattutto non posso prendere in considerazione l'eventualità di stare sbagliando.

Mi alzo e vado verso lo specchio a figura intera. Con delicatezza mi sfilo la camicia dalle spalle e me la lascio cadere ai piedi. Mentre scruto la mia nudità, mi sento invadere dalla consueta delusione.

Sono di altezza media, ma allampanata come una persona molto più alta di me, con braccia e gambe magre che stonano sulla figura. Almeno per il momento sono piatta come un'asse. Ho la pelle olivastra, gli occhi grandi, la bocca stretta e un naso piccolo e dritto che è l'unica parte di me che mi piaccia. I miei occhi hanno la più banale sfumatura di marrone, i capelli sono della stessa tonalità. Sono proprio i capelli la cosa che odio di più, perché sono davvero troppo, troppo sottili. Nessun prodotto al mondo riesce a tenerli in piega per più di qualche ora. Adesso li porto tagliati appena sotto il mento. Cerco di arricciarli, però è praticamente impossibile.

Maman aveva capelli mossi e folti, ramati come la criniera di un leone, che le scendevano lungo la schiena. Non ha mai voluto tagliarli – li arricciava e li teneva in una retina – anche quando la moda degli anni '20 richiedeva capelli corti come quelli dei ragazzi. Dice che è stato uno dei motivi per cui mio padre l'ha notata. Era una donna molto più alta della media, magra ma dotata di proporzioni perfette. Emanava fascino parigino da ogni poro, come un profumo dolcissimo.

Ogni volta che veniva a prendermi a scuola, nei rari giorni in cui si sentiva abbastanza bene, le altre ragazze si fermavano a fissarci. I loro visi si accendevano, esprimendo la stessa domanda: Lei *è tua madre?*

È stato così che ho capito di non essere bella.

Quando stava bene, mi leggeva le favole di Perrault oppure qualche mito greco in cui una ninfa si trasformava in un albero per sfuggire alle smanie di Apollo. Ho sempre immaginato lei come una ninfa e me come l'albero.

Ormai non mi lamento più da molto tempo della mia scarsa somiglianza con lei; è diventato un semplice dato di fatto. Non ha senso rimuginarci su. È solo l'ennesima cosa che avrei dovuto ereditare, ma non ho avuto.

Ho i tratti di mio padre: occhi e capelli scuri, mento volitivo. E spero di avere il suo stesso dono. Spero che quando mi guarderà vedrà sua figlia, e che leggendo ciò che ho scritto vedrà qualcosa di ancora migliore: una sua pari.

Mi copro.

Se andassi adesso da lui, vedrebbe solo una straniera che non sa una parola d'inglese, ordinaria, come un dente di leone. Non avrebbe nessun motivo di credermi. Maman non gli ha mai detto della mia esistenza.

Chissà con quante donne sarà andato a letto? È alla terza moglie, ora: non è nemmeno la donna per cui ha lasciato mia madre, ma un'altra ancora. Immagino tutte le sue conquiste come tessere del domino, ciascuna che scivola placida verso la successiva. Maman mi ha detto che lui ha il cuore largo come il mare, e allo stesso tempo profondo come una pozzanghera. Il suo amore è stato tanto generoso quanto amaro.

Mi distendo sul letto e punto lo sguardo verso le fessure

del soffitto. Il sonno striscia verso di me, ma svanisce in continuazione.

La determinazione a trovarlo è l'unico legame che mi sia rimasto col mondo fisico. Divampa dentro di me come un sole tutto mio. Finché esiste, non posso morire... anche se sono rimasta senza cuore, senza sangue, senza anima. Non posso morire.

Mi ha tenuta al sicuro per tutta l'infanzia. Mi ha dato la forza d'implorare, di rubare, di abbandonare.

Per questo non prendo nemmeno in considerazione l'eventualità che lui possa non volermi.

Dico a me stessa che mio padre mi aspetta da tutta la vita, anche se non lo sa ancora. Ha tre figli, tre maschi. Sono sicura che sono intelligenti e bellissimi, sono sicura che li adora e che loro gli sono devoti. Forse sono anche talentuosi e ambiziosi.

Io però sono sua figlia. E sarò migliore di tutti loro.

Perché ho pagato il prezzo più alto, è certo.

# 2

## *Lucciola*

HARLEM, NEW YORK, NOVEMBRE 1945

Delia insiste perché m'iscriva a scuola: è ferocemente orgogliosa della propria istruzione, una rarità tra le donne a prescindere dalla razza. Se anche volessi farlo, e non voglio, non parlo un inglese abbastanza fluido. Blue mi ha presa a lavorare come cameriera, e per me va bene. Capisco abbastanza da prendere le ordinazioni, e a quanto pare alla gente piace il mio accento. Le altre ragazze che lavorano qui sono sempre pronte a darmi una mano, se le cerco con lo sguardo.

Parlo ogni giorno meglio, e sono orgogliosa della mia innata capacità di memorizzare informazioni. A scuola avevo buoni voti e so di non essere una stupida. Mi dedicherò a questo compito e non mi fermerò finché non avrò finito. Se voglio scrivere in inglese, con uno stile elegante, devo impegnarmi davvero tanto.

« Perché non segui dei corsi serali? » mi chiede Delia una mattina mentre sediamo nel loro soggiorno luminoso, pieno di sole. Le pareti sono ricoperte delle sue opere d'arte e le poltrone color porpora sono eleganti ma comode. In sottofondo suona Duke Ellington, e per un attimo mi sento di nuovo a casa. Sono cresciuta ascoltando questa musica. Vedo mia madre come se fosse davanti a me, che balla in salotto cercando di coinvolgermi. « Hai due piedi sinistri, *mon Dieu*, Delphine! Attenta. Guardami, fai così. »

Delia sorride notando la mia espressione. « A cosa pensi? » Ha in mano ago e filo e sta ricucendo uno strappo in un mio vestito.

« A niente. Solo che non posso permettermi di pagare le lezioni. Non potrei imparare l'inglese solo parlando con voi? » mi affretto a rispondere.

Scrolla le spalle. « Be', non vuoi fare la scrittrice? »

« Io *sono* una scrittrice », rispondo con un tono un po' più petulante del previsto. Scrivo idee per romanzi almeno una volta al mese e le firmo col mio vero nome a caratteri cubitali: DELPHINE HEMINGWAY. Un giorno tutto il mondo lo saprà.

Lei resta imperturbabile. « Forse potresti prendere lezioni in qualche chiesa. Potrebbero essere gratis o molto economiche. »

Avrei voglia di oppormi all'idea di accettare della beneficenza, poi ricordo dove sono.

Ho ricevuto un'istruzione per beneficenza. Il letto in cui dormo, il cibo che mangio, perfino il brutto vestito scolorito che Delia sta rammendando perché non posso permettermi di comprare abiti nuovi. Devo proteggere i miei averi come un vecchio taccagno.

Non posso permettermi nemmeno di essere orgogliosa. Non è una novità, per me, eppure continuo a scalciare come un cavallo testardo che non vuole farsi domare.

Sento le orecchie andare a fuoco. « Ah, ecco. Prendono anche francofoni? Non sono quasi tutti italiani quelli che arrivano qui? »

« Arriva gente da tutto il mondo. È un grande Paese per i bianchi, qui possono diventare tutto ciò che desiderano », mi corregge.

La guardo stupita. « Vale solo per loro? »

Arriccia il naso. « Be', a New York potrei gestire una mia impresa, e i membri di questa comunità si sostengono sempre a vicenda. Questo è il posto migliore per noi, non me ne viene in mente nessun altro che regga il confronto. Per quanto ami casa mia, dovrebbero legarmi mani e piedi per riportarmi nel Sud, e Blue è d'accordo con me. New York è forse il posto che più si avvicina al sogno americano, per noi... ma è pur sempre l'America. Non è per tutti », aggiunge con una risatina amara.

« Non capisco. Mi sembra un gran polverone per nulla », dico in tutta sincerità.

Lei mi rivolge lo stesso sguardo che ho visto negli occhi di Louise tante volte: la dolce condiscendenza di una donna più grande e saggia di fronte a una ragazzina sciocca. Non c'è malizia in lei. Se c'è della collera, non è rivolta a me.

« Per molti non è niente. È solo una questione di mentalità. Tutti hanno bisogno di sentirsi migliori di qualcun altro. »

« Questo lo capisco. » Certo, anch'io mi sono macchiata tante volte di quella stessa colpa. « Non comprendo però il criterio di selezione. Maman dice sempre che il modo migliore per giudicare un uomo è farlo basandosi su qualcosa che può scegliere, come per esempio usare una colonia da due soldi. »

Ride, e stavolta il suo sguardo s'illumina. « Se tutti ragionassero come voi due, il mondo sarebbe migliore. So che ha sostenuto con forza la causa del suffragio femminile, è vero? »

Annuisco. Non l'avevo mai considerato un fatto degno di nota. Mi rendo conto che ciò che ho ritenuto normale non lo è affatto, e adesso apprezzo mia madre molto più di quand'era con me.

« È stata a capo di una sezione locale per un po', ma non è servito a nulla finché de Gaulle e il governo provvisorio non hanno deciso di premiare le donne per il servizio prestato durante la guerra. Però non è ancora nella costituzione. » Sento la vergogna ammassarsi nel ventre all'idea che il mio Paese abbia avuto bisogno di un'altra guerra per riconoscere le capacità delle donne.

Scuote il capo. « Ho provato a iscrivermi alle liste elettorali, a casa. La famiglia mi diceva che era un'assurdità, che le donne non potevano votare quasi mai, ma l'ho fatto lo stesso. Sono sicura di aver risposto in modo corretto a tutte le domande dell'esame, nonostante ciò non l'ho superato. » Un sorriso di sfida le passa sulle labbra. « Però sono nelle liste di New York. Ho trovato il modo. Spero davvero che presto cambino la costituzione da te. »

« Mia madre dice che la speranza è come la cavalleria: un semplice contentino che impedisce ai deboli di capire cosa gli è stato tolto, e che dà loro un falso senso di contentezza in modo che non tentino mai di riprenderselo. »

Delia mi riconsegna il vestito con aria divertita. « Dille di venire a trovarci, quando si sarà ripresa. Mi piacerebbe proprio conoscerla. »

Sarebbero state ottime amiche. Abbasso lo sguardo. Sto dicendo troppo a Delia. « Allora, mi cercherai quelle lezioni? »

Per fortuna abbocca al tentativo di cambiare discorso. « Certo, se lo desideri. Ti farebbe bene. Passi tutto il tempo rintanata lassù. Sei una ragazza, la tua mente deve ancora svilupparsi, è terribile lasciarla così inattiva. »

« *Merci, Madame.* »

Si versa un bicchiere di limonata dal vassoio d'argento accanto a lei. « E ti farà bene anche farti degli amici. Ti sentirai tanto sola, non potendo parlare con nessuno a parte noi. »

Mi sposto appena, allontanandomi da lei per non dover guardare il suo dolce viso e le dico la verità: che non ho mai avuto amici, e dubito che quello potrebbe cambiare se anche imparassi l'inglese.

New York è una città egoista. Prende possesso dei tuoi sensi, ti aggredisce con luci, colori, suoni e *persone*, così tante persone che non sembrano notare che ci sia qualcosa che non va.

Se Parigi è un acquerello, un dipinto impressionista che irradia bellezza, raffinatezza e una storia leggendaria, New York è, invece, cubismo: sgargiante, pretenziosa e ampiamente sopravvalutata.

Non ha un briciolo della grazia di una vera città europea. Ogni cosa dà la sensazione di essere troppo grande: le automobili, gli edifici, gli oggetti nelle vetrine dei negozi. Quasi nessuno sa vestirsi bene, benché tutti pensino di saperlo fare, com'è evidente dai loro abiti costosi.

Times Square è il luogo più vistoso nella terra del Signore, il genere di obbrobrio sfacciato che soltanto un americano potrebbe ideare. Se dovessi vedere anche solo un altro manifesto che m'invita ad andare a vedere Marlene Dietrich che balla il tip-tap, o qualsiasi cosa faccia, credo che impazzirei.

Le metropolitane sono come carri merci; i senzatetto della città dormono nelle gallerie maleodoranti e chiedono l'elemosina ai passanti.

Quand'ero ancora una ragazzina, mi capitava di vedere alcuni uomini che avevano combattuto nella Grande Guerra dormire sulla soglia delle case vuote del Quartiere Latino di Parigi. Ho chiesto a maman se i poveri fossero come le cavallette, credendo di apparire molto arguta, e lei mi ha risposto di smetterla di leggere i giornali.

È autunno e il vento è diventato gelido, tanto che ho bisogno di stringermi lo scialle intorno alle spalle mentre cammino sul marciapiede. So di sembrare fuori posto, so pure che nessuno mi guarda.

Le lezioni che Delia ha trovato si svolgono nell'Upper

East Side, dove abitano alcune tra le persone più ricche della città. Blue mi ha detto che di solito i neri non sono visti di buon occhio in quella zona a meno che non ci lavorino. Non ci sono cartelli che lo dichiarino come al Sud, ma lo sanno tutti.

Supero diversi passeggini su cui siedono bambini biondi spinti da donne dalla pelle scura. Rivolgo a una di loro un timido sorriso e lei mi risponde con un cenno del capo.

Trovo la residenza che sto cercando all'angolo tra East 73rd Street e Lexington. Davanti c'è un cartello con scritto solo BIENVENUE, nient'altro.

Dalla finestra riesco a vedere quello che sembra un salotto trasformato in un'aula improvvisata, con cinque o sei banchi rivolti verso una lavagna.

Non è certo la Sorbona, ma costa venti centesimi a lezione e Delia è riuscita a convincere l'insegnante a farmene pagare solo quindici. Possiedo trecentoquarantasette dollari, che tengo nascosti sotto il letto in un portagioie antico. Tengo la chiave appesa al collo. Non prendo le mance al ristorante, le consegno tutte a Delia e Blue in cambio del mio mantenimento. Hanno deciso di accettarle, precisando però che me le ridaranno se dovessi chiederle indietro.

Mi sistemo i capelli dietro le orecchie e suono il campanello. Viene ad aprire una donna tanto alta quanto larga con indosso uno sgargiante vestito arancione. Intorno agli occhi azzurri ha la pelle rugosa e scura, il suo sorriso è amichevole.

« Devi essere Delphine. Io sono Madame Juliette », dice in francese.

Dall'accento capisco che è francese, ma non di Parigi.

Le tendo la mano. « Molto lieta di conoscerla. »

Lei la stringe e ha i palmi così sudati che mi pento subito della mia idea. « Sono nata e cresciuta a Brest, ma ormai vivo qui da vent'anni. Ho una *pâtisserie* a pochi isolati da qui

– non sopportavo i dolci che si trovano in questa città – e nel pomeriggio insegno. Solo alle donne, però: non voglio uomini in casa mia. Le lezioni si svolgono nei giorni feriali, dalle sette alle nove. Da questo momento in poi parleremo solo inglese, a meno che non sia un'emergenza», mi avverte. In un batter d'occhio passa all'inglese senza darmi il tempo di rispondere. «Capito?»

«Sì, ho capito», rispondo con un filo di voce. Mi rendo conto di quanto sono impacciata, il che mi fa arrossire.

Le consegno i soldi e lei m'invita a entrare. C'è una tenda a dividere la classe dal resto della casa. Ha un arredamento spartano, le pareti vuote, e in un angolo c'è una pianta in vaso dall'aria trascurata.

Quasi tutte le altre donne sembrano più grandi di me, e noto che molte hanno la fede al dito.

Mi siedo nell'unico banco vuoto.

Tiro fuori il quaderno e la penna che ho portato. Mi sembra tutto così strano che mi si accappona la pelle delle braccia. Dopo aver abbandonato la scuola pensavo che non avrei più provato la sensazione d'imparare qualcosa di nuovo e l'ansia di chiedermi se potessi essere la migliore di tutti. O almeno non la peggiore.

Le due ore trascorrono in fretta, faccio del mio meglio per stare al passo. A un certo punto l'insegnante mi chiama per una semplice conversazione con cui non ho problemi. «Cerchi il cinema? È due traverse più in là. Ha un'insegna blu.»

Ci dice di tornare a casa a esercitarci e ci consegna una scheda da compilare. Quando l'orologio batte le nove ci caccia fuori come se fossimo gatti che si sono intrufolati nella sua cucina.

Esco in strada e l'aria frizzante della sera mi dà un senso di sollievo enorme. Non mi piacciono gli spazi chiusi. A casa il mio posto preferito era il terrazzo di notte. Mi raggomitolavo là con una coperta e facevo il gioco delle luci: la città si distendeva davanti ai miei occhi come una costellazione e, ogni volta che una luce si spegneva, un'altra prendeva il suo posto. Le sere in cui maman andava in camera e si chiudeva a chiave, il panorama era la mia unica compagnia.

Non ho voglia di tornare subito a Harlem. Non mi va di dover rispondere a Blue quando mi chiederà se ho scritto a mia madre né di farmi torchiare da Delia che vuole sapere se mi sono fatta dei nuovi amici.

Passeggiando per il quartiere mi sento molto scialba e mi pento di non aver pensato d'indossare un abito migliore, magari dei tacchi. Ho le trecce come una ragazza di campagna, non acconciati come una signora dell'alta società, e mi sento sprofondare vedendomi riflessa in una vetrina.

Indugio davanti a un edificio maestoso con davanti un portiere che non mi nota nemmeno. È evidente che non ha nessun bisogno di sapere chi io sia.

Un taxi si ferma lungo il marciapiede proprio accanto a me; scendono due uomini, e c'è anche una donna in mezzo a loro. Indossa un pellicciotto bianco e ha i riccioli biondi spettinati, il rossetto sbavato su una guancia. Sembra furiosa, ma parla così in fretta che colgo solo qualche parola. Poi, all'improvviso, il più anziano dei due le dà uno schiaffo.

Sobbalzo come se avesse colpito anche me, e quando lei crolla a terra devo tapparmi la bocca con una mano per non emettere un grido.

Sembra che nessun altro reagisca alla scena. Il portiere guarda l'orologio come se ne stesse ricavando informazioni di vitale importanza, mentre i due uomini sono già oltre le porte a vetri coi bordi dorati.

La donna è da sola.

Si rialza su gambe incerte, inciampa sui tacchi alti e poi si avvia lenta per la strada senza guardarsi intorno.

D'istinto la seguo. La mia curiosità ha sempre prevalso sul senso di autoconservazione e, sebbene abbia deciso di cambiare, quella giovane donna è la cosa più interessante che abbia visto negli ultimi mesi.

La tallono, lei supera alcuni isolati prima di notarmi. Si ferma sotto una tettoia e io mi arresto con lei.

Mi affronta a brutto muso, anche se non è affatto brutta. « Ci conosciamo? »

Solo adesso mi rendo conto di che idea possa averle dato. Arretro un pochino, pronta alla fuga. « No. »

« Allora perché mi segui? »

Devo riflettere sulla risposta, e lei inizia a battere un piede, spazientita.

« Ho... ho visto quello che è successo. Mi... mi dispiace. »

La sua espressione si rasserena. Mi accorgo di non avere di fronte una donna, ma una ragazza non tanto più grande di me.

« Ah, quello. » Dal modo in cui la voce le diventa acuta capisco che si vergogna. Conosco molto bene l'aspetto e il suono dell'imbarazzo. « Il mio amico ha solo bevuto un po' troppo al night club. »

Non deve essere un grande amico, se l'ha presa a schiaffi per la strada davanti a tutti. Annuisco. Mi sembra abbia bevuto un po' troppo anche lei.

« Non mi va di tornare a casa. Aspetterò che si calmi. Penso che andrò a prendere un caffè », dice, più rivolta a se stessa che a me. Mi lancia un'occhiata. « Non sei una pazza, vero? »

Credo di aver afferrato. « Mi chiamo Delphine. Sono... sono appena arrivata qui. In America », le spiego.

Nota il mio accento. « Ah, di dove sei? »

« Di Parigi. »

Sussulta. Vedo il suo viso colorarsi sotto il pesante strato di fard. « Davvero? Be', allora direi proprio che *devi* venire a prendere un caffè con me. » Mi fa cenno di seguirla e continua a camminare. Sembra molto sicura di sé, anche se barcolla.

Proseguiamo per qualche altro isolato e raggiungiamo una piccola caffetteria. Ha pochi tavoli, ma l'uomo al bancone la saluta con calore. Non ci sono altri clienti e lei punta verso il tavolino d'angolo a sinistra come se fosse suo e si accomoda su una sedia.

Mi siedo di fronte a lei, che scruta il mio viso.

« Quanti anni hai? »

« Quasi diciassette. »

Scuote il capo, stupita, come se le avessi detto qualcosa d'impossibile. « Sei ancora una bambina. »

« E tu invece? » ribatto, sulla difensiva.

« Diciotto », dichiara orgogliosa, quasi ci fosse chissà che divario tra noi. « Però alla gente dico che ne ho ventuno. Mi chiamo Teddy. Teddy Dolan. »

Reprimo una risata. Che razza di nome è? « Io sono Delphine. »

« Delphine come? »

Guardo le sue mani giunte sul tavolo. Ha le unghie smaltate con cura di rosso scuro. Porta un braccialetto d'oro a ciascun polso.

Vorrei dire il cognome di mio padre, ma non lo pronuncio a voce alta da quand'ero bambina e mi hanno riso in faccia. Ho ancora quella risata nelle orecchie, e so che la ricorderò fino al giorno della mia morte.

« Delphine e basta », rispondo con un filo di voce.

Ha gli occhi di un castano simile al mio, però per qualche motivo sembrano più interessanti. Anche se ha il naso un tantino troppo grande per il viso, è comunque una ragazza molto bella, e provo un moto di fastidio all'idea di non avere nulla di cui essere orgogliosa mentre me ne sto lì seduta davanti a lei. Non riesco nemmeno a dirle come mi chiamo.

«Parlo un po' di francese. L'ho imparato a scuola. Ero *très bien*», prova a dirmi.

L'accento troppo marcato mi fa sorridere. «Io sto cercando d'imparare l'inglese. *Ce n'est pas facile.*»

Prova a incoraggiarmi: «Parli bene. Non penso sia semplice. Sai, mi sono trasferita qui dall'Ohio».

Aggrotto la fronte. «Dov'è?»

«Da nessuna parte. Non vedevo l'ora di andarmene», risponde in tono pungente.

Non mi è ben chiaro cosa intenda, sento il disprezzo nella sua voce. «Vivi con... il tuo amico?»

Sta per rispondere, poi s'interrompe e si guarda intorno. «Dov'è il mio caffè? E uno per la mia amica!» grida.

Sento le orecchie formicolare, e non solo per la sua sfrontatezza o per il modo di fare davvero villano. È per via della parola «amica».

La conosco appena. Non c'è motivo per cui dovrebbe importarmi di piacerle. Invece è così.

Teddy scrolla le spalle, mostrando un abito da sera scollato turchese sotto il cappotto. «Vengo sempre qui. Mi aspetto un servizio migliore», dice.

«Ah.»

L'uomo arriva veloce e ci mette davanti due tazze fumanti.

Bevo un sorso e devo fare appello a tutte le mie forze per non sputare. Sa di catrame bollito. Peggio del caffè surrogato che preparavo per mia madre per farle passare la sbronza.

Teddy non prova nemmeno a bere il suo. «A volte devi essere sfrontata, se vuoi ottenere ciò che vuoi. Harlan non tollera di non essere servito subito. Quasi tutti gli uomini sono così, sai. »

« Ah. »

Mi passa un foglietto di carta. « Questo è il mio numero di telefono. Mi puoi chiamare, se ti va. Esco praticamente ogni sera. Harlan conosce tutti, frequentiamo tutti i night club e andiamo a tutti gli spettacoli. Potresti venire con noi... Sempre se ti fanno entrare, sembri così piccola », aggiunge scrutandomi dalla testa ai piedi.

« Vuoi che venga con voi? Perché? » Sono sicura che devo aver capito male.

Teddy ridacchia. « Non ho mai conosciuto nessuno di Parigi. Potresti raccontarmi delle storie, e io potrei farti conoscere New York. Però avrai bisogno di vestiti nuovi. »

« Posso procurarmeli », mi affretto a rispondere. Adesso dovrò impegnarmi ancora di più a migliorare il mio inglese.

Si alza. « Devo andare. È tardi e mi aspettano. »

Si china e mi dà un bacio su tutte e due le guance, e io arrossisco fino alla radice dei capelli. Non provo più invidia: ora sono completamente affascinata da lei. È una sensazione che mi avvinghia, come una camicia di forza. Non avrò pace finché non avrò compreso questa ragazza, finché non avrò imparato a imitare il suo splendore. Non cercherò di rubarlo, come ho fatto in passato con risultati disastrosi: adesso sono una persona migliore.

Ma sento pure che lei spalancherà davanti a me le porte del caos, e so già che ci finirò dritta dentro, come una lucciola in un barattolo.

Teddy mi sorride. « *Enchantée*, Delphine. Buona notte. »

Lascia qualche banconota sul tavolo e se ne va senza aver toccato il caffè.

# 3

## *Miraggio*

HARLEM, NEW YORK, DICEMBRE 1945

La mattina di Natale mi alzo presto, vado alla finestra e premo il naso contro il vetro ghiacciato. Non so bene cosa aspettarmi dalle festività. Negli anni della guerra il Natale è stato un momento tetro, e anche prima eravamo quasi sempre io e maman da sole. Di solito lei riusciva a scovare qualche vecchio amico cui chiedere dei soldi in prestito per poter andare al ristorante, oppure per procurarmi un vestito nuovo o un paio di scarpe con le fibbie lucide. A volte mi dava un suo vecchio gioiello, che le era stato regalato da uno dei tanti ammiratori che aveva un tempo, e io andavo in camera mia e ballavo davanti allo specchio.

Delia bussa piano alla porta al sorgere del sole. Ha dei rametti di agrifoglio tra i capelli e un abito rosso che sospetto abbia cucito con le sue mani. È una sarta bravissima.

« Buon Natale », dice con un sorriso allegro, abbracciandomi come se mi conoscesse da tutta la vita. Sento il suo profumo, che è forte, muschiato, e mi piace tanto.

Ricambio con molto meno entusiasmo, ma lei non si lascia scoraggiare. Si volta verso la porta mentre io mi vesto.

« Mi sono alzata presto per preparare l'impasto dei biscotti. Da sempre *adoro* il Natale, anche da piccola, quando facevamo fatica a mettere insieme due nichelini. Era l'unico momento dell'anno in cui potevamo avere caramelle comprate in un negozio e un libro ciascuno. Mio papà cercava di non prendere niente nei negozi dei bianchi, se poteva. Non sopportava che servissero tutti gli uomini, le donne e i bambini bianchi prima di noi. A volte, quando quelli avevano voglia di farsi due risate, ci facevano aspettare fuori, sotto la pioggia, mentre preparavano le nostre ordinazioni.»

Mentre m'infilo l'abito e mi spazzolo i capelli flosci prendo ancora una volta consapevolezza del colore della mia pelle. Prima che i tedeschi venissero a rubare ciò che era rimasto della mia infanzia, non avevo mai diviso le persone in bianche, nere o ebree. Potevano avere la fortuna di essere nate a Parigi, oppure no.

Maman non divideva la gente in categorie, e immaginavo che fosse così per tutti.

«Mi dispiace», dico, in imbarazzo, perché in qualche modo mi sento responsabile per quelle persone.

Delia schiocca la lingua. «Non devi scusarti per quegli sciocchi. Dio sa che non hanno mai avuto il buonsenso necessario per chiedere scusa delle proprie azioni. Ma sei una bambina molto dolce per averci provato.»

Divento seria. «Non sono una bambina.»

Lei risponde allegra: «Invece sì. E, quando l'innocenza si perde, si perde per sempre, quindi cerca di apprezzarla adesso e non avere troppa fretta. Adesso vieni, la colazione è pronta».

Mi fa strada al piano di sotto, poi dall'altra parte della via, fischiettando tutto il tempo. Cerco di lasciarmi contagiare dalla sua allegria. Sono felice che nessuno abbia parlato di andare in chiesa. D'altro canto è il primo Natale dopo la fine della guerra e non sono in cerca di motivi per rabbuiarmi.

Blue ci aspetta in salotto ascoltando Bing Crosby alla radio. Delia ha decorato ogni millimetro di casa con festoni, campanelli, nastri e agrifoglio. Il pungente odore di aghi di pino dell'albero di Natale riempie l'aria e mi dà una leggera nausea. Ci sono abbastanza luci da riempire Times Square. Delia va da lui, che le cinge le spalle con un braccio.

Si voltano a guardarmi insieme, e senza volere faccio un passo indietro.

« Che succede? » chiedo. Che abbiano scoperto il mio inganno? Sanno che le lettere che gli consegno sono false come me?

« Abbiamo qualcosa per te », mi dice Delia. Indica ai piedi dell'albero, dove non avevo nemmeno pensato di guardare. Maman non ha mai preso un albero di Natale.

Sotto questo, però, in effetti c'è una grossa scatola avvolta in carta da regalo di un rosso scintillante, con un fiocco dorato.

Strabuzzo gli occhi. « Per me? »

Blue alza lo sguardo al cielo. « C'è scritto 'Delphine', no? Dai, aprilo. »

Esito per mezzo secondo, poi m'inginocchio e tiro il pacco verso di me. È pesante.

Strappo la carta e trovo quella che sembra una cappelliera. Quando tolgo il coperchio, scopro che dentro non c'è affatto un cappello, e sono costretta a nascondere il viso in una manica.

È una macchina da scrivere. Una macchina da scrivere bellissima, nuova di zecca.

Li fisso, stupefatta. « È davvero mia? *Vraiment?* Volete dire che posso tenerla? »

Delia ridacchia e mi accarezza i capelli. « Ti piace? »

Sfioro le lettere in rilievo con le dita. *Remington. Modello diciassette.*

È lo strumento più raffinato che un vero scrittore possa avere. Forse mio padre ne ha una uguale, sulla scrivania, che attende il suo arrivo ogni sera come un'amica fidata.

Un altro passo avanti.

È mia, adesso. Grazie a loro.

Sono commossa, e per la prima volta in vita mia è una sensazione che non fa male.

« È la cosa più bella che qualcuno abbia mai fatto per me. *Grazie.* »

Blue fa un cenno col capo. « È stato facile decidere. Adesso non hai più scuse. Promettimi che lavorerai sodo. »

« Sì, lo farò », giuro.

Delia batte le mani. « Ci sono anche altri regali per te, ovviamente, ma possono aspettare. Adesso mangiamo. »

*Carissima Louise,*

*ti faccio i miei migliori auguri per le festività. Mi dispiace per questo lungo silenzio. Ho troppe confessioni da fare.*

*Ho vissuto il mio primo Natale in America, e mi è piaciuto tantissimo. Blue mi ha regalato una macchina da scrivere! Non esiste nulla di più bello al mondo. Mi ha chiesto solo di ricordarmi di lui quando sarò famosa. È un uomo buono e gentile; mia madre è stata saggia a sceglierlo come amico. Delia mi ha cucito dodici vestiti nuovi, uno per ciascuno dei dodici giorni delle festività natalizie, e ha preparato un banchetto come non ne avevo mai visti. Mi sono divertita molto più di quanto meritassi, e devo confessare i peccati d'indulgenza e vanità. Non ho mai conosciuto niente di simile.*

*Il salotto ha profumato di caldarroste per tutto il mese, Delia suonava il pianoforte e abbiamo intonato tutti insieme i canti natalizi.*

*Ho conosciuto una persona. Si chiama Teddy, è una ragazza che ha solo un paio d'anni più di me. Forse stiamo diventando amiche. Sono uscita con lei una decina di volte, or-*

*mai, e mi porta nei posti più incredibili – i locali e gli spettacoli migliori –, e il suo fidanzato copre tutte le spese e sopporta la mia presenza perché la rende felice. È l'unica cosa bella che possa dire di lui. È vecchissimo, ha almeno quarant'anni, beve davvero troppo ed è sgarbato con lei. Teddy dice che è un piccolo prezzo da pagare, perché è un regista, e un giorno la farà diventare un'attrice famosa. Non sono sicura di cosa consigliarle: a dire il vero non so neanche se io abbia il diritto di darle un consiglio. Dopotutto, se io sono nata per fare la scrittrice e tu la sposa di Cristo, chi può arrogarsi il diritto di dire che lei non è nata per fare l'attrice? Inoltre è più grande di me, e probabilmente anche più saggia.*

*Continuo a seguire le lezioni d'inglese e adesso lo parlo molto meglio. Teddy vuole che le insegni il francese. Giura che un giorno avrà una casa a Parigi e che tutte le persone più famose l'andranno a trovare. Mi chiede di continuo di raccontarle aneddoti sulla gioventù di maman, su tutti i ballerini, gli scrittori e i pittori che conosceva. È abbagliata da quelle storie come lo ero anch'io, ma non le ho detto niente di mio padre.*

*Ho fatto qualche progresso col mio romanzo. Almeno adesso ha un titolo. Ho deciso di chiamarlo* La casa del puro rimpianto. *Non ho ancora la minima idea di cosa parlerà, però so che presto troverò l'ispirazione. Adesso che ho una macchina da scrivere sento di aver fatto un passo avanti.*

*Non ho dimenticato che sono qui per trovare mio padre.*

*Ha una casa in un posto chiamato Florida, quindi è là che andrò a cercarlo.*

*La tua affezionata figlia in Cristo,*

*Delphine*

✷

## LONG ISLAND, NEW YORK, 31 DICEMBRE 1945

L'amante di Teddy, Harlan, dà una festa grandiosa a casa sua a Long Island per la sera di Capodanno e mi ha invitata. La casa è enorme, una reliquia dell'Età dell'Oro con dodici camere, e lui racconta a tutti con voce tonante che appartiene alla sua famiglia da generazioni. Teddy è radiosa, la pelle morbida che splende sulle paillette verde scuro del suo abito.

Harlan vuole fare un brindisi alla grande eredità della famiglia; per sfortuna comprendo ogni parola del suo discorso. Teddy mi guarda, alza gli occhi al cielo e poi mi fa l'occhiolino.

Diventerà un'attrice bravissima. Ogni volta che lo sguardo di Harlan si posa su di lei, Teddy assume un'espressione angelica e gli sorride ritrosa, come se fosse sopraffatta dal desiderio di lui ma avesse troppa paura per dimostrarlo. Non batte ciglio quando lui la palpa in pubblico, le accarezza l'interno delle cosce sotto lo sguardo di tutti. Si accende una sigaretta e si guarda intorno, cercando qualcuno con cui chiacchierare, come se non fosse successo nulla. Parla con lui ogni volta che lui vuole, e si allontana veloce quand'è in collera, cosa che in genere va di pari passo con la quantità di scotch che ha bevuto. Osservandolo, apprezzo il fatto che mia madre non sia stata un'alcolizzata malvagia.

Non posso far finta che lui mi piaccia, però mi mordo la lingua e decido di parlarci il meno possibile. Non che gliene importi qualcosa. È evidente che è interessato a un tipo ben preciso – bionde e carine – e io non sono né l'una né l'altra. Ci sopportiamo ignorandoci a vicenda, e per me va bene così.

Ha un'arroganza insopportabile per essere così poco attraente – ha la pancia, un'incipiente calvizie e ha l'espressione di un furetto astuto – e mi ricorda ciò che mia madre diceva a proposito del fatto che gli uomini sono sempre sicuri di sé. «Se una donna ha un capello fuori posto, si dispera. Si odia, e alla fine il mondo le dà retta. Un uomo, invece, può avere anche la faccia di un gargoyle e penserà sempre di essere il più bello di tutti. Non hanno problemi di autostima, Delphine, ma di coscienza di sé.»

Vorrei tanto potergli portare via Teddy. Se ne avessi il potere, le darei tutto ciò che desidera. Non vorrei vederla svilirsi per un uomo del genere.

Lei però mi spiega con tutta calma che è così che va il mondo e che, se deve vendersi, farà in modo di strappare il prezzo più alto possibile.

«Parli come se fossi al mercato», dico disgustata. Siamo sedute in uno dei tanti balconi. Il puzzo del fumo dentro casa cominciava a farmi star male.

Ha il singhiozzo. L'ho vista bere tre coppe di champagne. Quando siamo insieme da sole, non beve mai. «Per forza. Come altro potrebbe essere? Siamo tutti acquirenti e venditori, l'unica differenza è ciò che vogliamo.»

Non posso darle torto. Sarei pronta a vendere ogni mio avere in cambio dell'amore e dell'accettazione da parte di mio padre. Potrei radere al suolo intere città, e se ottenessi ciò che voglio non avrei nessun rimpianto per le mie azioni, non potrebbe esistere più nessun tormento per me.

«Sei una tipa romantica, mia cara? Desideri una grande storia d'amore?» mi chiede, scherzosa.

«No. So già come andrebbe a finire e non m'interessa affatto», rispondo senza mezzi termini.

Annuisce. «Scelta saggia.»

«Come hai conosciuto Harlan?»

La sua espressione s'indurisce. «Quando sono arrivata qui, la prima settimana ho vissuto in un albergo per sole donne, ma non avevo abbastanza soldi per restarci a lungo.

Ho conosciuto una donna che mi ha chiesto se volessi una soluzione più stabile e mi ha presentato diversi uomini prima di trovare Harlan, e sono andata a stare da lui poco tempo dopo. Così adesso vivo nell'Upper East Side di New York in un appartamento meraviglioso, e compro vestiti nuovi ogni mese. È perfetto.» Cerca di sorridere, ma non è molto convincente. Raddrizza un po' la schiena. «Perfetto», ripete, però non credo stia parlando con me. «Allora, ti deciderai mai a dirmi perché sei venuta qui?»

Di colpo sono in allerta, come un cervo che sente un ramo spezzarsi nel folto della foresta. «Te l'ho già spiegato, voglio diventare una scrittrice.»

«Mmm, sì, lo so. Ma potevi farlo anche a Parigi. Tu non sei come me, non provieni da un posto privo di opportunità. E da quello che mi dici tua madre aveva numerose conoscenze, avrebbe potuto aiutarti.»

Mi ha messa all'angolo. Il vecchio istinto mi dice di sviare l'attenzione, d'infuriarmi e dire qualcosa di crudele, ma lo annullo. «Forse sì, però negli ultimi anni le cose sono cambiate per lei. Era depressa, aveva perso i contatti con quasi tutti gli amici storici. Adesso non vive più nemmeno a Parigi, ma in campagna, in convalescenza.»

Teddy si lascia distrarre. «Convalescenza da cosa?»

«Una lunga malattia, ora sta meglio», rispondo piano, sperando che percepisca il mio disagio e lasci perdere.

«E tornerai a Parigi quando sarà guarita?»

Alla fine il sottilissimo filo della pazienza si spezza e sbotto: «Perché stasera sei così curiosa? Che cosa vuoi che ti dica, che mia madre è un'alcolizzata? Che ho lasciato la città che amo più di ogni altra cosa perché non avevo scelta? Che ho perduto per sempre casa e famiglia?»

Mi mordo la lingua per non aggiungere altro. La collera si autoalimenta: non posso permettermi di lasciarla libera.

Cerco di ricordare la voce di Louise. Visualizzo la cappella, le pareti di pietra bianca, il forte odore d'incenso, la luce che filtra dalle vetrate, la mano delicata di Louise che stringe la mia mentre siamo inginocchiate insieme, una santa e una peccatrice. Sento le sue parole sussurrate nella mia mente, mi copro il viso con le mani e faccio un respiro profondo.

*Non alimenterò il seme amaro.*

*Non lo nutrirò come un lattante tra le mie braccia.*

*Non mi lascerò bruciare dal mio stesso fuoco.*

*Non alimenterò il seme amaro.*

Sento delle mani sulle mie e per un attimo penso di essere davvero altrove, che Dio si sia degnato di togliermi dal purgatorio e di portarmi indietro nel tempo. Sono a casa, sono guarita, maman è con me.

Poi mi tirano in modo più insistente, sollevo lo sguardo e mi trovo davanti il viso pieno di lacrime di Teddy. È in ginocchio davanti a me.

«Mi dispiace. Delphine, mi dispiace, perdonami.»

«Non fa niente», dice una voce uguale alla mia.

Ha gli occhi grandi, pieni di dolore. «Sono la ragazza peggiore del mondo.»

«Non è vero.» Tocco i suoi capelli biondi ossigenati. Vedo una minuscola parte di castano chiaro sulle radici. «Non è vero, Teddy, è con me stessa che sono arrabbiata. Sono venuta qui per trovare mio padre e finora non ho fatto nessun progresso.»

Lei si passa il dorso della mano sulla bocca, come se avesse assaggiato qualcosa di marcio. «Io sono venuta qui per scappare dal mio.»

Quasi non l'ascolto nemmeno. «Il mio è uno scrittore, come me. Sono la figlia bastarda, lui non ne sa nulla, e sono venuta per...» M'interrompo. Sembra talmente assurdo, e credo che se lei mi ridesse in faccia non avrei la forza di sopportarlo. Non Teddy. Non la mia prima, vera amica, Teddy.

Infatti non ride. « Be', allora devo aiutarti. È una questione d'amore », dice preoccupata, come se fosse la cosa più naturale del mondo.

« È il destino », la correggo. Sento l'odore pungente del sangue nelle narici, sento il corpo che diventa freddo tra le mie braccia. « È il mio destino incontrarlo, essere ammirata da lui e diventare una scrittrice più brava di lui. Ho dato tutto per questo. » Mi trattengo dall'aggiungere altro. « È la mia unica strada. Non ho altra scelta. Devo farlo. »

Mi sorride. Senza dire una parola, tendo una mano e lei la prende. Nonostante il frastuono che viene dal piano di sotto, mi sento invadere da un senso di calma, e il sorriso assonnato di Teddy mi dice che è così anche per lei.

« La prossima settimana ho un'audizione. »

Colgo al volo l'occasione di cambiare argomento e ricaccio indietro i pensieri su mia madre o sul passato. Di colpo immagino Teddy su un palco, che sorride sotto le luci dei riflettori.

« Davvero? »

« Per una commedia. Di un tale che si chiama come lo Stato del Tennessee, ci credi? Vediamo come va. »

« Sarai favolosa », dichiaro.

Lei ridacchia e mi stringe le dita. « Invece come procede la tua scrittura, adesso che hai quella macchina da scrivere nuova di zecca? » mi chiede.

« Non sono tanto brava a usarla. Dovrò esercitarmi un po' prima di riuscire a fare qualcosa che non sia sprecare fogli. Per il momento annoto le mie idee con carta e penna », ammetto.

« E che idee hai? »

Odio non avere una risposta più ricercata per lei e reprimo la tentazione di mentirle per sembrare una persona migliore. «Ne ho pochissime. Sto aspettando un'ispirazione divina, come di sicuro succede a mio padre. Ma credo di voler scrivere un romanzo di formazione.»

«Un cosa?» chiede, perplessa.

«La storia della crescita di una persona. Di solito il protagonista è un ragazzo, io voglio scrivere di una ragazza.»

Storce il naso. «Oh, non farlo. Crescere è orribile.»

Non mi lascio scoraggiare. «Credo che a mio padre piacerà. Dovrà piacergli ciò che scrivo, oppure sarà tutto inutile. Per questo scriverò in inglese, a costo di metterci il doppio del tempo.»

Lei alza gli occhi al cielo. «Ma tuo padre è qui oppure no?»

Abbasso lo sguardo. «Ho dato per scontato che ci fosse, invece non c'è. Alla fine ho trovato il coraggio di chiedere a Blue, che mi ha detto che abita in Florida. Adesso devo ricominciare tutto da capo.»

«Non partire subito», dice con un filo di voce. Sta usando la sua voce vera, quella con un accento leggero, la parlata grezza di una ragazza di campagna. «Non sopporterei di perderti. Non mi lasciare da sola con queste persone orribili. Potrei morire di tristezza, se non mi uccide prima la noia.»

«Tu hai tutto. Sei bellissima, hai un uomo ricco ai tuoi piedi. Hai talento. Non hai bisogno di me», borbotto.

Mi guarda con gli occhi castani spalancati. «Però voglio te.»

A quel punto sono costretta a distogliere lo sguardo e sbattere due volte le palpebre, perché nessuno mi ha mai detto niente del genere. «Quando sarai famosa troverai la felicità. Quando tu vincerai un Oscar e io i miei allori, non ci ricorderemo neanche più cosa sia la tristezza. Saremo sempre felici», insisto.

Chiude le palpebre. « Non è possibile provare felicità perenne, Delphine, perché perderebbe ogni significato. »

Sentiamo un gran boato e capiamo che alla fine è arrivato il nuovo anno. È ufficialmente il 1946. L'anno peggiore della mia vita è finito e, miracolo dei miracoli, ho un'amica. Più una casa temporanea, da Blue e Delia.

D'ora in poi tutto sarà diverso.

✵

HARLEM, NEW YORK, 30 GENNAIO 1946

La risposta di Louise arriva qualche settimana dopo il mio compleanno. Blue mi consegna la lettera e me la infilo in tasca senza nemmeno guardarla. In questo momento non ho nessuna voglia di essere sgridata. E non ho voglia di fare riflessioni. Teddy sta per portarmi a festeggiare in un nuovo night club e indosserò uno degli abiti che mi ha regalato Delia. Ho scritto dieci pagine del romanzo – dieci! – e domani Delia mi preparerà una torta di mele. Non voglio provare altro che felicità, e se significa mettermi i paraocchi, come un cavallo, allora lo farò.

Blue socchiude le palpebre, ma il suo sorriso è amichevole. « Non sono tua madre. »

Lo guardo, sorpresa. « Come? »

« Non sono tua madre », ripete. Parla sempre molto lentamente, come se non avesse nessun impegno. « Ma, finché vivi sotto questo tetto, ho il dovere di prendermi cura di te. E mi sembra che tu stia facendo le ore piccole. »

Resto di sasso.

I suoi occhi scuri m'inchiodano. « Sbaglio? »

« No », rispondo, con un certo imbarazzo.

Annuisce. « Sono pochi i motivi per cui una ragazza della

tua età può star fuori fino a tardi, la sera. E non me ne piace nessuno.»

«Ho un'amica. Andiamo a vedere degli spettacoli. Continuo a frequentare le lezioni d'inglese. Do una mano al ristorante, aiuto Delia in casa, non faccio niente di male, lo giuro», rispondo in fretta, troppo in fretta. Sembro una bambina, ma non posso più rimangiarmi le parole.

Lui alza le mani per fermare le mie proteste. «Ascoltami bene. Non mi sembri una ragazza sciocca. Se mi dici che ti comporti bene, io ti credo. Però sei molto giovane, e sei molto lontana da casa. Se finisci nei guai, mi aspetto che tu me lo venga a dire», dichiara.

Esito. So che è un brav'uomo, ma è per maman che prova affetto e devozione, non per me. Posso fidarmi di lui fino a un certo punto.

Mi sforzo di parlare in tono sicuro. «Va bene.»

Non riesco a decidere se devo mostrarmi sicura e sofisticata, in modo che mi rispetti, oppure dolce e innocente, in modo che si fidi di me. D'altra parte, ha già avuto a che fare con le tante sfaccettature di mia madre, quindi dubito di riuscire a ingannarlo.

Mi rivolge un cenno del capo ed esce dalla stanza. Sembra il genere d'uomo che dice le cose una volta soltanto. Immagino come avrebbe potuto essere averlo come padre. Mi sarebbe piaciuto essere cresciuta da una donna che beveva solo quand'era allegra e non quand'era triste, e da un uomo che mi faceva sedere sulle sue ginocchia e mi leggeva delle favole. Sarebbe stata un'infanzia felice, piena d'impegni e di musica.

Ma non ha senso soffermarsi su pensieri del genere.

Attraverso la strada e raggiungo il ristorante. Saluto con un cenno un'anziana seduta nella veranda della porta accanto e lei mi rivolge un sorriso sdentato. Nel quartiere ormai la mia presenza è ben accetta da tutti.

Salgo la scalinata mortale e mi muovo più in fretta che posso. Se sono abbastanza veloce, i pensieri rallentano. Stasera esco. Voglio che il mio pensiero più profondo sia su cosa indosserò.

Mi sistemo i capelli per un'ora, ma come al solito non riesco a domarli. Andremo in un locale che ha appena aperto. Io, Harlan, Teddy e il solito branco di leccapiedi dei quali non provo neanche a imparare il nome. Li riconosco dai cappotti, dalle acconciature. Per me sono solo delle mosche che ronzano intorno a Harlan e ai suoi soldi come se fosse una crostata di marmellata lasciata a raffreddare su un davanzale.

Non mi piace truccarmi come Teddy, però senza trucco sembro davvero molto piccola, quindi me ne metto un po' senza troppa convinzione. Sorrido al mio riflesso imbellettato. Sembro una sgualdrina. Ho visto donne dall'aria più di classe agli angoli delle vie di Parigi, così prendo un fazzolettino e ne tolgo almeno metà.

Mi esercito nella mia espressione da scrittrice: un sorrisetto sardonico, il capo inclinato di lato. Sembro una sciocca. Non gli somiglio per niente. Ho studiato il suo volto per tutta la vita, ho letto tutti i suoi libri tradotti in francese. Quando saprò meglio l'inglese, spero di riuscire a leggerli in lingua originale. Ammiro la prosa semplice ed elegante, i dialoghi incisivi. Non importa se i personaggi non ottengono spesso ciò che desiderano. A chi succede, in fondo?

Avrò avuto cinque o sei anni quando maman ha messo la sua fotografia sul mio comodino, come un'immagine votiva. È una delle poche cose che ho portato qui con me. Da quando sono venuta a New York non ho avuto il coraggio di guardarla. Non sopporto di sentirmi addosso l'espressione immobile dei suoi sinceri occhi castani. So che ovunque si trovi sarebbe in grado di scorgere il nucleo dei miei fallimenti.

Mi sistemo la cintura sull'abito verde scuro. Allungo un po' il collo, ma non cambia niente; sono sempre piatta come un'asse da bucato.

Sento l'irritazione trasformarsi in disprezzo e distolgo lo sguardo dallo specchio prima di cedere al desiderio di distruggerlo.

La lettera di Louise - senza dubbio una ramanzina, perché è sempre una ramanzina - è sulla scrivania accanto al mio diario di scrittura, che con grande vergogna ho lasciato in bianco questa settimana. Anche questa settimana.

Devo prendere il cappotto e correre via dalla stanza prima di cedere alla tentazione di leggere la lettera. Mio malgrado, lei mi manca. È l'unica persona al mondo che mi vede per ciò che sono e non mi ha mai voltato le spalle.

È da lei che sono corsa quel giorno, con le mani ancora insanguinate. È stata lei a lavarle e a stringermi mentre gridavo. Forse potrebbe consigliarmi come chiedere l'ispirazione a Dio, in modo da poter finire il mio romanzo.

L'ispirazione, e un po' di seno.

Teddy è di cattivo umore, me ne accorgo nell'attimo in cui mi siedo accanto a lei al tavolo bianco rotondo, a cena. Non mi dice una parola, non sorride nemmeno. Porta un vestito a maniche lunghe, cosa che non fa mai, nemmeno se si gela, e ha un velo di sudore sulla fronte. Lo spettacolo non è ancora nel pieno, la band suona piano in sottofondo. La sala è buia, piena di fumo, quindi immagino che dovrei divertirmi, ma in realtà non riesco quasi nemmeno a leggere il menu a meno che non lo avvicini al centrotavola illuminato che ho di fronte. Sono alla destra di Teddy, la fidanzata di uno degli amici di Harlan è alla sua sinistra. Credo di aver sentito qualcuno che la chiamava Fiona. È alta, ha le gambe lunghe e i capelli scurissimi che creano un contrasto con la pelle chiara. Gli occhi grigio-blu sono grandi sul viso a cuore.

È carina, in un modo che mi darebbe fastidio se avessi la minima possibilità di competere con lei, e so che infastidisce Teddy, ed è proprio così.

Stasera siamo in otto, cinque uomini e tre donne. Riconosco il tale che ho incontrato la prima volta che ho visto Teddy; il suo nome è Peter, Jacob o un altro di quei noiosi nomi biblici. Non parla molto e fa tutto ciò che gli chiede Harlan. Dentro di me l'ho soprannominato il Levriero.

Non ho la minima idea di come si guadagni da vivere questa gente.

Harlan dovrebbe essere un regista e uno sceneggiatore, ma passa il tempo a spendere i soldi del nonno. Ha scritto una sola commedia in tre anni e nessuno l'ha mai sentita nominare. Alcuni degli altri sono musicisti, e credo che uno sia un pittore. Nessuno di loro, però, sembra in particolari difficoltà. Di sicuro non muoiono di fame, coi loro visoni e con gli abiti sartoriali, quindi probabilmente non se la passano male. Forse a loro basta scambiare quattro chiacchiere durante una partita a carte o bevendo qualcosa.

All'inizio ero onorata all'idea di frequentare un gruppo di artisti, proprio come maman. Vent'anni fa, quando chiunque contasse andava a Parigi, maman era al centro di quella cerchia. Il suo nome era su ogni lista d'invitati, posava per essere ritratta e leggeva poesie ora famosissime quand'erano ancora delle bozze, frammenti annotati su tovagliolini del bar o qualsiasi altro foglietto a disposizione. Di solito aspettavo che perdesse i sensi o si addormentasse sul divano, poi m'intrufolavo nella sua stanza e guardavo la collezione di fotografie. Non ha mai voluto lasciarmi leggere le sue poesie, però. Aveva interi volumi di poesie scritte in diari rilegati in pelle che conservava in una scatola sotto il letto. Dopo l'abbandono di mio padre, credo che non abbia più voluto mostrarle a nessuno.

Prima di allora tutto era così meraviglioso che mi disperavo all'idea di essere nata troppo tardi per goderne, però maman mi ha detto che era come vivere in un palazzo di vetro: scintillante, ma fragile.

Certo, io so qual è stata la ragione per cui l'incantesimo si è spezzato per lei. Non è stata una crisi economica né l'arrivo della Seconda guerra mondiale, e nemmeno un cambio di direzione della ruota della fortuna.

Sono stata io.

Adesso, poi, tanto per peggiorare la situazione, mi rendo conto di essermi illusa pensando di essere il centro di un universo dorato, proprio come lo era lei. New York non è Parigi - non sarà mai Parigi, non importa cosa pensi la gente - e questo gruppetto qui non ha niente in comune con mio padre, con Fitzy oppure con Stein. Non ci sono persone come Josephine, Pablo o Pound.

Tra vent'anni tutta questa gente sarà identica a com'è ora, solo che avrà un aspetto molto più patetico.

Teddy mi piace, ma devo dirle che non può continuare a frequentare una compagnia simile. Blue ha ragione, rischio di finire nei guai. Non posso lasciarmi abbagliare dall'oro degli stolti. Devo tirare dritto per la mia strada.

Arriva il cameriere per versare lo champagne nel mio bicchiere e io lo copro con la mano guantata. « No, grazie. »

Lui inarca un sopracciglio. Sarà stato pagato per non chiedermi quanti anni abbiamo io, Teddy e tutte le altre ragazze giovanissime che frequentano la cerchia di Harlan. Annuisce e prosegue il giro.

Harlan interrompe la conversazione e mi fissa dall'altra parte del tavolo. « Darla, che ti prende? Quella è roba di lusso. »

Non ho mai bevuto alcolici, se non un piccolo sorso, da quando sono arrivata in questo Paese. Se Harlan mi avesse osservata anche solo con un minimo di attenzione, non sarebbe rimasto sorpreso.

Digrigno i denti. « Delphine. »

Lui sbuffa. Ha già le guance rubizze. Sono sicura che se ne intende, di champagne di qualità. « Ah, sì, giusto. Perdonami. La nuova amichetta francese di Theodora. »

Teddy si protende in avanti, furiosa. Ha il viso paonazzo, perfino le orecchie sono rosse. Non l'ho mai vista tanto in collera. « Non chiamarmi *così* », dice, la voce piena di astio.

Lui ridacchia. « Ah, bambolina, calmati. Dopotutto è il tuo nome di battesimo. »

Il Levriero ride con lui, ovviamente. « Un bel nome di battesimo per una bella ragazza di campagna. »

Teddy preme con forza le mani sul tavolo. Il viso non cambia espressione, ma la voce scende di un paio di ottave. « Non mi sembra di aver chiesto il tuo parere, Jacob. Considerato che discendi da una famiglia di barboni delle remote terre del Kentucky e ti sei venduto il culo per arrivare fin qui... in effetti non ho idea di chi potrebbe mai volerlo, anche gratis, però visto che non hai altri talenti utili non ti biasimo per come ti sei dovuto arrangiare. »

Sento una risatina sibilante e Fiona si morde un pugno, gli occhi puntati sulle proprie gambe, come se vi avesse trovato un vero tesoro.

Harlan scoppia a ridere; è un pagliaccio, gli piace da morire assistere ai conflitti che lui stesso crea. Tutti gli altri sono in imbarazzo, quasi non sapessero cosa fare e avessero deciso di attendere ordini su come comportarsi.

Il Levriero la guarda come se volesse strozzarla. « Tu non sai proprio un bel niente, stupida ragazzina. »

Lei scrolla le spalle e si alza, spingendo indietro la sedia con tanta forza da farla stridere sul pavimento. « So abbastanza. »

« Oh, basta così. Fermati, voglio che resti. Conosco il cantante, te lo volevo presentare. Dici sempre che vuoi conoscere gente nuova », dichiara Harlan in tono irritato.

Lei solleva il mento - è elegante perfino nella collera - e se ne va a passo deciso, come se esistessero milioni di posti migliori in cui andare. Le corro dietro senza dire una parola agli altri. Passiamo tra le file di tavoli e usciamo dalla porta principale. Per la fretta di starle dietro, per poco non vado a sbattere contro un cameriere. L'aria fresca della sera la fa tremare, e la prendo sottobraccio.

« Non sopporto nessuno di loro », dice amareggiata.

« Vuoi che ti accompagni a casa? » le chiedo con prudenza. Non voglio che scappi anche da me.

Lei alza gli occhi al cielo. « No, certo che no. Non voglio andare dove lui può trovarmi. »

Mi rendo conto dell'opportunità che ho davanti. « Ti va di venire da me? »

Sgrana gli occhi. « A Harlem? »

« Non c'è niente da temere. Ti ho detto che vivo sopra un ristorante fantastico. È quasi parigino », la rassicuro, cercando di eliminare ogni traccia di stizza dalla voce.

« Davvero? » chiede, dubbiosa.

Sono sicura che legge il fastidio sul mio volto, e agita una mano.

« Ah, lo sai che non ho nessun problema con le persone di

colore. A mio padre non piacevano granché, mentre la mamma diceva che siamo tutti immondizia, cambia solo la sfumatura. »

« Louise dice che il bigottismo è un peccato contro Dio, che ha creato tutti gli esseri umani con la stessa quantità di amore. »

Lei fa una risatina, ed è bello vedere il suo viso rilassarsi. « È la suora, giusto? Non parla come il mio pastore. »

Mi stringo nelle spalle. Non riesco a capire questo Paese, che sembra al tempo stesso appassionato e radicalmente irriverente. « Allora, vieni? »

Esita. « Ai tuoi amici non darà fastidio se mi presento a quest'ora? »

Non voglio mostrarmi troppo impaziente, ma desidero farle vedere il mio romanzo. Voglio farle vedere i bozzetti che Delia mi sta insegnando a disegnare e che ho appeso alle pareti, che rappresentano tutte le cose che mi mancano di più di casa. Voglio farle vedere la foto di mio padre e scoprire se dirà che le sembra di notare una somiglianza, un legame innegabile tra noi.

« No, come ti ho detto abito sopra il locale, non sapranno nemmeno che ho compagnia. »

Appoggia la testa contro la mia. « Oh, va bene allora. »

Arrossisco. « Chiamo un taxi. »

Socchiude le palpebre. « Mmm. »

Provo la stessa commistione di paura ed emozione di quando rubavo le caramelline in un negozio mentre gli altri erano distratti, oppure portavo di nascosto a casa bottiglie di liquore prese al mercato nero durante la guerra. Mi sento come se lei fosse qualcosa di rubato, che presto diventerà davvero mio.

Non sembra molto colpita.

È stata pallidissima per tutto il viaggio in taxi e ha dato al tassista dei soldi in più vedendolo esitare non appena ha sentito l'indirizzo di destinazione.

Le ragazze bianche, in particolare una ragazza bianca vestita come Teddy, fasciata da uno zibellino, con le perle intorno al collo, non si allontanano mai di notte dai quartieri bianchi.

Eppure ho visto automobili piene di ragazzi bianchi passare per le vie del nostro quartiere in pieno giorno, chiedendo a gran voce alle giovani sul marciapiede di andare a fare un giro con loro. Quando ho chiesto a Delia se una cosa del genere portasse guai, lei mi ha riso in faccia e ha risposto: « Non per loro ».

Il taxi fila via veloce nell'attimo in cui chiudiamo lo sportello, e Teddy si aggrappa al mio braccio con tanta forza che temo voglia strapparmelo via.

Blue ci ha viste dalla finestra. Ho alzato un braccio e lui ha annuito, ha dato un'occhiata a Teddy e ha chiuso le tende.

Uno di loro mi aspetta sempre alzato. Maman non l'ha mai fatto.

Una volta arrivate su, mi aspetto di vederla rilassarsi, invece si siede sul letto e si avvolge per bene nel cappotto, anche se il calorifero rende l'ambiente confortevole.

Scendo nella cucina del ristorante e le preparo una tazza di sidro caldo, ma lei la stringe tra le mani senza berlo.

« Vuoi vedere il mio romanzo? » propongo, e mi congratulo con me stessa per il tono disinteressato che sono riuscita ad assumere.

Lei si morde le labbra. « Non hai scritto solo poche pagine? »

Arrossisco.

« E non hai nemmeno ancora dato un nome ai personaggi », aggiunge. « Li hai chiamati solo Ragazzo e Ragazza. »

Avverto la ben nota ondata di vergogna. « Be', sì, ma... »

« Non sarà meglio che lo veda quando avrai finito? »

Mi volto un po' verso lo specchio e mi accorgo del tremito del mio labbro inferiore, che lei non ha visto. « Certo. Hai ragione, molto meglio così. »

Lei poggia la tazza. « Fammi vedere tua madre. »

La richiesta mi spiazza. « Cosa?! »

« Sono curiosa. Da come la descrivi sembra una donna favolosa. Non hai una foto? »

Sulle prime, l'istinto mi dice di mentire. Esito per un attimo, e lei inclina il capo. Con gesti lenti m'inginocchio davanti alle sue gambe lunghe e tiro fuori il portagioie antico dal nascondiglio sotto il letto.

Lei mi osserva con attenzione prendere la piccola chiave e infilarla nella serratura. È un oggetto antico che si tramanda in famiglia dall'epoca di Napoleone, di porcellana, con una lamina d'oro sui lati e il coperchio orlato di madreperla. È una mostruosità dal peso inenarrabile che vale tanto oro quanto pesa, però maman non l'avrebbe mai venduto. Ha impegnato quasi tutti i suoi gioielli, verso la fine, però mai la scatola che li conteneva.

Non credo sia stata la dignità a fargliela tenere. La guerra ha tolto la dignità a entrambe; i tedeschi hanno depredato Parigi del suo orgoglio come un avvoltoio che becca una carcassa fino a lasciare solo le ossa. Alla fame non interessa la vanità umana; la riduce in polvere senza la minima incertezza.

Il solo motivo che mi viene in mente per spiegare la sua ostinazione è anche l'unico che ha mai avuto un senso per lei. Credo fosse l'amore.

Tiro fuori la foto di maman, e non appena le mie dita la

sfiorano mi coglie un'ondata di sudori freddi. Mi torna in mente la frenesia con cui l'ho presa dalla sua camera da letto quando sono scappata di casa per l'ultima volta.

Sono andata a prenderla di corsa, senza pensare. È sempre stata la mia foto preferita di lei.

La porgo a Teddy con dita tremanti. Lei la prende e resta senza fiato. Sento la tipica nota di sorpresa nella sua voce quando mi chiede: « Lei è *tua madre*? »

Distolgo gli occhi dal suo viso luminoso per guardare la fotografia. Ritrae maman all'età di ventisei anni; solo io posso vedere gli occhi azzurri vivaci in quell'immagine in bianco e nero. Ha il viso rivolto in su, verso la luce, incorniciato dai riccioli. Il sorriso dichiara una certa felicità.

È splendida, e Teddy non trova nessuna somiglianza tra noi.

Accenno un sorriso, anche se mi costa moltissimo.

« Com'è bella! Mio Dio, avrebbe potuto fare l'attrice, sarebbe diventata una vera stella del cinema », continua lei, senza rendersi conto delle conseguenze della sua esaltazione.

Emetto un suono basso che lei interpreta come una conferma. Non è così che doveva andare questa visita. Teddy ha pilotato gli eventi, come suo solito, e io le sono andata dietro, come un pezzo di legno trascinato dalla corrente. Reprimo la collera. Sono sempre stata arrabbiata, e sono... stanca.

Con mia grande sorpresa, lei volta la cornice e stacca il fermo sul retro. Tira fuori la foto e se l'avvicina al viso.

« Era una poetessa », mormoro. Vorrei dirle di più, ma allo stesso tempo non voglio, così restiamo entrambe in un silenzio che si allarga nella stanza, riempiendola di un'aria così calda che temo davvero potremmo volare via.

Gira la foto, come mi aspettavo, e legge la scritta sul retro.

Non la vedo con gli occhi, però quelle parole sono impresse sulla mia pelle, in quello stesso corsivo irregolare.

Alla fine, Teddy rompe il silenzio leggendo a voce alta le parole di maman. Per me è una dolce tortura ascoltarle, piacevole come un coltello affilato. Non sento più la voce di Teddy, ma quella di mia madre, chiara come se fosse seduta proprio accanto a me, e mi sussurrasse all'orecchio sul nostro balcone, con la città che si allunga sotto di noi e le stelle nel cielo della notte che lottano contro le sue luci.

*Tutti siamo stati*
*luce, per un poco,*
*come una candela accesa*
*nel buio paziente.*

# 4

## *Gravità*

HARLEM, NEW YORK, 1° FEBBRAIO 1946

Le bugie non esistono. Esistono solo le metafore.

L'ho sempre vista così. Per questo sono una maestra dell'inganno. Di fondo dico la verità, e spesso si tratta di una verità terribilmente dolorosa. Non è colpa mia se il mondo è troppo stupido per decifrare le mie rune. Non è colpa mia se sono costretta a infilare le cose in una scatolina per far sì che le persone mi capiscano e per poter sopravvivere in questo mondo dimenticato da Dio.

Non mi sento mai in colpa, quando mento. Nemmeno per un secondo.

Adesso, invece, sì.

La delusione di Delia mi distrugge. Ha un'espressione angosciata, vedo le lacrime brillare nei suoi occhi.

Sono seduta in soggiorno, Blue e Delia sono in piedi davanti a me, ed è evidente che stanno per giudicarmi. Ho capito di essere nei guai nel momento in cui mi hanno chiesto di raggiungerli.

Solo che non so il perché. Quale dei miei tanti crimini hanno scoperto? Mi siedo sulle mani per fermarne il tremito.

Sono terrorizzata, ma faccio del mio meglio per non darlo a vedere. Una volta, quand'ero ancora bambina, un ladro è entrato in casa nostra nel cuore della notte.

Maman è balzata fuori dall'ombra mentre si avvicinava alla mia camera da letto e lo ha ferito al volto con un coltello a serramanico. Per poco l'uomo non è morto dissanguato a terra, davanti a lei che intanto se ne stava con l'elegante pantofola rosa premuta contro la sua schiena e gli puntava il coltello alla gola, pronta a concludere il lavoro se solo avesse provato a muoversi. Mi ha chiamata e mi ha detto, in tono molto calmo, di correre sino in fondo all'isolato e chiamare la polizia. Mentre lo portavano via, è uscita sul balcone a fumare una sigaretta.

Più tardi le ho chiesto se avesse avuto paura, lei ha scrollato le spalle magre e ha risposto, come se stessimo parlando del prezzo di una pagnotta: «Sei mia figlia, Delphine».

Dico a me stessa che ho il suo stesso coraggio, ma dentro di me, con sgomento, capisco che non è così.

Blue scuote il capo. Nella voce ha una calma irreale, che non mi dà la minima consolazione. «Non ti avevo detto di venire da me, se fossi stata nei guai?»

«Sì», gemo.

Annuisce. «Non avevi capito?»

Preferirei che mi urlasse contro. Così è molto peggio. «Sì, avevo capito.»

Si sistema il bavero con tutta calma. Ha passato la giornata in casa però è comunque in giacca e cravatta. «Quindi hai deciso di mancarmi di rispetto.»

Non è una domanda.

«Non capisco cosa intendi.»

Delia mi osserva scuotendo la testa. «L'ho trovato nel tuo cestino della spazzatura. Credevo fossi troppo intelligente per metterti a giocare con quella robaccia. E per portarla in *casa nostra.*» La sua voce è piena di ribrezzo.

Non ho la minima idea di cosa stia parlando, ma non mi sento comunque innocente, e non sono in grado di assumere un'espressione innocente. «Mrs Delia...»

Lei solleva una mano per farmi tacere. «Lo sapevo. L'ho

capito quando hai cominciato a tornare a ore strane e a intrattenerti con quella buona a nulla.»

«Ma... Mrs Delia...»

È furibonda. «Sttt», mormora, e il tono velenoso, da una persona che è sempre stata tanto gentile con me, mi blocca, annientandomi. La guardo a bocca aperta e sento le lacrime agli occhi.

Ci fissiamo l'un l'altra, come due sciocche che stanno per scoppiare a piangere.

Blue viene a mettersi tra noi.

Studia il mio viso con una tale intensità da farmi venire voglia di muovermi, ma mi costringo a restare seduta, rigida. Non serro le palpebre come mi piacerebbe fare. Durante una delle sue visite a Parigi, anni fa, lui e maman mi hanno portata al circo a vedere un domatore di leoni. Quell'uomo era al centro del palco circolare, col leone che gli girava intorno, ed era immobile come una statua.

«Se mi menti, ti rispedirò a Parigi stasera stessa. Capito?» dice in tono glaciale.

Emetto un leggero sibilo di conferma.

La sua espressione è dura. «Prendi quella roba?»

«Non capisco», dichiaro implorante, e alla fine esterno la sensazione di star dicendo la verità. Le lacrime mi rigano il viso. «*S'il vous plaît*, non riesco a capire.»

Me lo ripete in francese, ma non riesco comunque a fare altro che un cenno di no con la testa. Comprendo l'inglese, ormai sono in grado di capire quasi tutto ciò che mi viene detto, però non ho idea di cosa stia parlando. Sarò anche un'imbrogliona che è riuscita a intrufolarsi in casa loro, ma non ho commesso altri peccati, almeno non oggi.

Lui mi scruta per un lungo istante, poi si volta a guardare la moglie. «Dice la verità. Non è sua», sono le sue uniche parole.

Delia sta per rispondere, mentre lui la cinge con un braccio e l'attira a sé. «Credimi, ne sono sicuro.»

La collera l'abbandona, e Delia fa un gran sospiro di sollievo. «Scusami, Delphine. Scusami. Oh, grazie al cielo, avrei dovuto saperlo.» Va nell'altra stanza e torna subito. Mi avvicina il cestino della spazzatura e vedo, chiara come il giorno, una siringa sul fondo. Della carta stagnola. I resti di una polvere marrone chiaro.

*Teddy.*

Siamo state sveglie fino a tardi a parlare, poi è rimasta da me per la notte. Io ho dormito sopra una coperta stesa sul pavimento, lasciandole il letto. È andata via prima che mi svegliassi.

Non so molto di quella carta stagnola, ma so che porta alla perdizione.

Benché fosse un'ardente sostenitrice dell'infrazione delle regole, maman si rifiutava in modo categorico di concedersi qualsiasi sostanza che non fosse l'alcol, e mi avrebbe presa a ceffoni se mai avessi osato farlo. Era schiava della passione per mio padre, poi lo è stata per la bottiglia, ma non questo. Questo, mai.

Ho la gola secca. «Ah.»

Incrocio lo sguardo di Blue e sento un'ondata di terrore all'idea di ciò che sta per dire.

«Non devi più vedere quella ragazza. Mai più. Altrimenti ti butterò fuori di casa, Delphine. Ti rispedirò da tua madre, e le dirò di chiuderti a chiave in camera per i prossimi cinque anni», dice a bassa voce.

Stavolta non mi chiede se ho capito. Non ce n'è bisogno.

Non ho speranze di convincere Blue a concedermi una deroga. Lui non cambia mai idea sulle cose. È stato un musicista per anni, e non c'è molto che non abbia visto in vita sua. Ogni volta che m'incrocia, mi rivolge un sorriso mesto, come a volermi dire che gli dispiace avermi dato un dolore, ma non può farci nulla.

Dopo alcuni giorni, decido di rivolgermi a Delia.

La raggiungo mentre sta preparando l'impasto per i biscotti, però lei scuote il capo e sospira non appena mi vede entrare dalla porta della cucina.

« Ti prego. Si starà chiedendo dove sono finita », le dico.

Si pulisce le mani sul grembiule. « Lasciamo che se lo chieda. »

Mi torco le mani come un soprano durante un'opera lirica, ma non m'importa. È l'unico modo che ho per trattenermi dal gettarmi ai suoi piedi. « Non capisci. Io posso aiutarla a smettere. »

Si ferma e si volta a guardarmi. Ha gli occhi pieni di compassione, e io odio la compassione.

« Mia cara, dolce bambina. Non puoi. »

« Non sono una bambina, e l'ho già fatto in passato. Stavolta ci posso riuscire », rispondo con fermezza.

Delia allunga le mani verso di me, io arretro. Se mi tocca, scoppierò a piangere.

Mi parla in tono gentile. « Delphine, non è colpa tua e non è un fardello che tu devi portare. Questa ragazza, Theodora, dovrà cercare aiuto nella sua famiglia. Puoi sempre trovare una nuova amica. Perché non provi in chiesa? Ci sono alcune chiese cattoliche nel quartiere italiano. »

Non riesco a decidere cosa sia peggio.

Non so come farglielo capire. In genere mi sembra di poter parlare con lei, adesso è come se avessi la lingua annodata e non so cosa dire.

« Non posso abbandonarla così. »

« Non sei tu che l'abbandoni. È lei che abbandona te, e

tutte le altre persone cui importa di lei, prendendo una decisione del genere. Dovresti usare la macchina da scrivere che ti abbiamo comprato, non preoccuparti di queste cose.»

Mi lambicco il cervello in cerca di parole che facciano breccia. «Ma Gesù non vorrebbe che l'aiutassi? Lui ha soccorso i lebbrosi, giusto? Non li ha certo lasciati alla loro sofferenza.»

Lei non ha la minima esitazione. «L'ultima volta che ho controllato, mi sembravi una semplice adolescente. Non Gesù.»

«Ma...»

«Lei ti ha chiesto aiuto?»

«No, ma...»

«Allora non fare niente. Puoi passare la vita a cercare di aiutare qualcuno, ma, se quella persona non vuole essere aiutata, non ci riuscirai mai. Quando Gesù tornerà, ci penserà Lui.»

La fisso, chiusa in un silenzio che grida vendetta.

Lei sorride con dolcezza di fronte alla mia espressione irata. «So che le vuoi bene. Però a volte la vita va così, tesoro. Credi che io non abbia mai dovuto lasciar andare delle persone? Mi dispiace molto per questa giovane donna, sul serio, e pregherò per lei. Ma è te che devo proteggere. Tua madre ti ha affidata alle nostre cure e, finché rimarrai qui, dobbiamo decidere cosa è meglio per te.»

Nessuno ha mai fatto ciò che era meglio per me. Non ho certo bisogno che loro inizino a farlo proprio adesso.

Delia mi tocca la mano, sfiorandomi le dita con le sue con una tale tenerezza che devo fare appello a tutta la mia forza di volontà per non gettarmi tra le sue braccia.

«Sai, non è solo una questione di responsabilità, Delphine. È un vero piacere averti qui con noi. Io non... non posso avere figli, ed è una vecchia ferita con cui ho imparato a convivere perché è la volontà del buon Dio. Però la tua presenza... È un po' come se fossi mia figlia.»

Mi allontano di scatto da lei. Non ha senso fermarmi a riflettere su come sarebbe stata la vita con lei al posto di mia madre. Non è qualcosa che possa scegliere. Nessuno può scegliere, ed è la cosa peggiore del mondo.

«Non voglio andare via», le dico, ed è la verità. Nessuno si è mai preso cura di me come loro. «Quindi farò ciò che mi chiedete. Però, per favore, almeno permettetemi di spiegarle il motivo. Almeno lasciate che le dica addio.»

Delia esita.

Deglutisco a forza e m'impongo di non piagnucolare. «Ti scongiuro. Teddy è stata così gentile con me. Glielo devo.»

Sembra incerta. «Dovrò parlarne con Joseph.»

Annuisco. «E potrei dirle che se smetterà con quella roba potremo tornare amiche? Quando starà bene?»

Ha un'espressione piena di tristezza. Non credo che sia solo per me. «Non sempre il bene è come lo immagini, Delphine.»

«Lo so. Ma stavolta sarà diverso. Deve essere così», insisto.

Scuote la testa e torna alla preparazione dei biscotti. «Non ci conterei troppo.»

Non c'è più nulla che mi distragga dalla lettura della lettera di Louise. Mentre la apro, le mani mi tremano un po' e mi odio per essere così sciocca, perché a dividerci c'è un oceano intero e le sue parole non hanno nessun potere. Me le immagino cadere a una a una nel mare, così che, nel momento in cui la lettera giunge a me, non è rimasto altro che un foglio bianco.

*Cara Delphine,*

*sei un'illusa, proprio come tua madre, solo che a te manca il talento per ammaliare il mondo e indurlo a chiudere un occhio. Cerchi i guai col lanternino. Sei una cacciatrice di tempeste, e se continui così ti avvicinerai troppo senza poter più fuggire in tempo.*

*Sei andata in America per cercare l'uomo che credi sia tuo padre, vero?*

*Non puoi servire due padroni. Io servo Dio, e anche tu dovresti. Ma, visto che non vuoi, impara almeno a servire i tuoi interessi.*

*Tua madre ha affidato a me la tua anima, e ti invito a pensare a questo, prima di tutti i tuoi capricci terreni. Nulla è paragonabile all'adempiere una vocazione: lo imparerai se ti sarà concessa la fortuna d'invecchiare.*

*La tua affezionata madrina,*

*Louise*

Appallottolo il foglio e lo lancio lontano da me, come se potesse esplodere se lo tenessi ancora tra le mani. Tremo per lo sdegno.

Dovevo aspettarmi che avrebbe sentito il bisogno di ricordarmi che ero tra le sue braccia mentre, nuda e urlante, un sacerdote mi spruzzava acqua contaminata sulla fronte, benedicendomi.

Ha il potere di farmi sempre sentire una bambina inerme, anche se ormai è evidente che sono sulla buona strada per essere una donna adulta, se già non lo sono. Non sono la sua figlioccia.

Sono Delphine Auber Hemingway. Un giorno diventerò una grande scrittrice. Sono una signora.

Non le risponderò. Louise è sempre stata la mia costante,

anche se a volte è una stella polare e altre è come una catena legata alla caviglia che non posso spezzare.

Mi accorgo che ho il fiatone e cerco di calmare il respiro, ma non serve a niente, e prima di rendermene conto ho già recuperato il foglio appallottolato e l'ho strappato in mille pezzi.

M'inginocchio a terra, poggio la testa sulle lenzuola e crollo in un sonno agitato.

È Delia a svegliarmi, ore dopo, quando il sole sta ormai calando.

« Svegliati, bimba », dice, le mani delicate sulle mie spalle.

Sollevo il capo per guardarla, ancora intontita. È vestita per uscire, ha un bel vestito rosso e guanti bianchi, i capelli ricci che le sfiorano le spalle.

Nota subito la mia espressione. « Cos'è successo? »

« Niente », mento. La mia voce è troppo debole.

Sospira e non cerca di contraddirmi. « Io e Blue andiamo a una festa. Te la caverai? Ti ho lasciato da mangiare. »

Faccio fatica a non lasciarmi andare a una risata isterica. Me la caverò? Maman mi lasciava da sola per giorni, a volte.

« Certo. »

« Ho parlato con Blue. Ha detto che puoi salutare la tua amica e spiegarle il motivo. Forse le darà la spinta per cambiare », riprende.

Mi alzo di scatto. « E poi potrò rivederla? Dopo che ne sarà uscita? »

Lei solleva una mano. « Non ha detto niente in proposito. Puoi fare solo questa cosa, poi sarà meglio per te se ti concentri su te stessa e su quel libro che desideri tanto scrivere. »

Quelle parole sono così simili a ciò che mi ha scritto Louise che ho una gran voglia d'infuriarmi, ma, visto che sono in due a dirmelo, non ho altra scelta se non accettare che deve essere vero, e posso solo sbuffare per la frustrazione.

D'altro canto la collera è svanita da me, lasciandomi molle come una medusa.

«Ma posso vederla?»

«Stasera, se vuoi. Però ti consiglio di tornare presto.»

«Oh, grazie. Grazie, Delia», farfuglio.

Mi dà un bacio su una guancia. «Fai la brava, mia cara.»

Non so perché ha un'aria tanto triste.

Il peggio è passato, per me. Non glielo posso dire, certo, quindi mi vede ancora come una ragazzina e non come una donna che ha stretto nella mano un coltello e l'ha piantato nella schiena di qualcuno che amava.

Non può esistere nulla di peggio, perciò non ho niente da temere, ma solo speranze. Sono convinta che d'ora in poi tutto andrà meglio.

Scrivo una veloce risposta a Louise prima di uscire, sfruttando l'energia della vittoria. La mano corre sul foglio, la scrittura è approssimativa: voglio che sappia che non ho nemmeno voluto trovare il tempo di scriverle come si deve.

*Cara Louise,*

*la tua preoccupazione mi commuove, ma è inutile.*

*Conosco il mio destino meglio di chiunque altro; a dire il vero, sono anche l'unica che ci abbia mai creduto, come tu stessa hai ammesso. Non permetterò a nessuno di distrarmi dai miei propositi. So bene che maman mi ha affidata a te quel giorno, però mi ha affidata anche a Dio. E, se a Lui non interessa fare il Suo dovere, credo possiamo concordare che anche tu puoi sentirti libera da ogni vincolo.*

*Delphine*

La lascio sulla scrivania: la spedirò domani.

Vado in cucina e provo a telefonare a Teddy per tre volte, ma non risponde nessuno. Non ce la faccio ad aspettare ancora. È solo mercoledì, e credo ci siano buone possibilità di trovarla in casa, o che sia uscita a cena per rientrare abbastanza presto. Penso che Harlan abbia impegni in qualche circolo per gentiluomini, il mercoledì, dove lui e i suoi amici buoni a nulla, ricchi e piagnoni, si riuniscono per fumare e guardare diapositive di tutti i luoghi saccheggiati dai loro antenati per puro divertimento.

Mi avvolgo nel cappotto smeraldo coi bottoni argentati, che in realtà è un vecchio cappotto di maman che Delia ha adattato per me, e salgo sul tram per andare in centro.

Il freddo è pungente, mi pento di non aver messo una sciarpa. Mentre cammino, percorrendo gli ultimi isolati che mi separano dall'edificio in cui si trova la casa di Harlan, ho le guance arrossate e le labbra screpolate.

Il portiere mi ferma. « Va da qualcuno? » mi chiede, perché è evidente che non abito lì.

Maman si comportava come se provenisse da una famiglia ricca, perché era vero, ma quando sono nata io i soldi erano finiti da tempo, e nessuno mi ha mai scambiata per una dell'alta società. Lei ha sempre sostenuto che non eravamo povere nel vero senso della parola, solo in un modo meno marcato: « I poveri non possiedono oggetti d'antiquariato, Delphine ».

Tuttavia, è evidente che agli occhi di quest'uomo sono solo plebaglia, perché, sebbene sorrida, lo vedo storcere il naso.

« Vado a trovare Theodora Dolan », dico con sicurezza.

« Qui non abita nessuno con quel nome », risponde in tono burbero.

« Sì, invece. Vive con Harlan », ribatto irritata. Non m'interessa discutere con qualcuno tanto ignorante.

Ha un'aria molto seria. « No, non sta più qui. Ora vada via. »

Sembra il tipo d'uomo capace di mettere le mani addosso a una signora - o perlomeno a me - e buttarla in strada, ma non sono pronta a mollare.

« Allora voglio vedere Harlan. »

Mi guarda come se lo stessi annoiando. « E chi sarebbe lei, di preciso? »

Potrei ucciderlo. Dico sul serio. Rappresenta tutti gli uomini che hanno tenuto aperta la porta a una bella donna per poi lasciarla sbattere in faccia a me; tutti gli insegnanti che ho avuto, che alzavano gli occhi al cielo quando mi vedevano e adulavano le altre ragazze. Rappresenta questa città volgare, in cui nessuno è speciale perché tutti lo sono.

Mi sento toccare una spalla, mi volto e la mia espressione furiosa svanisce.

È Harlan, con Teddy che si sostiene al suo braccio. Nello sguardo della mia amica c'è qualcosa di strano, ma il sorriso con cui mi saluta è amabile.

« *Finalmente* sei tornata! Pensavo fossi precipitata in un abisso », dice allegra.

« Ho provato a chiamarti », rispondo in tono dimesso. Per una volta è vestita da ragazzina, con una camicetta blu scuro e una gonna marrone, i capelli sciolti che le arrivano alle spalle. Ha solo un velo di trucco, e noto che la sua pelle sempre levigata è ora coperta di piccole protuberanze. Ha delle ombre viola sotto gli occhi.

Indico il portiere. « Ha detto che non abiti più qui. »

Lei gli lancia un'occhiataccia. « Non è molto sveglio. »

Harlan ha quella tipica aria da viscido. « Tutto a posto, anche lei è con me », dice rivolto all'usciere, poi mi fa cenno di avvicinarmi con un dito. Prosegue nell'atrio decorato, lasciando che lo segua.

Teddy scivola via da lui nell'attimo in cui entriamo in ascensore e mi posa una mano sulla spalla. « Sei malata? » mi chiede. Colgo una punta di fastidio nel suo tono preoccupato.

« No », rispondo a bassa voce. Harlan mi guarda come se fossi una mosca che vorrebbe tanto schiacciare. Non mi va di parlare in sua presenza.

Teddy osserva il mio viso, inarca le sopracciglia e fa un leggero cenno d'assenso col capo.

È una delle cose che mi piacciono di più di lei: è bravissima a comprendere le persone. Devo riuscire a imparare anch'io. È una capacità utilissima ogni volta che vuole essere gentile, ma se cambia umore e decide di colpire in modo tagliente è impossibile pensare che abbia toccato il punto debole senza farlo apposta.

« Harlan, tesoro, perché non vai avanti mentre io e Delphine facciamo due chiacchiere sul tetto? Non ci vorrà molto. »

Non sembra convinto, però, quando gli accarezza una coscia, lui bofonchia una parola che non conosco e si volta.

Raggiungiamo il loro piano, dove Harlan scende, e noi proseguiamo la salita. Non appena le porte dell'ascensore si chiudono e la cabina riparte, Teddy si volta verso di me scuotendo il capo. « Se non stai male, cos'è successo? »

Muovo le labbra senza emettere un suono.

Ritento. Ho le orecchie in fiamme per il senso di colpa. « Scusa. »

« Non ti ho chiesto delle scuse, ti ho chiesto un motivo. Non ci faccio niente con 'scusa'. È la parola inglese più inutile del mondo », ribatte seccata.

Cerco di sorriderle, ma le labbra screpolate lo rendono doloroso. « Vale per tutte le lingue, credo. » Ormai parlo inglese abbastanza bene da sapere che c'è almeno una decina di modi per scusarsi, anche se nessuno ha una grande utilità.

L'ascensore si ferma, Teddy mi prende per mano e mi fa uscire. Saliamo una rampa di scale poco illuminata, poi lei spinge una pesante porta di metallo e ci ritroviamo sul tetto.

Il gelo mi arriva di colpo fino alle ossa, le mie ginocchia cominciano a sbattere, Teddy invece si limita ad allacciarsi il cappotto di ermellino e si dirige verso il bordo.

Lassù la vista è mozzafiato. Gli edifici sotto di noi puntano dritti verso il cielo come se fosse una loro proprietà, e le luci variopinte danzano. La città si mostra in tutto il suo splendore. Non è Parigi, ma mi sta conquistando. Questo posto, queste persone... non sarà mai casa mia, però è qualcosa.

Se non fossi così infelice, approfitterei del momento per apprezzarla.

Mi avvicino a Teddy e le prendo la mano gelida. « La siringa. » È tutto ciò che dico. Non ce la faccio ad aggiungere altro. Lei è sempre stata perfetta ai miei occhi. Voglio cancellare la realtà, se la realtà può sporcarla. Voglio spingere la verità oltre il bordo di questo tetto e guardarla andare in frantumi.

Lei impallidisce, ma fa un cenno d'assenso col capo. Almeno una parte di lei se lo aspettava.

« Sarei dovuta stare più attenta. »

Non rispondo, e lei mi rivolge un sorriso sardonico.

« Non sarà chissà quale scandalo per te, giusto? Non vieni certo da un paesino preistorico. Devi sapere che non si tratta di una novità... lo fanno tutti. »

Non voglio farle la morale. « Non tutti. »

Mi liquida con una scrollata di spalle. « Tutti quelli che conosco. Harlan lo sa. È il suo medico che me la procura. »

Anche se sento freddo, le dita mi formicolano come se

avessi delle scintille tra le mani. Sono qui per dirle addio. Sono qui per dirle che non posso vederla mai più, finché non perderà questo vizio.

Invece le dico: « Vieni via con me ».

Ride, ma senza nessuna allegria. « Cosa? Vuoi portarmi a Parigi? »

Potrei quasi dirle di sì, anche se so che non posso farlo, e non voglio mentirle. Non mi sono mai sentita tanto poco incline a mentire a qualcuno in vita mia.

« Smetti con quella roba, e ti porterò in un posto migliore », le prometto.

Scuote la testa. « Devo restare. Harlan mi ha fatto avere un'audizione. »

Digrigno i denti. Non ce la faccio più a tacere. « Non ti farà mai diventare un'attrice. Possibile che non te ne rendi conto? T'illude solo per continuare a portarti a letto. »

Il suo volto è più bianco di un lenzuolo, gli occhi iniettati di sangue. Si allontana da me senza una parola, e io la seguo. Quando comincio, non riesco più a fermarmi. Sento che sto perdendo il mio autocontrollo, rischio di essere sopraffatta da quel misto di paura e tentazione che mi ha già causato tanto dolore.

« Teddy, ti prego, ti imploro, smettila di venderti a un uomo che non ti merita. Presto dovrò trasferirmi, in ogni caso, devo andare da mio padre. Potresti venire con me. Ci prenderemo cura l'una dell'altra. Non abbiamo bisogno degli uomini. »

Mi affronta. « Non sono una puttana », esplode.

« Non ho detto... »

« E non ho bisogno che tu mi faccia da madre. Mia madre è scappata nell'Indiana col postino e, se proprio dovessi avere voglia di una ramanzina, le farò una telefonata », continua, sprezzante.

Mi sforzo per non trasalire. « Non voglio farti la ramanzina, voglio solo aiutarti. »

« Aiutarmi? » Ride. Arretra, abbracciandosi il ventre; la sua risata è di gola, piena di astio. « Come se avessi qualcosa da offrire! Non ho bisogno di aiuto da una come te, visto che sono stata io a raccoglierti dalla strada come un cane randagio. »

Faccio un respiro profondo. « Invece ne hai bisogno. »

« La uso solo per svagarmi! » grida, così forte da farmi allontanare per la vergogna. Mi assale, cercando di colpirmi con le mani: « Almeno io non ho rinunciato a tutti i sogni che avevo per diventare un'eremita come tua madre ».

L'afferro per i polsi, ma senza stringere. Le punto addosso uno sguardo carico di rancore, senza parlare: è a metà tra un avvertimento e una preghiera. Sfidarla è un errore, perché è testarda quanto me, ed è dotata di una lingua più tagliente.

« Sai, non te l'ho detto perché siamo amiche », riprende, come se le fosse venuto in mente qualcosa solo in quell'istante. « Ma credo che tu stia perdendo tempo con questa ricerca dello scrittore, chiunque sia. Tua madre si sarà inventata tutta la storia per non dover ammettere che si vergognava. Il tuo vero padre deve essere un tizio qualsiasi conosciuto in un bar, di cui magari lei non sa neanche il nome. Si sarà alzata la gonna in un vicolo ed è finita lì. »

La spingo via da me con tutte le forze, lei inciampa e cade. Geme per il dolore, e un anno fa le sarei saltata addosso, come un lupo che fiuta un momento di debolezza. Ma non posso cedere alla collera. Non ho alternativa se non allontanarmi barcollando.

« Non tu... » sussurro, senza forze, e so che sto piangendo perché sento le lacrime gelarsi sulle guance, ed è come una scottatura.

Teddy si rialza a metà, una mano su una guancia. « Fuori di qui! » mi urla, come se fossi un cane ai suoi ordini e questo tetto fosse il soggiorno di casa sua. « Vai via, brutta... brutta... »

Aspetto che mi definisca in qualche modo orribile, dicendo qualcosa che mi farà infuriare, in modo che possa dimenticare, per un rapidissimo istante, quanto tutto questo mi stia facendo male.

Però non finisce la frase. Mi guarda con occhi di ghiaccio, poi volta il capo.

Punta lo sguardo verso la distesa scintillante sotto di noi. « Vattene, Delphine. Con te ho chiuso. Non tornare », dice in tono sfinito.

Sto tremando. Supero la porta con le gambe molli e scendo le scale a fatica. Rischio di cadere entrando in ascensore, ma in qualche modo riesco a restare in piedi. Vorrei andare a prendere il treno, però non penso proprio di riuscire ad arrivare fin là, così torno alla reception e chiedo se possono chiamarmi un taxi.

Gli addetti restano sgomenti di fronte al mio viso pieno di lacrime e si muovono veloci, pur di liberarsi di me il prima possibile.

Singhiozzo in silenzio nella manica del vecchio cappotto di maman per tutto il tragitto fino a casa.

# 5

## *Sono selvaggia*

HARLEM, NEW YORK, APRILE 1946

Il libro ha l'odore della domenica mattina. Lo tengo sul viso e lo accarezzo come un amante.

Sono a casa.

Apro le pagine e bacio ogni parola.

Le parole di mio padre, scritte di suo pugno.

La prima bozza di un'opera mai pubblicata, donata a maman e adesso mia. La tengo al sicuro nel portagioie sotto il letto: solo io so che esiste.

Mi sembra di vederli insieme, i visi rivolti l'uno verso l'altra come se stessero per baciarsi, mentre passeggiano lungo la riva di pomeriggio. Li sento parlare di poesia, filosofia e politica. Vedo lui che tende le mani, e lei che gli va incontro come se a tirarla ci fosse un filo dorato, che non si spezza mai, nemmeno dopo che lui se n'è andato via.

Non mi sbaglio, non ho preso abbagli, non sono la figlia di una puttana e di un uomo qualunque. Non è possibile.

Eppure, quando cerco di scrivere, non riesco a fare a meno di domandarmi se davvero ho ereditato un qualche talento.

Vorrei tanto poter confessare a qualcuno che non ho la minima idea di cosa sto facendo, ma sembra proprio che metà dell'essere una scrittrice consista nel tenere per sé questo fatto.

Come faccio a creare un mondo intero dal nulla? Se fossi un genio come mio padre, non dovrei averlo già capito?

Dico a me stessa che non considero Teddy una gran perdita.

È incredibile, ma trovo maggiore consolazione nel passato. Ricordo il dolore bruciante di ciò che ho dovuto sopportare in passato e riesco a sorridere amaramente e a tirare avanti.

Lavoro al ristorante e parlo coi clienti in un inglese di gran lunga migliore. Mi lasciano delle buone mance e cominciano a trattarmi come una presenza fissa nelle loro vite. Aiuto Delia in casa e lei mi sta insegnando a cucire: sono pessima, però mi piace trascorrere il tempo con lei. Blue sta lavorando a una nuova impresa commerciale e non lo vedo granché, ma quando ci incontriamo mi sorride con calore, come se fosse orgoglioso di me. Anche questo mi rende più facile accettare la perdita della mia amica.

Sto sfruttando la macchina da scrivere, faccio sempre meno errori di battitura. Ho deciso di chiamare la protagonista Béatrice, mi sembra sia un bel passo avanti. Ho ambientato la storia ad Antibes e ho deciso di avere solo personaggi femminili: niente uomini, il che significa che con tutta probabilità il romanzo non piacerà a nessuno. Per una volta, però, ho deciso di fare a modo mio.

A volte vado alla New York Public Library, mi siedo nella sala di lettura Rose sotto i lampadari luminosi con davanti una pila di libri dall'odore delizioso e mi dimentico del mondo. Mi concentro sulle parole di Louisa May Alcott, Jane Austen, George Sand - il cui vero nome era Amantine Lucile Aurore Dupin de Francueil - e Betty Smith: il suo libro *Un albero cresce a Brooklyn* è uscito pochi anni fa. È lei a darmi più speranze di tutti, perché è ancora viva. È presente sulla terra in questo stesso momento e fa ciò che sogno di fare io. Il suo romanzo mi piace così tanto che dopo averlo restituito dal prestito ne acquisto una copia e la metto nel portagioie di maman. So che è il genere di libro che leggerò e rileggerò all'infinito, fino a quando il mio amore non avrà consumato le pagine e sarò in grado di sussurrare le righe seguenti prima ancora di arrivarci.

È *questo* che voglio imparare. Voglio far sì che chi non conosco possa trovarsi dentro la mia fantasia. Voglio che visualizzi le guance rosee dei neonati, che avverta l'odore acre della disperazione e che senta la risata trionfante di persone che non si lasceranno distruggere. Voglio trasformare l'inchiostro sulle pagine nel migliore amico di sconosciuti. Voglio compiere una magia con un solo trucco: la mia voce.

Mi accorgo, nella parte della mia esistenza che continuo a negare, che, se anche le cose con mio padre dovessero andare malissimo, non smetterei mai di scrivere. Non voglio farlo.

Ho riflettuto sull'idea di trovare un altro lavoro, magari come segretaria, ora che so scrivere a macchina. Presto, molto presto, avrò bisogno di altro denaro.

Mio padre si trova a Cuba.

Mi era già giunta voce che fosse così, adesso ne ho avuto conferma in un articolo di un giornale.

Non so il punto preciso, ma so che Blue ha una rubrica nel primo cassetto della scrivania di mogano del suo ufficio. Ha tenuto traccia di tutti i vecchi amici di un tempo, è il custode dei loro ricordi. È uno dei pochi ancora in vita dei tempi di Parigi, ormai circa vent'anni fa, rimasto indenne dal fuoco che ha bruciato con tanta potenza per svanire in brevissimo tempo.

Avrò bisogno del trasporto e di abbastanza soldi per prenotare un albergo per diverso tempo. Non so una parola di spagnolo e dubito che qualcuno là avrà voglia di darmi un lavoro. Voglio essere pronta per la fine dell'estate, e sono assolutamente sicura che troverò il modo di farcela. Sono qui da troppo tempo: quando sarà il momento di partire, sarà già passato quasi un anno dal mio arrivo. Non so come farò a guardare in faccia Blue e Delia e dire loro che vado via. Mi comporterò di nuovo da vigliacca, scappando nel cuore della notte?

Ho deciso che una volta arrivata a Cuba non mi presenterò subito a mio padre. Mi avvicinerò a lui senza dare nell'occhio. Sarò la sua ombra tremula. Sono sicura che sarà lui a notarmi.

Non prendo neanche in considerazione un'alternativa, perché non esistono alternative da considerare. L'unico altro posto al mondo per me, se non sono nella sua orbita, è sul fondo della Senna, e ho già rinunciato all'idea.

Non ho ancora risposto a Louise.

Cosa si può dire a una donna che ha sempre ragione ma è troppo umile per vantarsene? E poi non ho voglia di scriverle: in realtà ho voglia di vederla. La sua sola presenza ha il potere di placarmi. Mi sento sempre a disagio, ho un ronzio costante nelle orecchie che non mi fa dormire.

Delia ha provato a parlare con me dei miei malumori, però la mia ostinazione è invincibile, e ho sentito Blue dirle di lasciarmi in pace.

La cosa più importante è che la situazione, nel complesso, sta migliorando. Se la osservo con attenzione, so di essere in una condizione migliore rispetto a quando vivevo una vita di disperazione mondana a Parigi.

Maman ha sempre sostenuto con tutte le forze che mi voleva bene, fino all'attimo in cui non ha smesso.

✵

HARLEM, NEW YORK, MAGGIO 1946

*Cara Louise,*

*se l'avessi chiesto a mia madre, ti avrebbe detto che non si è mai pentita di essere una povera illusa. Anche se questo l'ha fatta sprofondare sempre più in basso e ha trascinato me con lei. Ma non credo che vorrebbe vedermi seguire le sue orme e affondare in quella stessa tristezza.*

*Sai, a volte credo che impazzirò. Ci sono notti in cui sento una voce che mi chiama, e non somiglia affatto alla voce di Dio. Credo che la determinazione nell'adempiere la mia vocazione sia l'unica cosa che mi tiene in piedi.*

*Non rinnegherò mai il mio destino, mai, per nulla al mondo, non importa quale prezzo ho dovuto pagare. Non importa quale prezzo ha pagato lei.*

*A volte però penso che forse sarebbe stato bello essere una ragazza bellissima, non abbastanza intelligente da essere insoddisfatta del modo in cui gira il mondo, piena di amici e sempre allegra. Penso che sarebbe stato bello avere una famiglia che mettesse me al primo posto invece di dover lottare con tutte le forze per ottenere ciò che è mio di diritto.*

*Ma questa è vanità, naturalmente.*

*Giusto?*

*La tua affezionata figlioccia,*

*Delphine*

*Giugno 1946*

*Cara Delphine,*

*non è vanità. Spesso confondi la vanità con l'umiltà, e l'umiltà con la vanità.*

*Mia cara ragazza, se ti convincessi a tornare da me, so che sarebbe di enorme aiuto per entrambe.*

*La tua anima ti ringrazierebbe. E tua madre ringrazierebbe me.*

*Torna. Termina gli studi. Vai all'università, come desiderava tua madre, studia Lettere. Potrai scrivere tutti i libri che vuoi. Quando sarà il momento giusto, potrai sposare un brav'uomo, che ti darà dei figli sui quali riversare tutto il tuo amore.*

*So che dentro di te c'è tanto amore. Non sprecarlo come ha fatto tua madre. Seminalo dove possa germogliare.*

*Non hai bisogno di lui e, mia cara, è col cuore spezzato che ti dico che quasi tutte le donne che hanno avuto bisogno di lui sono andate incontro a una terribile delusione.*

*Dio ti ha scelta per un destino grandioso, ne sono certa, ma non sono del tutto sicura che ti abbia scelta per quel che stai facendo ora.*

*Con tutto il mio affetto,*

*Louise*

HARLEM, NEW YORK, LUGLIO 1946

Sono diventata molto silenziosa. Mi piace dire a me stessa che significa che sto diventando una persona saggia e introspettiva, ma l'unico suono che sento nella mia testa è quasi sempre quello dell'acqua che bolle.

Mi vengono in mente almeno sei modi per ottenere i soldi di cui ho bisogno. Louise sarebbe inorridita da ciascuno di essi, e forse nemmeno a mia madre, nonostante la morale flessibile, piacerebbe sapere quanto oscuri sono diventati i miei pensieri. È sempre stata gentile, in ogni sua manifestazione. Non si sarebbe mai approfittata di nessuno, se avesse potuto evitarlo.

Continuo a cercare di scacciare il pensiero più frequente, ma è come lanciare una palla in salita: torna sempre indietro.

Teddy non c'è più. Ormai è estate, e ancora non ho abbastanza denaro per proseguire la mia ricerca. Devo fare qualcosa, e presto.

Blue e Delia hanno una cassaforte.

È nell'ufficio di Blue, una volta l'ho visto mentre ne estraeva interi fasci di banconote, molti più di quanti ci si potrebbe aspettare, considerato lo stile di vita relativamente semplice. Il ristorante, d'altra parte, è sempre pienissimo, e loro due non si fanno problemi a comprarmi regali. Credo siano piuttosto benestanti.

Non conosco la combinazione, ma penso di poterla indovinare. O magari, un giorno, lui la dimenticherà aperta.

Potrei trovare il modo di farlo sembrare un furto. Dovrei riuscirci.

Ma il solo pensiero mi fa venire i crampi allo stomaco, costringendomi a sedermi.

Voglio loro molto bene. Sono meravigliosi. Se mi avessero cresciuta, sarei una persona migliore.

Però...

So, e non mi spiego come, eppure è così, che non mi resta più tanto tempo. Mio padre non mi accetterà, se mi conoscerà quando sarò troppo grande; non potrebbe riconoscere la sua bambina nel mio viso, se l'infanzia sarà troppo lontana.

E niente di ciò che potrei fare sarà mai importante, se aspetto di essere vecchia per farlo.

Il seme amaro dentro di me dice che è solo un altro sacrificio, e in fondo cos'è un furto di fronte al sangue? Niente, a dire il vero. Se aggiungerò un peccato minore a uno più grande, non sarà quasi visibile.

Poi però ricordo che Delia mi ha insegnato a farmi le trecce prima di andare a letto e a sciogliere i capelli la mattina, in modo da farli sembrare più voluminosi. Ripenso alla mia macchina da scrivere, al fatto che dal momento in cui ho messo piede in questo Paese sconosciuto non ho mai patito la fame né mi sono sentita rifiutata. Una parte contorta di me ha cominciato a raddrizzarsi, come un osso che, posizionato nel modo giusto, si rinsalda.

Sono combattuta, passo in continuazione dalle tenebre a una tenue, disperata scintilla di luce.

Cerco di scrivere per settimane, ma le parole non ne vogliono sapere di venire da me. La pagina vuota, bianca, è il mio purgatorio.

Devo uscire da questa casa.

È una sera più silenziosa del solito. In genere in città i suoni non mancano mai, non c'è mai un silenzio di tomba, invece stasera sì. Sono nel letto e la mente comincia ad allontanarsi da me. Mi sforzo d'imbrigliarla, però i pensieri sono troppo veloci e, come sempre accade, si posano in un terreno dove non vorrei che andassero.

Vedo gli occhi vuoti della donna morta.

Non ce la faccio. Devo andare. Devo trovare mio padre. Devo andare, *adesso*.

Aspetto che la lancetta delle ore abbia superato le due prima di alzarmi. M'infilo un golf blu scuro sopra la camicia da notte, mi metto le scarpe e scendo le scale con la massima attenzione.

Attraverso la strada, raggiungo la casa e apro la serratura della porta con la chiave che ho in tasca. Si fidano al punto di avermela data: è tanta la fiducia che ripongono in me.

Avanzo strisciando nell'atrio, poi nel corridoio, diretta verso l'ufficio di Blue. È una stanza grande, col parquet ricoperto da tappeti spessi. Alla destra di una poltrona imbottita ci sono un decanter pieno di qualcosa che sembra sherry su un vassoio d'argento e un giradischi.

La cassaforte è dietro un grande dipinto a olio, una raffigurazione dei canali di Venezia che domina la parete più vicina alla porta.

C'è un'ampia scrivania di legno scurissimo con dietro una sedia in pelle dallo schienale altissimo.

Ad attirare subito la mia attenzione, però, è la parete più lontana, coperta da librerie. Mi avvicino e accarezzo con le dita i volumi consumati. Non sono libri messi per bellezza. Sono libri amati, sistemati in ordine alfabetico per cognome dell'autore, e la mia mano va da sola verso la sezione di mio padre.

Sono tutti qui, non ne manca nessuno.

Vado alla lettera F e trovo l'opera omnia di Fitzy, tanto amato da maman. Ha avuto una crisi profonda, quand'è morto. L'ho trovata sul pavimento, urlante, quando ha ricevuto la lettera dalla figlia. Non l'avevo mai vista tanto sconvolta.

Dopo essersi calmata, ha chiesto i suoi libri e ha letto all'infinito la poesia che preferiva. Per me non aveva nessun senso, ma ho il forte sospetto che in realtà non stesse affatto parlando con me.

Noli me tangere, *perché sono di Cesare,*
*e sembro mansueta, ma sono selvatica.**

Quando alla fine le ho dato un po' di vino e l'ho messa a letto, ha dormito per un giorno intero.

Dopo è peggiorata.

* Sonetto di Thomas Wyatt, *Whoso list to hunt* (Noli me tangere, *for Caesar's I am, / And wild for to hold, though I seem tame*), traduzione del sonetto petrarchesco del *Canzoniere*, *Una candida cerva sopra l'erba.* (*N.d.T.*)

Un'auto sfreccia vicino alla casa e mi riporta al presente. Scuoto il capo.

Ho lasciato Parigi per seppellire il passato, ma a quanto pare è riuscito a riemergere dentro di me. Non so come fare a smettere di vederlo.

Mi avvicino alla scrivania e frugo tra i documenti, sperando che, con un po' di fortuna, Blue abbia lasciato lì la rubrica. Naturalmente non è così.

Cerco la chiave nei posti più logici: sotto la pianta in vaso, nel posacenere, sotto il cuscino della poltroncina.

«Stai cercando qualcosa?»

Per poco non salto fino al soffitto. Blue è appoggiato allo stipite, vestito di tutto punto, e mi osserva con la placida attenzione di un gufo.

Mi s'increspano le labbra, sono senza fiato, balbetto, non riesco a parlare. Non resto quasi mai senza parole, ma c'è qualcosa sul suo viso che mi fa questo effetto.

Fa un passo verso di me, le mani in tasca. «Miss Delphine, ti ho chiesto: stai cercando qualcosa?»

Mi ritraggo come una lumaca cosparsa di sale. «Stavo...»

«Sì? Cosa?»

Arretro verso la libreria, mostrando il palmo delle mani vuoto. «Ti prego, non mi cacciare», dico.

«Non ho l'abitudine di tenermi in casa dei ladri.»

«Non sto rubando!» Non sono tanto sciocca da dichiarare che ho preso sul serio in considerazione l'idea.

Cammino all'indietro fino alle tende, e le stringo mentre lui continua a venire verso di me.

«E allora cosa facevi?»

Mi guardo a destra e a sinistra, come un animale in trappola in cerca di una via di fuga. Non mi viene in mente nulla. Mi sto domandando se sarò abbastanza brava da farlo cadere in una delle mie menzogne; è un vero miracolo se non si è ancora reso conto che le lettere che manda a mia madre attraverso di me non sono mai andate oltre le mie mani.

« Ti consiglio di non dire bugie. Ti darò una sola possibilità per spiegarmi cosa sta succedendo », dice, come se mi avesse letto nel pensiero.

Sposto il peso da un piede all'altro, poi mi rendo conto che così mi sto solo rendendo ancor più colpevole ai suoi occhi e mi costringo a restare immobile.

Non trovo altre soluzioni se non la verità. « Cercavo la rubrica. Non volevo rubare nulla, solo copiare un indirizzo, tutto qui », spiego, gli occhi puntati nella direzione del suo volto ma senza guardarlo.

« E non potevi chiedere? »

Abbasso lo sguardo.

« Allora? Hai in programma di andare da qualche parte così di corsa da non avere nemmeno il tempo di chiedere? »

Sembra che io non sia in grado di aggiungere altro. Vorrei sprofondare nel muro e passare in strada, dove solo l'aria della notte può giudicarmi.

Vedo le sue scarpe allontanarsi e sollevo lo sguardo. Blue va alla scrivania, estrae la chiave dalla tasca e apre il primo cassetto al centro.

Tira fuori la rubrica e me la lancia così in fretta che devo gettarmi in avanti per afferrarla al volo.

Lo guardo incredula.

Fa un cenno col capo. « Qual è? »

« C-come? »

« Qual è l'uomo che pensi sia tuo padre? »

L'aria viene risucchiata via dalla stanza. Le ginocchia mi tremano.

Blue si accomoda sulla sedia e mi guarda come un giudice forcaiolo. Mi fa segno di sedermi, e sprofondo nella poltroncina accanto alla libreria per non crollare a terra e rendermi ridicola.

« È di questo che si tratta, vero? Il motivo per cui hai chiesto a tua madre di venire a stare da noi. Me lo sono domandato molte volte. Sono sicuro che per te sarebbe stato più semplice rimanere in Francia. »

Non voglio piangere, non voglio. Mi sento come una creatura disperata che è stata estratta dalla conchiglia e si dimena sotto una luce impietosa, priva di ogni dignità. Ma non piangerò.

« Sì », sussurro.

Potrei fare le valigie in un'ora, due al massimo.

Blue si appoggia allo schienale. « Me l'immaginavo. L'ultima volta che l'ho vista, mi ha detto che cominciavi a chiedere spesso di poterlo incontrare. »

Chino il capo. « Mia madre ti ha mai detto chi era? »

« Non proprio. Non ha mai detto chi, ma sospettavo che dovesse essere uno di quelli con cui se la spassava diciotto anni fa. Non sto dicendo che fosse una donna facile, perché non lo era, però apprezzava la compagnia degli uomini, non c'è dubbio. » Per la prima volta, la sua espressione si addolcisce, e si concede un sorriso appena accennato. « È andata a stare dalla cugina in campagna e dieci mesi dopo è riapparsa con te tra le braccia. Ho pensato che, se avesse voluto farmi sapere chi era tuo padre, me l'avrebbe detto. Quando sentiva che era necessario, era una persona piuttosto diretta. »

Con lo sguardo angosciato vado verso la sezione dei romanzi di mio padre sullo scaffale.

Blue mi osserva con attenzione e fa due più due senza che debba dire nulla. Non credo proprio di aver parlato. Ancora non ci riesco, non so perché: è come se credessi di vivere una sorta d'incantesimo che potrebbe spezzarsi se la mia voce toccasse l'aria. Devo tenerla dentro di me fino al momento perfetto.

Lui scuote la testa. « Ah... peccato. Non è mai stato il mio preferito. »

« Cos'ha che non va? » chiedo. Sento la pelle rovente, come se qualcuno avesse acceso un fiammifero sfregandolo su ogni mio nervo.

Blue sembra sorpreso dalla mia improvvisa veemenza. « Non ha niente di particolare che non vada. È solo uno sbruffone, secondo me. Uno sbruffone e anche un po' sciocco. »

« È un genio. *Torrenti di primavera*? *Addio alle armi*? *Per chi suona la campana*? Come si può pensare che non sia una mente eccelsa? » dichiaro.

Mi sovviene la mia citazione preferita da *Fiesta. Il sole sorgerà ancora*: « Non puoi sfuggire a te stesso spostandoti da un luogo all'altro ».* Ho sempre adorato quella frase, e continuo ad aggrapparmi con la forza della disperazione alla speranza che non sia vera.

Si stringe nelle spalle. « Sarà, ma questo non gli impedisce di essere un maledetto sciocco. » La mia espressione gli strappa una risatina. « Ascolta, ciò che penso di lui non ha nessuna importanza. Dovrai crearti una tua opinione. Ti consiglio solo di non idealizzarlo troppo. »

Non rispondo. Non mi piace che conosca il mio segreto speciale, e che ne sia tanto poco entusiasta. E poi non voglio sentir parlare male di mio padre. Maman se ne lamentava, ed era un suo diritto, visto che era stata scartata da lui; era un diritto solo suo.

« Voglio trovarlo. Mi dispiace, avrei dovuto chiedere ciò

* Ernest Hemingway, *Fiesta*, trad. it. di Ettore Capriolo, Mondadori, Milano, 1990. (*N.d.T.*)

che volevo. Voglio solo trovarlo », dico. Sono ben consapevole del libretto che stringo tra le mani, e di colpo lo sento quasi troppo pesante.

Mi guarda con un'aria che rasenta la compassione e mi fa venir voglia di urlare.

« Hai solo diciassette anni. Ne dovranno passare ancora un po' prima che tu sia pronta a inseguire quell'uomo in giro per il mondo. »

« Pensavo che lui fosse qui. Siamo a New York, in teoria tutte le persone importanti vivono qui », rispondo con un filo di voce.

« Be', non puoi andare a Cuba. Tua madre non lo permetterebbe mai. E, anche se lei ti desse il permesso, io non lo farei. Sei sotto la mia tutela, a meno che tu non voglia tornare a casa. »

Vorrei tornare a casa, ma non posso. Non posso più.

« Voglio restare qui. Mia madre non... » dico, agitando una mano. « Non sta bene. »

Blue inarca le sopracciglia. « So tutto. Non è la prima a essere schiava della bottiglia, e non sarà l'ultima. Però, a giudicare da quel che scrive nelle lettere, comincia a stare meglio. »

« Sta meglio perché sono andata via. Non andiamo molto d'accordo. Non le piaccio per niente », rispondo con amarezza.

Sembra a disagio. Ho buttato giù maman dal piedistallo, e vederlo incerto mi dà piacere. « Sono sicuro che non è vero. »

« Come fai a esserne sicuro? » sbotto. Scivolo nella collera come nel mio paio di pantaloni preferito. « Era sempre al meglio quando c'eri tu, si mostrava in tutto il suo splendore. L'hai conosciuta come lei si è voluta mostrare. E sì, so che era bellissima, ma era anche un'inetta. Ero io a fare tutto. Mi sono dovuta prendere cura di lei come se fosse mia figlia.

Non ho mai posseduto nulla che non fosse stato scartato da lei, non ho mai conosciuto nessuno che non mi credesse inferiore a lei. Non avevo ricchezze di cui godere, visto che passavo il tempo ad assicurarmi che non le gettasse al vento. Tutti sparlavano. Tutti ridevano di noi, di *me*. Quindi, se anche mi apprezzasse, se anche mi amasse, che vantaggio ne avrei? *Quel bien?* » Sento che sto arrossendo.

Resta impassibile di fronte al mio sfogo e, quando il silenzio si allunga, mi sembra di aver avuto più una crisi isterica che altro. Ha lo stesso dono di Louise: mi fa sentire una stupida senza muovere un muscolo.

« Allora... Desideri restare qui con me e Delia? » chiede in tono freddo.

Annuisco. Dove altro potrei andare, se non trovo un modo per raggiungere mio padre?

« Allora ti conviene giurarmi che non t'intrufolerai più di nascosto in casa mia », risponde tagliente, facendomi sussultare.

« Lo giuro. »

Blue sospira. « Sai, Delphine, ti credo quando dici che le cose non sono andate come avrebbero dovuto. Hai il cinismo di una donna che ha il doppio dei tuoi anni, e so che tua madre aveva dei problemi. Ma sta cercando di uscirne. »

Mi viene in mente che devo mantenere la messinscena. Odio scrivere quelle maledette lettere; mi sembra di sfidare il destino ogni volta. Se parlo, sento le labbra spesse, impacciate. « Sì, certo. »

« Forse ci vorrà un po', ma credo valga la pena lavorare sull'idea di perdonarla. »

Gli rivolgo un sorriso educato. È impazzito? Non sono l'unica persona in questa casa che sta scivolando in quello che maman avrebbe chiamato « il buio paziente »? Il perdono?

Io e maman siamo ben oltre tutto ciò. Tra noi non c'è più nulla se non terra cosparsa di sale.

La amo e la odio, come ho sempre fatto. Ma non esiste speranza di perdono. Siamo sospese nel tempo.

« Farò del mio meglio. »

Il mio meglio è del tutto inutile, quindi ho detto comunque la verità.

Sembra incerto. Forse riesce a scorgere lo sfarfallio dietro i miei occhi.

« Buona notte, Delphine. »

Cerco di assumere un'aria contrita. « Buona notte. »

Quando la porta si chiude alle sue spalle, emetto una risatina che è poco più di un sussurro. Non sono affatto divertita, ma quel suono esce da me come un crepitio mortale, impossibile da trattenere.

Copio l'indirizzo di cui ho bisogno con le mani che non vogliono saperne di smettere di tremare. Lo avvicino al viso, però non avverto nessun legame con esso.

Scorgo il mio riflesso nello specchio dietro la scrivania e ho un colorito spento, gli occhi vacui. Ho la bocca contratta, come se avessi mangiato qualcosa di marcio. Il mio aspetto è ben lungi dall'essere trionfante.

Lancio un'occhiata al dipinto che copre la cassaforte, poi di nuovo a me stessa, e noto che ho gli occhi stanchi, ma asciutti. Forse le mie intenzioni mi disgustano, però non mi fermerò.

Niente può fermarmi.

# 6

## *Tournesol*

HARLEM, NEW YORK, SETTEMBRE 1946

Metto su una falsa facciata obbediente e fingo – così bene che ci sono giorni in cui inganno perfino me stessa – di aver accettato di restare per qualche anno. Blue ci ha portati tutti nella casa sfitta di un amico sul lago per due settimane, ed è stato bello potersi allontanare dal clima rovente della città. Ho ricominciato addirittura a sognare, come una ragazza normale, non perseguitata dal destino o da fantasmi. A volte canticchio Ella Fitzgerald e Billie Holiday. Sorrido ai ragazzi che incrocio per strada durante le mie passeggiate quotidiane, e alcuni ricambiano.

Quando mi sedevo a scrivere sulla spiaggia del lago, le parole venivano fuori in un modo che non avevo mai sperimentato. Sembrava il semplice gesto di un penitente, accompagnato dalla bellezza pura del canto di un usignolo.

La telefonata è arrivata tre giorni dopo il rientro in città.

Sento suonare il telefono, Delia che poggia il coltello e va a rispondere.

« Delphine! » mi chiama dalla cucina. Sono in salotto e sto giocando a dama con Blue, che mi guarda incuriosito. Scrollo le spalle: nessuno mi telefona da mesi.

Mi alzo. « Non barare mentre sono di là. »

Ridacchia. « Ragazza mia, non ho certo bisogno di barare. Giochi troppo male. »

In cucina, Delia finge di affettare pomodori, ma qualcosa nella sua postura rigida mi dice che ascolterà ogni parola.

Prendo la cornetta. « Pronto? »

« Pronto? Ehm, ciao. Sono Fiona. »

Non riconosco la voce. Non ho la minima idea di chi sia.

« Fiona... del night club. » La linea è disturbata.

Spalanco gli occhi. La ragazza carina, dai capelli scuri, conosciuta mesi e mesi fa.

« Che cosa vuoi? » Non ho la pazienza di abbellire la domanda come un'americana falsa. E non ho voglia di fermarmi a riflettere.

La sento deglutire. « Scommetto che la mia telefonata ti ha sorpresa. »

Credo abbia a disposizione cinque secondi prima che le attacchi il telefono in faccia.

« Si tratta di Theodora. »

Il mio stomaco si solleva, fa una capriola e poi sprofonda. « Cosa? » esclamo.

Fiona risponde a voce bassissima, come se non volesse rischiare di essere sentita. « È messa male. Ho pensato che avresti voluto saperlo. Gli altri amici... si sono tutti lavati le mani di lei. Harlan l'ha buttata fuori di casa. Non sta bene per niente. »

Sento la bocca piena di batuffoli di cotone. « Ti ha chiesto lei di chiamarmi? »

« No, no... solo non sapevo cosa fare », risponde subito.

« Non... non l'ho più vista. Non ho più parlato con lei. »

« Lo immaginavo. Ma ho pensato di dirtelo lo stesso. » Resta in silenzio per un minuto buono, e sento dei passi avvicinarsi, poi andare via. « Le ultime notizie sono che alloggia al Cranston, un motel nel Lower East Side. Adesso devo attaccare. »

« Grazie... grazie », mormoro, e mi sembra di sentirla riprendere fiato prima che cada la linea.

Delia mi fissa con occhi da civetta, in attesa che le spieghi la situazione senza che ci sia bisogno di chiedere.

Con le mani a pugno stringo il tessuto della mia gonna gialla. « Devo andare. »

Vorrebbe opporsi, però non le do il tempo di parlare. « Mi dispiace, Delia. Non ho nessuna voglia di sfidarvi. Siete stati sempre molto gentili con me e vi prego di credermi se dico che ve ne sono enormemente grata. Ma devo aiutare Teddy. »

Blue si è materializzato alle mie spalle e ascolta.

Mi volto verso di lui. Ha il viso duro come una lastra di granito, la voce invece è placida come sempre. « Mi sembra che tu abbia già deciso. »

La voce mi trema un po', ma lo guardo negli occhi. « Sissignore. »

« Cambierai idea? »

Sento il ticchettio dell'orologio, il ronzio del frigorifero, il profumo delizioso del cibo cucinato da Delia, gli strilli e le risate in lontananza delle ragazzine del quartiere che giocano a saltare la corda. Tutti elementi ormai così familiari.

« Nossignore. »

Mi punta addosso lo stesso sguardo che aveva quando mi ha scoperta a frugare nel suo ufficio: delusione mista a curiosità.

Il silenzio si dilata. È intollerabile, carico di possibilità terrificanti.

Dopo un tempo infinito, lui scrolla le spalle. « Ci sono cose nella vita che bisogna fare e basta. Se è così che ti senti, fai pure. »

Non mi sento sollevata come dovrei. « Posso... posso tornare qui? »

La sua espressione non cambia. So che sta elencando dentro di sé tutte le mie malefatte, valutandole in rapporto all'amore che prova per mia madre e all'affetto nei miei confronti. « Ci dovrò riflettere. Ti consiglio di tornare prima di sera, se vuoi questa possibilità. »

Annuisco. So che non otterrò nient'altro da lui, ora come ora. Non prende mai decisioni affrettate. Se fossi stata cresciuta da lui, avrebbe smorzato la mia innata sconsideratezza; avrebbe domato il mio carattere selvatico come se fosse armato di frusta.

Mi avrebbe resa una donna sicura di sé e riflessiva.

E non sarei mai corsa via, mettendo a tacere la voce della ragione che mi consiglia di restare. Invece afferro la borsa dal gancio sul muro, quella in cui tengo abbastanza soldi da potermi garantire una fuga veloce, in caso di necessità, e mi lancio di corsa per la strada.

Sto facendo qualcosa di avventato, che va contro i miei migliori propositi. Sarebbe stato molto meglio se il telefono non fosse mai suonato.

E, anche se non ho idea di cosa stia per succedermi, anche se ho lo stomaco sottosopra per la paura, so che sto sorridendo.

Sto di nuovo sfrecciando verso il sole.

« Motel » è una definizione generosa per questo posto, e forse anche un po' offensiva verso la categoria. C'è uno strato di sporcizia ben visibile sul vetro davanti al bancone della reception, e mi pento di non aver indossato dei guanti come una vera signora per proteggermi le mani, anche se dubito che qui sia mai passata una vera signora. L'uomo dietro il bancone mi osserva come se stesse soppesando un pezzo di carne, e dal leggero grugnito che emette capisco che non è affatto colpito.

«Cerco Miss Teddy Dolan, sono un'amica», dico.

Dà un'occhiata alla cartellina che ha davanti, senza metterci troppo impegno. «Non sono sicuro che alloggi qui.»

M'infilo una mano in tasca e poggio tre banconote da un dollaro sul bancone. «Per favore, controlli meglio.»

Prende i soldi senza neanche dire grazie, poi indica la scala malconcia dall'altra parte dell'atrio. «È nella stanza 310, ma non mi pare che intrattenga anche le donne.»

Quasi non lo sento nemmeno. Sto già salendo le scale, a due a due, senza reggermi alla ringhiera perché non voglio morire di tetano, e procedo più veloce di quanto credessi di poter fare. Arrivata al terzo piano ho il fiatone, il cuore mi rimbomba nelle orecchie, il sangue è rovente nelle mie vene.

Vado in fondo al corridoio e busso alla porta. Non risponde nessuno, così inizio a picchiare forte, con un pugno, poi due.

L'uomo della stanza accanto fa capolino e mi guarda male, ma rispondo con uno sguardo che mette bene in chiaro che la sua opinione non m'interessa. Torna dentro e chiude la porta, borbottando «puttana» a bassa voce. Non me ne importa nulla; a quanto pare gli uomini usano le stesse parole per definirci in tutte le lingue, a seconda se eseguiamo o no il loro volere. Credo proprio che avrebbero bisogno di un'iniezione di fantasia.

«Teddy! Teddy, apri!» grido.

Si sente un fruscio dietro la porta e capisco che è lei. Quasi mi sembra di vederla sbirciare dallo spioncino. La sua presenza è palpabile, come una brezza primaverile.

«Teddy, sono io. Per favore», la chiamo ancora, stavolta più piano.

La porta si apre di pochi centimetri e vedo uno dei profondi occhi castani di Teddy sgranato per la sorpresa. La spalanca del tutto e mi trascina dentro, poi la chiude sbattendola. « Che ci fai qui? » chiede.

Non le rispondo. Non ci riesco. Sono sconvolta dal suo aspetto.

Ha la pelle giallastra, unta. I capelli non sono più biondo platino, ma un groviglio castano. Sembra che se li sia tagliati da sola. Ha perso peso, i polsi appaiono fin troppo ossuti e fragili. Se cadesse, penso che si spezzerebbe in due.

« Dio mio, Teddy, che ti è successo? »

Arrossisce, e solo troppo tardi mi rendo conto che offenderla è un pessimo inizio. « Non ti ha chiesto nessuno di venire. Non capisco proprio perché sei qui », risponde, astiosa.

Mi pizzico l'interno del palmo per impedirmi di toccarla. « Mi ha telefonato Fiona. »

Teddy emette una gran risata beffarda e si volta. « Quella sgualdrina! Ci avrei scommesso. »

« È solo preoccupata. »

Teddy si avvicina al comodino e prende un pacchetto di sigarette. I suoi movimenti sembrano instabili. Ha perso tutta la grazia. « Certo, chissà quanto è preoccupata! Dorme nel mio letto e si scopa il mio uomo. Sono sicura che si strappa i capelli! » grida.

Prendo atto della novità in silenzio.

« Non puoi restare qui, non te lo posso permettere », dichiaro in tono piatto.

Mi guarda col naso arricciato. « Non devi farlo. Non sono certo stata una buona amica per te. »

« Voglio aiutarti comunque », rispondo cauta.

« Non mi serve il tuo aiuto. Non lo voglio. Tornatene a Harlem, di corsa », insiste. Cerca di prendere una sigaretta ma il pacchetto le cade di mano, e lei lo raccoglie.

Sorrido di fronte al suo disprezzo, spiazzandola. Non si

rende conto che non è la prima volta per me. So bene cosa significa amare qualcuno che è innamorato di un veleno. So cosa significa aspettare fino a quando non avrà perso ogni desiderio di resistere, in modo da ottenere che faccia ciò che voglio io. I tossicodipendenti sono furbi, e al tempo stesso molto stupidi, e non se la cavano affatto bene nelle partite lunghe.

Tra poco avrà un bisogno disperato di una nuova dose e sarà pronta a fare tutto ciò che le dico se penserà così di potersi sbarazzare di me. Non so come liberarla da questa sostanza e non ho il coraggio di chiederlo a nessuno.

Devo stare attenta. Teddy non è maman. Non le interessa ingannarmi, fingere di voler cambiare. Ho deciso che voglio espiare almeno qualcuna delle mie colpe, e aiuterò Teddy, fosse l'ultima cosa che faccio.

Devo trovare un modo per far sì che le importi. Rendere la prospettiva dell'orizzonte qualcosa per cui valga la pena affrontare l'inferno in cui dovrà strisciare.

Forse offenderla è proprio la cosa giusta da fare.

« Ti prego, lascia che ti aiuti. Hai un aspetto terribile. La tua pelle meravigliosa... è rovinata, forse per sempre. »

Mi guarda: negli occhi arrossati ha un'espressione ferita. « Cosa? »

Metto a frutto il tono da serpente tentatore che ho imparato da lei. « Avrai la pelle da anziana... dura come il cuoio. Nessuno vorrà mai ingaggiare un'attrice con un viso del genere, non puoi non saperlo. Ed è un vero peccato. Nessuno conoscerà mai il tuo talento. E dire che eri così carina! »

È orripilata, le labbra le diventano bluastre per la paura. « Non è vero. »

« Guardati. Teddy, guardati allo specchio. Ti sei rovinata », la sfido.

Trema. « No, non è così. »

La raggiungo a passo deciso e l'afferro per le spalle. «Guardati intorno. Vivi nello squallore. È per questo che hai lasciato l'Ohio? È per questo che sei scappata da tuo padre?» So che sentir nominare il luogo d'origine la manderà su tutte le furie, ma devo correre il rischio.

Emette un leggero rantolo. «Non volevo che succedesse niente di tutto questo. È andato tutto storto. Harlan... si è infuriato con me, e gli ho dato uno schiaffo», dice con voce strozzata, gli occhi serrati. «Credo di aver pensato che, dopo le volte in cui è stato lui a colpirmi, in fondo lo meritava.»

Immagino la faccia compiaciuta e sento una gran voglia di dargli ben più di un semplice schiaffo.

«Ti ha cacciata di casa?»

«Non in quell'occasione... o meglio, non per sempre. Ma avevamo dei problemi. Sostiene che sono un'ingrata, che ci sono chissà quante ragazze che si accontenterebbero di ciò che lui dava a me», borbotta.

«È un bugiardo, uno stupido pieno di boria», rispondo di getto.

Nei suoi occhi c'è un lampo e vedo di nuovo la Teddy di un tempo. «È uno stronzo arrogante, ma non un bugiardo. Mi ha buttata fuori e due giorni dopo ha fatto trasferire da lui quella sgualdrina di Fiona. Adesso lei se ne va in giro col mio cappotto di ermellino, va alle mie audizioni, mentre io non sono più nulla.»

«Lascia che ti porti via di qui. Ti prego. Possiamo andare in un albergo migliore», la imploro.

Scuote il capo. «Non me lo posso permettere. Faccio fatica a pagare questo. Ho dovuto impegnare una collana.»

«Lo pagherò io.» Userò il denaro che ho portato da Parigi. Il viso di mio padre svanisce davanti ai miei occhi mentre pronuncio quelle parole. Anche il viso di mia madre, che si trova altrove, più in fondo.

Esita. Teddy si mette sempre sulla difensiva quando qualcuno dimostra compassione per lei. « No. »

« Sì, invece. E adesso andiamo a mangiare qualcosa per pranzo. Quand'è l'ultima volta che hai fatto un pasto decente? » insisto.

I suoi polsi esili mi danno la risposta mentre si porta una mano alla bocca. « Non ho tanto appetito. »

Di sicuro il suo appetito non è rivolto al cibo, ma è mia intenzione sistemare anche questo. Stavolta non fallirò. Non posso fallire due volte.

Le accarezzo le guance arrossate e bagnate di lacrime. « Teddy, voglio aiutarti, e non perché mi fai pena. Non è affatto così. È perché tu hai una vocazione, proprio come me. Io ti capisco. Ci siamo promesse di aiutarci a vicenda, giusto? Lo abbiamo giurato. »

Singhiozza e poggia la fronte contro la mia. Prendo il suo viso caldo e le do un bacio su una guancia, poi sull'altra.

Lei fa una risatina debole. « Molto francese... quasi mi sembra di essere a Parigi », mormora.

Se fossimo a Parigi, ci sarebbe anche maman. Farebbe un sorriso, un commento lapidario, e forse troverebbe qualcuno nella sua rubrica in grado di darci una mano.

Invece siamo a New York, e siamo sole.

Ruoto le nostre mani fino a intrecciare le dita: adesso siamo unite, legate l'una all'altra. Posso farcela, stavolta. Posso salvarla.

« Fidati di me. »

A giudicare dal suo aspetto, non ho tanto tempo a disposizione prima che comincino i guai seri. Carico lei e la sua valigia su un taxi e ci faccio portare in un hotel davanti al quale sarò passata venti volte, nell'Upper East Side. Vorrei poterla portare con me da Blue, ma temo che se ci vedessero arrivare cambierebbero le serrature.

Geme contro la mia spalla e le accarezzo i capelli. « Fammi scendere. Ho cambiato idea, Delphine, fammi andare via, non voglio stare in macchina », piagnucola.

« Va tutto bene. Andremo in un posto degno di te. Ordinerò una bottiglia dello champagne migliore che hanno », la consolo.

Il pensiero la rincuora un pochino, così riesce a fare un mezzo sorriso. « Tu non bevi però, giusto? »

« No. Ma per te farò un'eccezione », confesso.

Geme di nuovo, e chiedo al tassista di accelerare. Lui mi lancia un'occhiataccia, ma non m'importa. Sto già pensando a un elenco di cose che mi serviranno. Frugo nella borsa e tiro fuori un blocco e una penna.

*Acqua calda*
*Asciugamani*
*Camomilla*
*Vodka*
*Lenzuola*
*Presine*
*Caramelle alla menta*
*Ghiaccio*
*Cracker*

Dovrei poter trovare quasi tutto in hotel, e se così non fosse posso sempre mandare qualcuno a comprare ciò che manca. Dalla crescente irrequietezza di Teddy immagino che siano passate diverse ore dall'ultima volta che ha assunto qualche sostanza.

« Ti senti bene? » le chiedo piano.

Lei sorride e si stringe nelle spalle, ma è pallidissima e noto un tremito sulla sua pelle intorno alle clavicole. « Sono stata meglio, e anche peggio. Dopo mangiato mi riprenderò. »

Annuisco, ma sono già entrata nello stato di cupa determinazione che mi servirà per arrivare dall'altra parte del tunnel. Dovrò diventare insensibile alle sue lacrime, dovrò guardare le vene pulsanti sulla sua gola fragile senza provare nulla.

Quando alla fine arriviamo, al termine di un viaggio durato eoni, vedendola barcollare le cingo la vita con un braccio e quasi la trascino nell'atrio.

« Ho bisogno di una stanza, possibilmente abbastanza defilata », chiedo senza giri di parole.

Anche se sono circondata da opere d'arte raffinate e l'uomo che ho davanti indossa una divisa cucita su misura, giuro che mi rivolge lo stesso sguardo di quello del motel. « Signora? Una stanza? »

Come se si potesse volere qualcos'altro, in un albergo.

« Sì, una stanza, per favore. »

Lancia uno sguardo perplesso a Teddy, che sta parlottando a bassa voce. « Per tutte e due? »

Provo un tale senso di frustrazione che potrei anche lasciarmi andare a un'invettiva nella mia lingua madre, ma mi controllo. « *Oui*. Sì, una camera per due... per quattro notti », aggiungo dopo aver riflettuto a fondo sul tempo necessario. Mi sento male al pensiero di spendere il denaro che ho sottratto con tanta fatica, però non posso certo portarla da me. Finiremmo in un mare di guai.

Vorrei aver preso più vestiti. Spero che Blue mi lasci entrare per prendere le mie cose.

L'addetto alla reception sembra dubbioso, ma annota tutto e tende la mano per ricevere il pagamento. Conto con cura i soldi e glieli porgo. Mi consegna la chiave. « Avrete bisogno di altro? »

Gli porgo l'elenco che ho scritto. « Se qualcosa non è disponibile qui, per favore mandi un fattorino a prenderlo. Pagherò.»

Mi guarda come se stessi facendo un balletto con un cappello variopinto in testa. «Non forniamo questo tipo di servizio, signora.»

«Per favore», chiedo a bassa voce. Ho la testa di Teddy posata mollemente sulla spalla. È più alta di me, ed è molto faticoso tenerla in piedi. «La prego, signore. Nostro padre arriverà da Washington la prossima settimana, e so che le sarebbe davvero grato se potesse aiutarci.»

La menzogna colpisce. Si arriccia i baffi. «Davvero?»

Abbasso lo sguardo, come se non potessi aggiungere altro. È sempre il modo migliore per cavarsela: lascia che siano gli altri a immaginare le cose, e inventeranno la storia che li soddisfa di più.

Legge l'elenco. «Dovrebbe essere abbastanza facile. Manderò su dalla cucina quello che abbiamo e troverò il resto.»

Sorrido e sbatto le ciglia, come se fossi sopraffatta dalla gentilezza, poi devo sostenere Teddy fino agli ascensori.

«Ho fame. Che c'è da mangiare, qui?» dice in tono infastidito quando si chiudono le porte.

Le tocco la fronte: è calda. «Lo scoprirò subito.»

Non avrà affatto voglia di mangiare, almeno per un po'. Mi consola e al tempo stesso mi disgusta il fatto che so già quasi tutto ciò che sta per succedere. Mi domando come ho fatto ad andare dall'altra parte del globo per ritrovarmi nello stesso posto.

Ho la spiacevole sensazione che potrei andare in Etiopia, oppure in Cina, e non cambierebbe assolutamente nulla, perché il problema è ciò che vive dentro di me. Forse mio padre aveva ragione, dopotutto. Prima era facile dare la colpa alle scelte che mi hanno intrappolata in quella che si può definire solo come una disfunzione di maman. Adesso però maman non c'è, ed eccomi di nuovo qui. Sono io il problema, è la mia mente, e non posso scappare.

Raggiungiamo la camera, che grazie al cielo è pulita e ben arredata. Respiro aria pura, il letto enorme sembra morbido e invitante. Teddy emette un suono soddisfatto. È proprio il genere di posto che desiderava quand'è arrivata a New York; è un sogno dorato.

« Meglio », concede, e ridacchiamo entrambe.

« Teddy, perché adesso non vai a farti una doccia? » le chiedo in tono gentile, voltandomi e guardandola dritto negli occhi appannati.

Arrossisce. « Puzzo? »

Odora di stalla. Quasi mi sembra di sentire in bocca il sapore di sigarette e sudore. « No, ma ti farà sentire meglio. Perché non ti lavi mentre io vado a cercare qualcosa da mangiare? »

Esita, e mi prendo la libertà di cominciare a slacciarle l'abito. Non è in condizioni di prendere decisioni, e d'altro canto non posso concederle nessuna incertezza. Devo prendere il timone della nave e darle la giusta direzione.

Si lascia spogliare, cerco di essere la più veloce e delicata possibile, evitando di fissarla, e alla fine sono rossa come un peperone. M'inginocchio e le tolgo entrambe le scarpe col tacco, le sfilo i calzini rifiniti col pizzo. Capisco bene perché gli uomini la desiderano, e mi è ancor più chiaro perché non desiderano me. « Sei davvero perfetta », sussurro.

S'illumina, estasiata; è così vanitosa da far tenerezza, e i complimenti sono come un balsamo per lei.

Esegue una mezza giravolta su se stessa per me, scavalca il mucchietto di vestiti e l'accompagno verso il bagno. Le passo le dita tra i capelli, unti ma ancora folti.

« Fa' pure con calma, ti aiuterà a rilassarti », la invito.

La lascio entrare e aspetto di sentire l'acqua che scorre da qualche minuto prima di mettermi all'opera.

Raccolgo i vestiti e li controllo, passandoli al setaccio. Inizio dall'abito, verificando le tasche esterne, poi mi assicuro che non ci siano altre tasche cucite all'interno. Guardo sotto il colletto, all'interno del reggiseno e dell'intimo.

Esamino i calzini e le scarpe. Trovo il sacchettino dentro la scarpa sinistra, pieno di quella maledetta polvere beige, corro subito verso la finestra più lontana, l'apro e lo getto in strada. Dovrebbe essere già buio, ormai, ma siamo agli sgoccioli dell'estate e fuori la luce persiste orgogliosa.

Ripenso al giorno in cui de Gaulle è venuto a liberare Parigi. Ricordo che mi sporgevo dal balcone, quasi in equilibrio sulla pancia, come una rondine, le lacrime mi solcavano il viso e un gioioso canto di libertà mi riempiva la bocca.

Maman ha voluto che scendessimo a vedere l'esercito che entrava a passo di marcia, e ricorderò ogni singolo istante di quella scena finché avrò vita. Non credo che vivrò mai più una giornata tanto perfetta. Lei mi ha avvolto la sua sciarpa gialla intorno alla vita e ha ballato con me per la strada come se fossimo Fred e Ginger.

All'arrivo dei nazisti, maman si era chiusa in se stessa. Mi diceva che Parigi senza gioia era come un giardino senza fiori e che, se non poteva impedire alla città di morire, allora preferiva chiudere le palpebre e non guardarla.

Non l'ho mai vista tanto felice quanto il giorno in cui siamo stati liberati.

Mi piace ricordarla così.

Frugo nella valigia di Teddy col cuore in gola e trovo il kit per preparare la droga, ma nessuna sostanza. Rimetto tutto esattamente come l'ho trovato, poi sento bussare e corro alla porta.

Un bel ragazzo di colore in uniforme mi porge un sacchetto; gli metto in mano una grossa mancia e gli do un bacio su entrambe le guance senza dargli il tempo d'impedirmelo. Chiudo, e noto che ha un sorrisetto confuso dipinto in volto.

Sto preparando tutto quando Teddy esce dal bagno, nuda come il giorno in cui è nata, con un asciugamano avvolto intorno ai capelli.

Sembra stare un pochino meglio, ma non durerà. « Cos'è? »

Guardo le unghie dipinte dei suoi piedi. « Niente, ho solo chiesto una commissione. Mettiti un accappatoio. »

Lei schiocca la lingua, spazientita, e va in bagno a cercarne uno. Poi torna da me, libera i capelli e si siede sul grande letto.

« Sono stanchissima. Mi sembra di non aver fatto un sonno come si vede da quando sono andata via dall'Ohio. In questa città ci sono troppe luci. »

Mi siedo accanto a lei e le cingo la vita con un braccio. « Teddy, non c'è un modo semplice per dirlo... Devi smettere. Posso aiutarti. »

Cerca di divincolarsi, ma la tengo stretta. « C'è tanto tempo per farlo », risponde con una risatina nervosa.

« No. Adesso. Oggi stesso. Se cominci a rimandare a domani, non ne uscirai mai », ribatto decisa.

« Nessuno ti ha nominata mia custode », dice in tono malevolo.

« Vedi per caso altre persone? E poi non ho bisogno di ricevere una nomina: ho deciso io stessa », rispondo senza perdere la calma.

Credo di capire perché mi sono imbattuta in questa ragazza per la strada, quella sera. Teddy è per me la cosa più simile all'espiazione che potrà mai capitarmi. Altrimenti perché dovrei provare l'impulso di spendere il denaro di cui ho disperatamente bisogno per aiutare lei? Per quale altro motivo quando sono con lei, nei momenti di pace, mi sembra di avvertire la presenza di Dio?

Si guarda intorno come se, controllando con attenzione, potesse vedere aprirsi una via di fuga. « Ho fame. Non potresti andare a prendere qualcosa da mangiare? » piagnucola. Sta cercando di distrarmi.

« Puoi avere dei cracker, tutto il resto è inutile », decido.

Sgrana gli occhi, come se avesse appena intuito che avevo un piano fin dall'inizio. « Che stai facendo, Delphine? »

« Una cosa in cui sono brava », rispondo in tono ironico.

È bianca come il lenzuolo che stringe tra le dita. « Non posso e non voglio. Mi viene da vomitare », ansima.

Non ho interesse a mentirle. « Vomiterai, poi passerà. Resterò qui accanto a te. »

« No! » grida.

« Sì. »

Balza in piedi e corre verso i vestiti, che sono ancora sul pavimento dove li ha lasciati.

« È inutile, l'ho buttata via. »

Inizia a tremare. « Dio, oh, Dio, salvami. » Punta verso la porta della camera.

Mi muovo e l'afferro prima che le sue lunghe dita bianche possano sfiorare la maniglia. « Non ci pensare nemmeno », l'ammonisco.

Cerca di liberarsi, ma sono più forte di lei, considerato lo stato in cui è ridotta. Le passo un braccio dietro la schiena, l'altro sul petto, e la trascino in bagno. Emette un urlo disumano e le pianto una mano sulla bocca prima che accorra qualcuno. La spingo dentro e chiudo la porta sbattendola dietro di lei, puntellandomi col corpo contro di essa per tenerla chiusa.

« Sttt, Teddy. Risparmia le forze. »

Mi grida di lasciarla andare, m'insulta dandomi della stupida e si getta contro la porta. I colpi diventano pugni, poi palmi sbattuti, infine si sente un basso lamento. Scivola verso il pavimento e piange.

Le parlo in tono deciso, abbastanza forte perché la mia voce le arrivi superando i suoi lamenti. « Ascoltami, ascolta il suono della mia voce. Voglio che tu beva dell'acqua e che resti accanto al water. Metti degli asciugamani a terra. Vuoi una coperta? »

La serie d'insulti che mi rivolge farebbe arrossire un marinaio. Non sta più cercando di aprire la porta, non ha più forze. Mi concedo di sedermi, poggiando la schiena contro il pannello di legno che ci divide. La sento piangere e soffiarsi il naso. Seguono alcuni minuti di silenzio – un silenzio crudele – poi la sento strisciare verso il water e dare di stomaco.

Chiudo le palpebre.

È il suono della mia infanzia, mi è familiare come una ninna nanna.

Servirebbe solo la voce di Ella Fitzgerald ad accompagnare il tutto, rendendolo meno simile a un incubo e più come un sogno.

Secondo giorno.

Conto ad alta voce, le dico che è passata un'altra ora. Dorme a intervalli di un quarto d'ora, mentre io non dormo affatto. Le do acqua e cracker quando li vuole, le faccio impacchi di ghiaccio sul collo per rinfrescarla se scotta per la febbre.

Vorrei metterla a letto, ma suda così tanto che ho paura

possa rovinare le lenzuola, così le creo un bozzolo nella vasca da bagno.

Ormai la rabbia è passata.

Terzo giorno.

Riesco a spostarla nel letto, dove si appoggia a me e sussurra con le labbra spaccate. Ordino della zuppa, ma quasi non la tocca.

Parla di morte. Dice che la sogna e che sente odore di decomposizione sulle dita.

Dice che sua madre è fuggita nell'Indiana, come già sapevo, poi fa cenno al fatto che anche sua sorella è scappata, nell'Iowa. A quanto pare, il padre picchiava tutte e tre col minimo pretesto. «Ed era perfettamente sobrio. Non ha mai bevuto neanche una goccia. In un certo senso, così era perfino peggio», aggiunge.

Le tremano ancora le gambe. Cerca una posizione più comoda, ma non la trova mai.

«Odio la gente, sai.»

Annuisco. «Lo so.»

«Scusami per quello che ti ho detto prima.»

Non spreco tempo a cercare di capire a quale frase in particolare si riferisca. «Non ci pensare, non fa niente.»

«Non sei una persona come le altre», sussurra.

Non mi sembra vero che dica così. «Oh, Teddy. Presto partirò. Vieni con me.»

Borbotta qualche parola incomprensibile. In un attimo si addormenta, così resto immobile e ascolto il battito incerto del suo cuore.

Tra dieci minuti sarà di nuovo sveglia, e cerco di pensare a cosa dirle per farla aggrappare a me, perché desideri il futuro che potrei offrirle.

Quand'ero ancora molto piccola e piena di speranze, dicevo a maman che le avrei costruito un castello di vetro ad Antibes e che l'avrei riempito di tutti i suoi amici. Le giuravo che avrei scritto le sue poesie sulle pareti in caratteri dorati, che avrei trovato papà e che l'avrei convinto a tornare da noi, che le avrei dato una fontana di champagne e un sole che non tramonta mai.

Lei mi sorrideva con una profonda tristezza negli occhi e non rispondeva, se non dicendo che ero il suo angelo e che le dispiaceva tanto.

Quarto giorno.

Oggi Teddy ha fame, ma faccio in modo che mangi lentamente, concedendole solo zuppa e pane. Le faccio il bagno e le metto un abito pulito, poi le spazzolo i capelli e le faccio una treccia, così saranno mossi quando li scioglierà, come mi ha insegnato Delia. La spazzola mi trema mentre mi coglie il senso di colpa all'idea di quanto devono essere preoccupati per me, ma lo ricaccio indietro.

Teddy si lamenta del suo colore naturale e sostiene che schiarirà di nuovo i capelli, ma io le rispondo che mi piacciono di più così.

Poi dice che vuole chiamare Harlan.

« Che cosa?! Non puoi dire sul serio », le chiedo, in tono più deciso di quanto non vorrei.

« Sì, invece, voglio parlare con lui. »

Se dovessi rivederlo, sarei pronta a strappargli la faccia a mani nude. « Credo proprio che non sia necessario. »

« Be', è in debito con me. Se vuole che tenga la bocca chiusa su quel che so, come minimo deve pagarmi. Poi lui e quella puttana con cui se la fa possono anche andare all'inferno », dichiara in tono secco.

Allento la stretta sulla treccia. «Giusto. Quindi vuoi chiamarlo?»

Mi scruta nello specchio. «No, voglio vederlo.»

Sobbalzo, e per poco non la tiro via dalla sedia. «Non puoi!»

Si stacca da me con una smorfia. «Invece sì.»

Se la perdo di vista in questo momento, lui la getterà di nuovo nel vortice, o peggio.

«Non vuoi venire all'Avana con me?»

Ride. «Cosa? L'Avana?»

Deglutisco. «Mio padre si trova a Cuba, ne ho la certezza. Ho il suo indirizzo. Stavolta non mi sbaglio.»

«Sono molto contenta per te», dice con calore, e so che è sincera. «E chi sarebbe?»

Esito. «Te lo dirò presto. Non appena starai meglio», prometto.

Mi fa l'occhiolino. «Ci conto.»

«Vogliamo andare a fare una passeggiata? Una cosa veloce, solo per prendere una boccata d'aria?» suggerisco allegra.

Si alza sulle gambe instabili e mi rivolge il suo vecchio sorriso indomito. «Sì, sarà meglio. Non è giusto nei confronti degli orridi cittadini di New York che io me ne stia chiusa in casa. Devo mostrarmi al pubblico, in fin dei conti.»

Quinto giorno.

La passeggiata di ieri è durata otto minuti. Le è venuta la nausea non appena è stata in mezzo alla gente, ma si è fatta coraggio, così abbiamo fatto il giro dell'isolato, cercando di goderci il bel tempo.

Ho chiamato un medico, stiamo aspettando il suo arrivo. Chiamo anche Delia e le dico che sto bene, che ci vedremo non appena potrò. È la prima volta che comunico con lei: mi sento così in colpa che riattacco senza darle il tempo di dire una parola.

A breve dovremo lasciare l'albergo, e mi sto lambiccando il cervello per decidere dove portare Teddy. L'unica cosa che so è che resterà con me.

Se mi fermassi solo per un attimo chiederei a me stessa perché sto facendo tutto ciò e mi accorgerei di quanto mi mancano la cucina di Delia e la placida saggezza di Blue. Mi domanderei se mi sia arrivata un'altra lettera da Louise, che mi aspetta ancora chiusa sulla scrivania. Penserei che è da un po' che non scrivo false lettere di mia madre, e che l'intero castello di carte sta per cadermi sulla testa.

Ecco perché non mi fermo. Prendo tutte le nostre cose e decido che stasera andrò da Blue e Delia a recuperare quello che ho lasciato da loro. Credo che almeno questo me lo permetteranno. Sono brave persone.

Posso comprare dei biglietti per la Florida, dormiremo una notte in albergo, e poi, quando avrò il denaro sufficiente, andremo a Cuba.

Alla fine, il dottore arriva e Teddy mi guarda con tenerezza chiedendomi di aspettare nel corridoio per poter parlare con lui in privato. È un uomo sulla cinquantina, con i capelli grigi e le orecchie enormi da cui fuoriescono ciuffi di peli. Chiede la parcella ancor prima di vederla.

Non voglio allontanarmi, ma esco dalla stanza e premo l'orecchio contro la porta spessa. Ho il folle pensiero che non sia affatto un medico, bensì uno spacciatore, e che sia tutto un piano elaborato da Teddy per tornare nel sudiciume da cui l'ho appena tirata fuori.

Faccio dei respiri profondi e ricordo a me stessa che è stato l'hotel a chiamarlo. Ha un'aria rispettabile.

Dopo mezz'ora lei apre la porta per farlo uscire, borbottando alla maniera degli anziani che si lamentano tanto per il gusto di farlo.

Corro dentro: Teddy è seduta sul letto, le gambe incrociate, il viso pallido come una lastra di marmo.

« Che succede? » chiedo.

Scrolla le spalle. « Solo sudori. Ho visto altre ragazze che li avevano, poi sono passati. »

« Nient'altro? » Sono dubbiosa e non riesco a nasconderlo.

« Niente che non mi sia meritata. La ciliegina sulla mia follia. Passerà tutto. Adesso parlami dell'Avana », risponde con un'allegria forzata.

Di colpo ricomincio a pianificare, la prendo per mano e la porto alla finestra, dove possiamo stare alla luce del sole che filtra dalle persiane color crema. « Be', il passaporto ce l'hai, giusto? »

Ridacchia. « Dio, no. Nessuno ha mai pensato che potessi andare da qualche parte. In teoria dovevo vivere e morire nel terreno merdoso in cui sono nata. È un miracolo se sono arrivata fin qui. »

« Penserò a tutto io, ma tu... tu ci vuoi venire, vero? »

La sua espressione è entusiasta. « Mi piacerebbe andare all'avventura, solo che non parlo spagnolo. »

Ammutolisco. Non riuscirò mai a farglielo capire. Non ho mai posseduto un solo oggetto che fosse soltanto mio. Non ho mai avuto un sole nel cielo che non si trovasse a migliaia di chilometri da me, ignaro del mio nome, della mia stessa esistenza. Chi mi nota, di solito mi respinge.

Non ho mai avuto nulla di simile a lei.

Ci accordiamo per rivederci tra ventiquattro ore. Mi giura che si è ripresa, che non ha bisogno di quella roba, che si sente rinata. Cerco di convincerla a non affrontare Harlan, però non cambia idea: dice che ha bisogno di farlo per sé, per recuperare la sua dignità. Sostiene che lui ci darà il denaro di cui abbiamo bisogno, se lo minaccerà di andare a raccontare i suoi segreti, perché lei sa di accordi e denaro riciclato. Che chiamerà quella fanatica di sua madre e canterà le malefatte come un grasso canarino.

Sembra così sicura di sé. Cerco sul suo viso i segnali delle bugie a fin di bene di mia madre, ma non ce ne sono. È vestita come un tempo, il viso truccato, le unghie laccate. Sembra davvero una persona nuova.

« È l'unico modo. Altrimenti come faremo a trovare soldi a sufficienza? Ne guadagnerai abbastanza solo lavorando al ristorante? » mi domanda.

Non so cosa risponderle, perché non ho idee migliori. Non posso fare altro che guardarla, sentendo lo stomaco sprofondare, e dipingendomi in volto un sorriso forzato.

« Ah, non devi pensare che ci ricascherò », sbuffa, come se fosse un'idea insensata.

« Sei sicura che non ti farà del male? » oso chiedere, dando voce al mio timore più grande.

Inarca un sopracciglio. « Ci può anche provare, ma scoprirà che ho imparato a ridargliele. In ogni caso non credo che lo farà, non mi guardare così. Vuole che esca dalla sua vita, non soffrirà perdendo del denaro così come non soffrirà perdendo me. » Mi accarezza una guancia.

Poggio la mano sulla sua. Non voglio lasciarla andare. Se potessi, ci legherei l'una all'altra con un filo invisibile. A essere sincera, non sono affatto tranquilla all'idea di perderla di vista. Temo che verrà di nuovo trascinata verso chi può darle più di me.

« Un giorno solo. »

« Uno solo. Poi andremo a cercare tuo padre, e io imparerò a ballare con la frutta sulla testa », promette.

Ripercorro il nostro accordo. « Ci ritroveremo qui alle dieci di mattina, giusto? E passerai la notte con... »

« Con la ragazza con cui sono arrivata qui dall'Ohio. Sì, sì. Ci rivediamo in questo punto preciso. Mi vestirò di rosso, non potrai non vedermi. »

Ci baciamo sulle guance e lei mi fa un gran sorriso. « A domani. » Detto ciò, se ne va, libera come io non sono mai stata se non quando corro incontro ai guai. In un attimo viene inghiottita dalla folla.

Mi volto e affronto la strada verso un luogo che amo e dove non sono più la benvenuta: una sensazione familiare, ma tanto dura da mandar giù.

Indugio un po' prima di arrivare alla villetta. Ho la gola così secca che fa male.

Anche se ho ancora le chiavi, non le uso. Busso alla porta e dopo un istante Delia apre.

« Oh, Dio », esclama, e mi prende tra le braccia, portandomi in casa. Profuma di farina. « Dio, bambina mia. Sei tornata a casa. »

Devo contrarre ogni fibra del corpo per non scoppiare a piangere. « Ciao, Delia. »

Chiama a gran voce Blue, che scende le scale di corsa, la cravatta sghemba. È la prima volta che lo vedo con un dettaglio fuori posto.

Mi abbraccia forte e mi sento sciogliere tra le sue braccia. Mi aggrappo a lui per un attimo, poi lo lascio andare. Mi costringo a parlare. Odio mentire a loro due, mi lascia un sapore acre in bocca. « Sono venuta... a prendere le mie cose. Non posso restare. Ho... ho deciso di tornare a Parigi, da maman. Domattina. »

Delia sussulta, mentre Blue accoglie la notizia senza batter ciglio. « E la tua amica? »

Sorrido. « Sta bene, anzi, benissimo. Torna anche lei dalla sua famiglia. »

Delia reagisce come se non mi avesse neanche sentita. Trema, poi diventa immobile. « Te ne vai? »

Il dolore dipinto sul suo viso è intollerabile.

« Credevo voleste che partissi », rispondo con un filo di voce.

Ci guardiamo a vicenda tra le lacrime che non sono ancora state versate, poi lei scuote il capo e non cerca di contraddirmi.

« Be', se hai deciso, fa' pure. Ne sei proprio sicura? » chiede Blue, in tono brusco.

*No.*

« Sì. Sissignore », mormoro.

Mi poggia una mano decisa sopra la testa. « Sono felice che torni da tua madre. Dovrete scrivermi non appena vi sarete incontrate. »

Non riesco a parlare. Le mie menzogne mi soffocano, come se fossero carne imputridita. « Mi mancherete tanto. Davvero... non potrò mai dimenticarvi », rispondo disperata.

Delia torce il grembiule tra le mani. « Se mai dovessi tornare, questa è casa tua. »

Chino il capo, piena di vergogna. « Non me lo merito. »

« Non è necessario meritarlo. È per questo che si ha una casa. Tutto il resto, al mondo, va guadagnato, mentre questa è una cosa che si ha e basta. »

Se avessi un minimo di buonsenso mi metterei in ginocchio e ringrazierei il cielo per loro due. Accantonerei ogni interesse per Teddy, schiaccerei le mie ambizioni e sboccerei nel cemento nel quale sono stata seminata.

Solo che non ho nessun buonsenso.

Ho solo un nome segreto e un destino certo.

« Vado a fare le valigie, poi torno per aiutare a preparare la cena. »

Sono una schifosa vigliacca. La mattina dopo non aspetto neppure che si sveglino, per prendere tutte le mie cose e andare via. Getto l'ultima lettera ancora chiusa di Louise nella borsa col pensiero che forse me la sentirò di leggerla quando arriverò all'Avana. Forse, laggiù, le sue parole non riusciranno a colpirmi tanto nel profondo.

Lascio le chiavi sulla scrivania, insieme con un biglietto, e scappo via nel silenzio.

Sto diventando brava a farlo. Non era così che volevo diventare, una volta arrivata a New York.

Eppure in questo momento non ho tempo per dispiacermi per la mia mancanza di buonsenso. Relego il problema in un angolo della mente ormai pieno da scoppiare e che un giorno, quando deciderò di aprirlo, credo che mi ucciderà.

Per qualche assurdo motivo ho deciso d'indossare gli abiti migliori, col cappello più elegante calcato sui capelli smorti e dei tacchi bassi con cui non inciampo. L'ultima volta che sono arrivata in un posto nuovo sembrava fossi uscita da una fogna. Stavolta, invece, ho Teddy.

Ciò che è successo sul balcone che tanto amavo a Parigi mi ha cambiata per sempre. Ho un unico modo per sopravvivere, ed è puntare solo avanti.

Prendo il treno diretto verso la parte est della città, poi faccio colazione senza quasi sentirne il sapore in un bar minuscolo all'angolo in cui abbiamo appuntamento.

Mi presento al luogo fissato per l'incontro con Teddy in anticipo di venti minuti, fingendo di avere qualcosa da fare e non di stare aspettando qualcuno. Tiro fuori il bloc-notes e scarabocchio il mio nome una ventina di volte. La pesante macchina da scrivere è dentro la valigia, in attesa che mi venga un'idea reale.

Controllo l'orologio. Le dieci e dieci. Sarà in ritardo. Teddy non indossa nemmeno l'orologio: ha la convinzione che gli altri l'aspetteranno comunque, e la mia presenza qui dimostra che ha ragione. Un giorno dovrò chiederle da dove le viene tanta sicurezza.

Comincio a sudare per il caldo. Sono le dieci e un quarto.

Vedo qualcosa di rosso arrivare verso di me e allungo il collo per controllare, il cuore in gola, ma non è lei. Una donna di mezza età, con un brutto maglione rosso porpora, mi passa accanto, e mi sfugge un'imprecazione a bassa voce.

Non può andare tutto a rotoli. Non permetterò che vada di nuovo così.

Parto alla massima velocità senza cedere alla corsa dirigendomi verso casa di Harlan. Mi viene da vomitare al pensiero di lei nel suo letto, avvolta tra le lenzuola e le bugie. Peggio ancora, potrebbe essere andata a trovare il suo spacciatore, e non la rivedrò mai più.

Percorro otto isolati a tempo di record, poi attraverso l'atrio e ho quasi raggiunto gli ascensori quando qualcuno mi ferma.

«Mi scusi, non può salire. Da chi sta andando?»

«Vado da Harlan. Può informarlo o no, non m'interessa», rispondo brusca, allontanandomi veloce in modo che non possa afferrarmi.

L'uomo si fa scuro in volto. «Dovrà attendere qui.»

Per fortuna qualcuno esce da un ascensore e riesco a entrare rapidissima. Per la prima volta, da sola nell'angusta cabina, comincio a chiedermi se una persona normale farebbe mai per Teddy ciò che io sto facendo. Poi mi domando se sia davvero meglio essere una persona normale.

Accantono il pensiero ancor prima di uscire nel corridoio, raggiungo la porta in fondo e inizio a batterla come se volessi risvegliare i morti.

Mi apre Fiona, gli occhi sgranati sul volto pallido, il grande sorriso che svanisce vedendomi. « Delphine? »

« Dov'è Teddy? » chiedo.

« Non è qui, e non ci dovresti essere nemmeno tu. È meglio se te ne vai », aggiunge abbassando la voce dopo essersi lanciata uno sguardo alle spalle.

Cerco di farmi strada, lei emette un rantolo. Allunga le braccia scheletriche per fermarmi. « È la verità! È venuta ieri, lei e Harlan hanno avuto una terribile lite per qualcosa. Lui mi ha mandata via, e quando sono tornata era sparita. »

Esamino il suo viso, cercando di capire se mente, ma vi leggo solo tensione. « Dov'è andata? »

Scuote il capo, i capelli scuri attaccati alla faccia. « Non lo so di preciso. Harlan mi ha detto che non stava bene e che l'ha mandata da un medico. »

Le porte dell'ascensore si riaprono, mostrando l'uomo del piano terra insieme con un altro tizio nerboruto. Escono gridando verso di me. Sussulto, ma Fiona esce e si chiude la porta alle spalle.

« È nostra ospite. Lasciatela stare, per favore, è tutto a posto. »

Entrambi sembrano dubbiosi.

Le do una rapida occhiata, cercando di non mostrarmi sconvolta. « Appunto. Come potete vedere, qui siamo tutti amici. Ora potete andare », dico sorridendo.

Il primo uomo mi guarda come se avesse voglia di strangolarmi, poi si volta e se ne va, seguito dal compare. Faccio un gran respiro. « Perché l'hai fatto? »

Fiona sospira. « Sono sicura che mi ritieni una persona orribile. »

Scrollo le spalle. So che dovrei odiarla per solidarietà verso la mia amica, però la mia collera è tutta per Harlan.

« Non so davvero dove si trovi Teddy. Ma forse posso indovinare. Stando a ciò che sono riuscita a sentire, credo sia andata dal dottor Porter. »

Di colpo il mio stomaco fa una capriola. « Uno spacciatore? » chiedo, senza fiato.

« No, no. È un tipo di persona diverso, si occupa di problemi femminili », risponde frettolosa.

La fisso senza capire. « Cosa? »

Sembra in imbarazzo. « Aiuta... le ragazze in stato interessante, insomma. »

Quanto vorrei che la gente di questo Paese dicesse le cose come stanno.

Si indica la pancia, e alla fine capisco.

Sento il sangue defluire dalle mie estremità. « Scopri dov'è! » sbotto.

Annuisce ed entra di corsa, lasciandomi ad aspettarla in corridoio. In qualche modo so che tornerà, anche se non è obbligata.

Quando torna mi consegna un pezzetto di carta su cui ha annotato in fretta un numero di telefono. « Digli che ti manda Fiona Higgins. Accetta solo chi viene mandato da qualcuno che conosce. Così è più sicuro. Ti dirà lui dove potete incontrarvi, è sempre in movimento », mi dice parlando svelta.

Non mi vengono in mente parole adatte per ringraziarla. Sento già la spinta della fretta che mi vuole via di lì, ma devo dire qualcosa.

Alla fine tiro fuori la pura verità. « Sai, meriti di meglio. »

Sembra sorpresa, poi sospira e mi rivolge un sorriso appena accennato. « Forse hai ragione. »

Detto ciò, torna dentro e chiude la porta. Sento un leggero scatto quando la serra e so che non potrò mai più tornare.

Con le mani sudate cerco nella borsetta delle monete per telefonare. Mi tolgo i guanti buoni per non rovinarli. Quasi non sono cosciente di ciò che sto facendo.

Maman non è mai stata timida nello spiegarmi ciò che accade tra un uomo e una donna, e sulle possibili conseguenze. Però mi diceva sempre che se mi fossi messa nei guai sarei dovuta andare da lei, e non da qualche sciocca amica. Conosceva le persone giuste. Tra noi non c'era vergogna. È una delle cose che mi mancano più di quanto non potessi immaginare.

Compongo il numero trattenendo il fiato per tutto il tempo. Sono terrorizzata sia all'idea che non rispondano, sia dal contrario. Alla fine, dopo quella che mi sembra una settimana intera, sento la voce di una donna. Parla in modo conciso. « Ufficio del dottor Porter, sono Anne. »

« Pronto? » Mi rendo conto che sto parlando come una bambinetta e mi costringo a usare un tono più profondo. « Mi chiamo Delphine, sono un'amica di Fiona Higgins. »

Aspetto che dica qualcosa, però non apre bocca. Non so bene cosa aggiungere, ma so che non posso permetterle di riattaccare. Deglutisco. « Chiamo perché ho bisogno di aiuto... mi hanno detto che può aiutarmi, per favore. »

Per un attimo il suono diventa ovattato e la sento dire qualcosa a qualcuno. Dopo un breve silenzio, mi dice: « Costa cento dollari. Può riceverti domani a mezzogiorno. Vieni da sola ».

Cerco di non parlare troppo in fretta, non voglio che capisca quanto sono nervosa. « Sto cercando una persona.

Teddy Dolan. È venuta dal dottore. Sono un'amica, non è più tornata e la sto cercando. »

La donna si chiude nel silenzio e so che sta per sbattermi il telefono in faccia. Sembro una ficcanaso, qualcosa che non piace a nessuno, soprattutto a chi commette reati.

« La prego, potrebbe solo dirmi dov'è andata? O se sta bene? Posso pagarla. »

Si sentono ancora suoni attutiti all'altro capo della linea.

Poi mi arriva una voce maschile. « Che vuoi? » chiede brusco.

Immagino sia il dottore.

« La prego, non voglio creare problemi, ma so che Harlan Ross, oppure forse Fiona Higgins, ha mandato Miss Teddy Dolan da lei. È alta, con i capelli castani chiari e gli occhi nocciola. È molto carina, sono sicura che si ricorderà di lei. Ha diciotto anni, anche se dice sempre di averne ventuno. Voglio solo sapere se sta bene. Dovevamo incontrarci ma non l'ho più vista. »

Sento *ti prego* echeggiarmi nella testa e l'idea di tornare a supplicare qualcuno mi riempie di amarezza. *Ti prego, dimmelo.*

Borbotta qualcosa a bassa voce. « Ospedale », dice soltanto, poi cade la linea.

Un ospedale. Il buonsenso mi dice che deve essere vicino. Per trovarla mi basterà controllarne tre.

Non riesco a capire come Teddy possa essere finita in un posto del genere. Ieri sentivo di avere la vittoria in pugno. Non è possibile che la situazione sia precipitata tanto in fretta.

Dico all'infermiera all'accoglienza che sono la sorella di Teddy e lei controlla il registro. Non posso nemmeno sperare che non ci sia, perché altrimenti come farò a trovarla?

L'infermiera mi guarda. « Scrivi qui il tuo nome, tra poco potrai salire a farle visita. »

Si accorge che mi tiro dietro tutti i miei averi e che sto sudando. Temo mi abbia presa per una barbona.

« Sei arrivata stamattina? È stata ricoverata solo qualche ora fa. »

Deglutisco. « Sì, sì, sono appena scesa dal treno da Chicago. » Non conosco tante città americane; è l'unica che mi è venuta in mente di getto. « Non posso vederla subito? »

« Tua sorella ha perso tanto sangue, ma si riprenderà. È già venuta la polizia per parlare con lei », dice a bassa voce, sottolineando la parola « sorella », come se sapesse che sto mentendo. In effetti, il mio accento è ancora molto evidente. Sento la pelle ghiacciata, anche se non riesco a smettere di sudare.

« La polizia? » chiedo, la voce rotta.

Mi osserva come se fossi dura di comprendonio. « Certo. Siamo obbligati a chiamarla quando sospettiamo questo genere di cose. »

Annuisco senza parlare. Non mi viene in mente nulla da dire per migliorare la situazione, così serro le labbra e spero, come una bambina, che tutto questo finisca.

« Vuoi vederla? » chiese.

« Sì, la prego », è la mia risposta, un sussurro quasi impercettibile.

« Si trova al quarto piano, ala sinistra. Stanza 418. Puoi restare da lei per un'ora. »

Chiama un inserviente che sta bighellonando lì vicino e mi fa accompagnare di sopra, poi per un lungo corridoio. Ho dovuto accompagnare maman all'ospedale una o due volte. Ricordo il suo viso, bianco come le lenzuola tirate fin sotto il mento. Ricordo come la trattavano le infermiere – come una sciocca, colpevole dei guai in cui si trovava – e dubito che Teddy se la stia cavando meglio.

L'uomo apre la porta della stanza, che è proprio in fondo al corridoio e ha le dimensioni di un armadio. « È qui. »

Corro al suo fianco. Stava dormendo e apre le palpebre non appena mi sente arrivare. È pallida ma sorridente, gli occhi ancora limpidi. C'è la sua valigia in un angolo. Lascio tutto ciò che mi porto dietro e le prendo la mano. Noto un bagliore metallico e mi rendo conto che ha il polso destro ammanettato alla sponda laterale del letto.

Mi vede sussultare, inorridita, e di fronte alla mia espressione piena di domande chiude di nuovo le palpebre. « Non fare quella faccia, è temporaneo », dice con voce roca.

« Che cos'hai fatto? »

Alza gli occhi al cielo. « Quello che dovevo. Non farmi la predica, Delphine, sono troppo stanca. »

« Dobbiamo andare a Cuba, ricordi? L'hai promesso. Adesso... è stato quel dottore a farti questo? » chiedo.

Emette un rantolo. « No, no, ho fatto da sola. Tutto da sola. Non avevo i soldi per pagarlo, così mi ha mandata via con delle istruzioni vaghe e ho fatto da me. Siccome non riuscivo a fermare l'emorragia sono tornata da lui, ma mi ha cacciata. Mi ha detto di venire qui dopo avermi fatto giurare di non nominarlo. »

Sono così sconvolta che non riesco quasi a parlare. « Oh, Teddy, perché non me l'hai detto? »

Scrolla le spalle e il metallo tintinna, un suono che mi manda un brivido fin nella punta dei piedi. « Non potevo parlare di certe cose. »

« Avrei potuto aiutarti! Ho dei soldi », gemo, ricordando a me stessa di tenere la voce bassa. Non voglio che qualcuno ci interrompa.

« Sono soldi tuoi, che ti servono per trovare tuo padre. Io non c'entro niente », insiste.

« Sono soldi miei, e tu sei mia amica. Non venirmi a dire

per cosa li posso usare. Guarda cos'hai fatto! Che ti faranno, adesso?» le dico, furiosa.

«Non hanno prove, solo sospetti. Sono nubile e giovane. Ma ero da sola, quindi non c'è nessuno che possa testimoniare contro di me», risponde, testarda, e fa una risatina mesta. «Ero completamente sola.»

Avvicino al letto la sedia che si trova in un angolo in modo da potermi sedere accanto a lei. Non posso perdere la calma. Non sono famosa per avere una mirabolante capacità di prendere decisioni, però a quanto pare dovrò essere io l'elemento ragionevole, tra noi. «Perché Harlan non ti ha dato i soldi? È per questo che sei andata da lui, vero?»

Il suo incarnato, già pallido, diventa ancora più bianco. La collera le indurisce le labbra. «Lo voglio uccidere, Delphine. Che Dio mi aiuti, ucciderò quell'inutile figlio di puttana.»

Le accarezzo il braccio. «Andremo via e ci dimenticheremo di lui. Quando avrò finito il romanzo diventeremo ricche da far schifo: ormai manca poco, e non avremo più nessun bisogno di pensare a lui né a nessun'altra persona non abbia creduto in noi.»

Scuote la testa. «Sei un bel tipo.»

«Non sto scherzando.»

Riesce a fare un debole sorriso. «No, voglio dire che sai come affrontare la vita. Te la caverai sempre.»

Ho bisogno di chiedere. Devo chiederlo, anche se la nausea mi sta distruggendo. «Come... come hai fatto?»

Distoglie lo sguardo. «Con degli uncinetti. Prima li ho lavati. Avevo provato anche con l'infuso di menta, ma non ha funzionato.»

Ho voglia di prenderla a schiaffi. «Teddy!»

S'infuria, e la collera le riporta il colore sulle guance. «Ah, non giudicarmi. Ne ho abbastanza di questa storia. La prima infermiera che mi ha visitata quando sono arrivata qui mi ha dato della puttana e ha detto che dovevano lasciarmi morire.»

«Non ti giudico per quel che hai fatto, sono cose che succedono. Maman mi ha sempre messa in guardia, e lei ne sapeva qualcosa, ovviamente.»

Si mette seduta un po' più dritta, come se io fossi un giurato e lei dovesse perorare la sua causa. «A Harlan non sono mai piaciuti i profilattici. Ogni volta che insistevo finivamo per litigare. Alla fine ero stanca di discutere e lui ha promesso che si sarebbe preso cura di me.»

Mi fiderei più di un serpente che di un uomo che cerca di sfilarmi le mutandine, ma credo di aver imparato un minimo di quel tatto che Louise mi ha sempre decantato, perché serro le labbra e non faccio commenti. Mi limito a dire: «Adesso non ha più importanza».

Il suo spirito ribelle le accende gli occhi castani. «Non potevo certo tornare strisciando dai miei, una povera ragazzina sciocca, patetica e incinta vittima delle sue illusioni. E poi cos'avrei fatto? Avrei pregato qualche uomo di prendermi con sé, come una donna di seconda mano? Sperando che qualcuno dei ragazzi delle fattorie vicine ancora avesse un debole per me, al punto di sposarmi e mitigare la mia vergogna? Non ho nessuna intenzione di ripercorrere le tristi orme di mia madre e di mia nonna. Sono io a scegliere la mia vita, non il contrario. Anche se sarà un disastro, sarà il *mio* disastro, maledizione.»

Resto in silenzio di fronte al suo sfogo.

«Ora penserai che sono un'egoista», mi accusa.

Sgrano gli occhi. «Sono l'ultima persona al mondo che ti darebbe dell'egoista perché desideri qualcosa e lotti per ottenerlo. Non ho nessuna intenzione di criticarti per non essere voluta tornare nel fango in cui sei nata.»

«Ma tua madre ha rinunciato a tutto per te.»

Sento una risata isterica che mi gorgoglia nella gola. « Mia madre non è un buon esempio. Non c'è nessuna nobiltà nel fare qualcosa che non volevi. Non ha nemmeno senso discuterne. »

Agita la manetta legata al suo polso. « Be', a quanto pare questo è ciò che ottengo. Grandioso. Mi piaceva far finta di avere la situazione in pugno, con Harlan. Di essere io a usarlo, o almeno che ci usassimo a vicenda. Invece adesso so che ha avuto tante altre stupide ragazze bellocce prima di me, e ne avrà chissà quante altre dopo. Sono solo un cliché. » Torna ad appoggiarsi ai cuscini ed emette un lamento leggero, basso. « Dio, preferirei morire che tornare nell'Ohio come un cliché. »

Le poso una mano sulla fronte. « Non tormentarti così. D'ora in poi le cose potranno solo migliorare. » Ne sono sicura. Io che ho perso mia madre e la mia casa, io che avevo Blue e Delia e li ho abbandonati per inseguire un padre che potrebbe espiare le mancanze di mia madre e riversare su di me una gloria sufficiente ad aiutarmi a espiare le mie. So che l'unico modo per sopravvivere è andare avanti e sperare che la direzione che si è presa sia quella che conduce in alto, verso la luce.

Ha un brivido e si tira le coperte sotto il mento. « Sono stanca. »

« Dormi. Resterò qui con te. E dopo che ti sarai riposata un po' ti farò sgattaiolare fuori e partiremo per Cuba. »

Sorride. « Potrebbero non venire mai a controllare come sto. Mi hanno messa quaggiù da sola come se potessi contaminare chiunque tocchi. »

Sento un bisogno prepotente di fare qualcosa. Non è nella mia natura stare ferma. « Ti serve qualcosa, Teddy? »

« Theodora. Un nome noioso per una ragazza noiosa », mormora.

« Non sei affatto noiosa! »

« Non è un problema. Alle ragazze che non pretendono troppo non succede mai niente di male. Quindi ho deciso di tornare a essere la vecchia, scialba Theodora: lascerò a te tutti i sogni e godrò del vento che mi arriva dal battito delle tue ali. Andrà bene così. »

La porta si apre ed entra un'infermiera. È scura in volto. « L'orario di visita è finito, adesso te ne devi andare. Potrai rivedere Miss Dolan domani. »

« Non posso restare? »

« No. La polizia tornerà più tardi per interrogarla. Puoi tornare domattina, dopo le nove, e non portarti dietro tutta quella roba, questa non è una pensione », ribatte senza un briciolo di comprensione.

Lancio uno sguardo angosciato a Teddy. « Tornerò. »

Lei mi sorride come se non ne avesse mai dubitato, come se io fossi incapace di raccontare bugie. « Certo, *ma belle Delphine.* »

Prendo una stanza nell'hotel più vicino, a un isolato da lì. Il letto è grande e comodo, posso dormire di traverso come piace a me, eppure non chiudo occhio. Tiro via le coperte e osservo la pelle d'oca che mi compare sulle braccia.

Non so come farò a sistemare tutto, stavolta.

Per un attimo, nell'oscurità, quando il silenzio è tale che posso sentire ogni mio pensiero più indesiderato, mi chiedo se non sia meglio tornare nella villetta a Harlem. Delia mi preparerebbe una tazza di tè con miele di trifoglio. Domattina l'aiuterei a cucinare i biscotti. Blue mi batterebbe a scacchi ridendo, e avrei la certezza di essere al sicuro, con la mia macchina da scrivere e un vestito nuovo per Natale.

Blue è reale. Delia è reale. Perfino maman, quando l'avevo ancora, era fatta di carne e ossa.

Adesso invece sto inseguendo fumo e ombre.

No, no. Non posso. Non devo lasciare spazio al dubbio, non posso guardarmi indietro, o resterò con un pugno di mosche in mano.

Mi concentro sul romanzo. Quello è ancora sotto il mio controllo.

Mi sistemerò all'Avana. Ci arriverò presto - ignoro il fatto che non potrò permettermi di viverci a lungo, col denaro a disposizione - e una volta là ogni dettaglio, ogni profumo esotico e ogni colore vibrante mi faranno sentire viva. Sarà perfetto. Deve esserlo.

A parte il fatto che non ho ancora la minima idea di cosa succederà.

I geni sanno di essere geni, oppure il fatto che tutto sembra banale ai loro occhi fa parte della loro eccezionalità?

Sono sicura che il fatto stesso di dover fare pensieri del genere significhi che sono una stupida.

Affondo il viso nel calore opprimente del cuscino e aspetto che la luce del giorno mi scivoli addosso, dicendomi che è ora di andare.

Alle sei e mezzo sono già in piedi e vestita di tutto punto: devo solo aspettare. Ho messo un abito giallo a maniche corte e un paio di scarpe con la fibbia, mi sono spazzolata i capelli fino a lucidarli. Se mettessi del rossetto, Teddy sarebbe l'unica a notarlo, e non credo che al momento le possa interessare.

Mi appunto sulla testa un cappello giallo con delle piccole piume bianche e inclino il capo davanti allo specchio per assicurarmi che non cada. Ripiego tutti i vestiti e controllo l'antico portagioie per verificare che non si sia danneggiato. L'ho avvolto in alcuni strati di carta da pacco e per il momento sembra sia stato sufficiente. Durante il viaggio dalla Francia, l'ho tenuto sempre sulle gambe, nascosto in una tela da imballaggio.

Le mie dita trovano la chiave attaccata alla catenella d'oro che porto al collo. Dare solo un'occhiata non mi farà nessun male. Voglio essere sicura che nulla si sia spostato, oppure polverizzato e volato via.

C'è la foto di maman. Ne sfioro il sorriso, fissato per l'eternità.

C'è anche il libro di mio padre, autografato e datato. È dedicato al suo *tournesol*, il suo girasole. A quanto pare dava soprannomi a tutti. Chissà come chiamerà me.

Leggo per un po', poi sollevo lo sguardo ma sono ancora soltanto le otto. Non ce la faccio più ad aspettare. Ormai Teddy sarà sveglia e, prima potrò parlare con lei, prima organizzeremo il nostro piano di fuga. Ha sbagliato a mettersi nei guai da sola, quando Dio sa che sono la compagna perfetta per questo genere di situazioni. Credo che adesso l'abbia capito, però. Dallo sguardo che mi ha rivolto salutandoci, mi sembra che alla fine abbia deciso di fidarsi di me. Sento di non voler tradire la sua fiducia. Mi rende orgogliosa, e voglio onorarla.

Posso fare il check-out solo dopo mezzogiorno, così lascio le mie cose in camera e scendo nell'atrio.

Percorro la breve distanza a testa alta. Mia madre camminava per la strada come se le appartenesse, perfino quando ce la passavamo davvero molto male e sapeva bene che nel vicinato giravano voci orribili su di lei, che le davano dell'ubriacona e della sgualdrina, una donna che dava scandalo, una povera pazza. Sono capace di mostrare un minimo di sicurezza. Se non sento di averne, posso fingere.

Raggiungo l'ospedale e mi avvicino al bancone nell'atrio. L'infermiera, una ragazza dai capelli biondo ramato e con una distesa di lentiggini sul naso, mi sorride. « Buon giorno », mi saluta in tono gentile.

« Buon giorno. Sono venuta a trovare Miss Theodora Dolan, per favore. »

Controlla la cartellina che ha davanti, sfoglia alcune pagine. « Mi dispiace, non c'è nessuno che si chiami così. »

Mi si chiude lo stomaco. Non possono averla già portata via. « È qui, l'ho vista ieri. Sono sua sorella, Delphine. »

« Provo a chiedere. »

« Sono sicura che si trova qui, nella stanza 418. Per favore, chieda. »

Si alza e imbocca il corridoio alla sua sinistra. Non sta via a lungo. Torna e ha ancora un sorriso in volto, ma è come se fosse incollato. « Theodora Dolan, giusto? »

Mi balza il cuore nel petto. Sono arrivata in tempo. « Sì, sì, posso vederla subito? »

Tamburella con la penna sulla cartellina. « Mi dispiace, ma Miss Dolan è deceduta nella notte, intorno alle tre. Se desidera che le venga consegnato il corpo, posso chiedere di farle avere i documenti da compilare. »

La fisso. Devo aver sentito male. Forse ho travisato le sue parole. « No. Voglio vederla subito. »

Il suo sorriso inizia a vacillare. « A dire il vero sono solo una crocerossina, lavoro come volontaria. In teoria non dovrei dirle queste cose. Sta venendo un medico a parlare con lei. La prego, si sieda. »

Non capisco. « Cosa? »

Impallidisce. « Non so come gestire questa cosa, sto solo sostituendo un'infermiera. »

Mi avvio, cercando di superarla. Lei mi tocca un braccio, ma scivolo via senza nemmeno accorgermene. Vedo le sue labbra muoversi, il rossetto secco che le sporca gli incisivi, eppure non la sento e continuo a camminare.

Mi segue nel corridoio, però si ferma mentre raggiungo l'ascensore. Ormai il sorriso le è sparito e mi guarda andar via, gli occhi sgranati. «Mi dispiace», ripete prima che le porte le si chiudano davanti.

Mi accorgo che mi tremano le mani. Quella ragazza non è una dottoressa, non è nemmeno un'infermiera. Non sa di che parla.

E poi forse non ho proprio capito cosa diceva.

Percorro il corridoio, con la sensazione che le pareti mi si chiudano intorno, e mi sento accapponare la pelle.

Non è la prima volta, per me. La vecchia carta da parati con le rose, le campane della cattedrale che suonano in lontananza, la bottiglia di chardonnay rotta che mi trafigge i piedi nudi. Il sangue. Gli occhi azzurri, vuoti.

La mia casa, perduta.

*No*. Basta, basta.

La porta in fondo al corridoio è aperta. Vedo la schiena di qualcuno, uno sprazzo di capelli castano chiaro. Teddy.

Corro. Le mie gambe si muovono spinte da una volontà indipendente da me, arrivo sulla soglia e spingo via la donna che la occupa.

La ragazza distesa sul letto non è Teddy.

Teddy ha gli occhi del colore del cioccolato fuso, ma più chiari al centro, e quando ride s'illuminano. Trabocca di passione, spirito ribelle, energia, desiderio di amare e di essere amata. Io l'ho salvata.

Quella sul letto è qualcosa d'inerte, immobile, una chimera con la maschera di Teddy sul volto.

È impossibile.

«Tu non dovresti essere qui. Mi dispiace, devi aspettare giù», m'intima qualcuno.

Avanzo ancora. Non è la mano di Teddy, quella che ho

nella mia. È fredda e rigida. Allora perché sto piangendo? Perché sento un lamento debole, patetico, uscire da me?

«Teddy sta bene, non è lei. Dov'è?»

La donna contro cui sono andata a sbattere si rivolge alla collega. «Chiama il dottore», dice subito. L'altra, un'infermiera, esce di corsa, e sento sulle spalle delle mani che mi tirano indietro.

«Mi dispiace. Se n'è andata. È sopraggiunta la setticemia; può accadere, in questi casi. È una brutta faccenda. Non abbiamo potuto fare nulla, è successo molto in fretta», mi dice piano.

Prendo la mano nella mia e bacio le dita bianche, che ora sono come marmo. Chiudo le palpebre per cancellare ciò che vedo, ma niente riesce a fermare le lacrime. «No. Andremo all'Avana.»

La donna mi tira con maggior decisione. «Mi dispiace, non puoi stare qui. Dobbiamo spostarla, perché la stanza ci serve. C'è qualcuno che possiamo chiamare?»

No, no, no.

La risposta alla domanda, l'unica parola che riesco a estrarre dal dolore bruciante che sento dietro gli occhi.

No, no, no.

Non volevo uccidere nessuno.

È ciò che ho detto a Louise, quando mi ha trovata. È ciò che dico alle ombre che mi perseguitano, ogni volta che sentono odore di sangue e debolezza. È ciò che ripeto a me stessa ogni mattina, ogni giorno, ogni notte.

Riesco quasi sempre a convincermi che è stato un incidente, il tipo d'incidente che può capitare a qualsiasi ragazza che non abbia ricevuto affetto e abbia un pessimo carattere, come me.

Non volevo ucciderla.

L'incendio, però, volevo appiccarlo.

Se mai mi prenderanno, confesserò tutto. Dirò che sono andata alla villa a Long Island, la stessa in cui ho festeggiato l'inizio del nuovo anno. Che sono rimasta nascosta tra gli alberi alle sue spalle e ho aspettato che facesse buio. Che ho rotto il vetro di una finestra al piano terra e sono entrata. Ho aperto la porta sul retro e ho portato dentro tutta la benzina che avevo comprato.

Racconterò ogni dettaglio: come ho preso in cucina un vaso da fiori, l'ho riempito di benzina e sono andata di stanza in stanza versandone ovunque. L'ho riempito più di una volta. Il seme amaro dentro di me si è schiuso, ed è stato un sollievo abbandonarmi alla malevolenza e alla libertà che da sempre mi attendevano. Ho acceso i fiammiferi e li ho lasciati cadere, e la mia tanto odiata vulnerabilità è scivolata via con loro. La sensazione delle fiamme che mi lambivano la schiena mentre andavo via è stata il piacere più intenso che abbia mai provato.

Se mai me lo chiederanno, dirò la verità: che sono stata io, e che lo rifarei.

Ho trovato le istruzioni scritte su un foglietto di carta nella borsa di Teddy, scarabocchiate nella sua grafia disordinata: è stata l'ultima cosa che ha scritto. Pensava a me, anche se la morte la stava trascinando via. *Per Delphine: guarda nella terza stanza degli ospiti nella villa di Long Island, dietro il dipinto del nonno di Harlan. Quello brutto. Otto-cinque-sette.*

Ho preso tutti i soldi dalla cassaforte nascosta. Diecimila dollari. Bastano e avanzano per andare ovunque io voglia.

Lei è morta e sepolta. I vermi divoreranno i suoi occhi meravigliosi e l'uomo che ha contribuito a ucciderla continuerà a mangiare caviale senza neanche pensare a lei.

Teddy non vedrà mai Cuba, non diventerà mai adulta.

Non imparerà mai, come ho imparato io, che è meglio essere una donna triste e ordinaria piuttosto che una ragazza speciale morta.

Ecco perché non prendo in considerazione la morte. Affronterò il tormento ogni volta che chiuderò le palpebre, d'ora in poi vedrò il viso di Teddy accanto a quello di mia madre e accetterò il dolore come il prezzo da pagare per essere viva.

Perché se muori saranno gli altri a scrivere la tua storia.

Sono pronta a incendiare il mondo intero pur di non permettere che mi accada questo.

Sono Delphine Auber Hemingway. Sono la figlia di un poeta, di un genio. Mi attende un destino grandioso, e sono condannata a macchiarmi di terribili atrocità pur di ottenerlo.

Lo rivendico qui, ora, mentre siedo nella mia cabina e sento le onde che mi danno la nausea e mi trasportano via dalle coste americane.

Non riesco a dirlo, faccio fatica anche solo a pensarci, ma posso scriverlo. Posso scrivere la verità e osservare le parole che scivolano sul foglio.

Non posso più nascondermi.

Prendo la penna e lascio arrivare le parole, che si delineano oblique sul foglio del mio bloc-notes. Mi costringo a guardare; non sussulto, non distolgo lo sguardo. Le fisso senza paura e soffio fuori un respiro infinito vedendole ardere davanti a me e diventare reali.

*Mi chiamo Delphine Violette.*

*Sono nata l'11 gennaio del 1929.*

*Sono la figlia di Sylvie Margot Auber ed Ernest Miller Hemingway.*

*Ho diciassette anni.*

*Ho ucciso mia madre.*

# PARTE SECONDA

# 7

## *Notturno*

L'AVANA, CUBA, DICEMBRE 1946

Durante il colloquio con Madame Celia, mi attengo alla verità ove possibile, ma è evidente che non posso dirle il vero motivo per cui mi trovo qui.

Mi ricorda un uccello, con quella cascata infinita di riccioli folti che si ammassano sulla testa e la figura minuta, che sembra oppressa dal peso della capigliatura e dei gioielli vistosi che indossa. Si veste come se avesse tanti anni in meno.

Il suo ufficio è caldo e soffocante. Nell'attimo stesso in cui mi guarda provo la sensazione di aver ricevuto una nota di demerito, anche se le suore della mia scuola non si sarebbero mai truccate così tanto.

Mi lecco le labbra. Il mio spagnolo è stentato e lei decide di passare all'inglese, che parla con un accento molto marcato. Forse è abituata a parlare coi turisti.

« Rita, giusto? » chiede, lo sguardo sul modulo di richiesta che ho compilato.

« Sì, Rita. »

Ridacchia, come se sapesse benissimo che non può essere il mio vero nome. « Quanti anni hai, Rita? »

« Venti, Madame. »

M'inchioda con lo sguardo. « Non credo. Al massimo diciotto, a dire tanto. Sei solo una ragazzina. »

Arrossisco, ma mi mordo la lingua. La pensione si trova

in una posizione centrale, ha stanze buone e tariffe ottime, in più è destinata solo a clienti donne. Ho bisogno di un tetto sopra la testa, e mi sentirei meglio se potessi non condividerlo con degli uomini. Lascio che mi osservi, abbassando lo sguardo sulle mani che tengo intrecciate sulle gambe.

«Pagherò per tempo, anche in anticipo, se vuole. Sono davvero...» inizio a dire, a bassa voce. Però non posso dirle di essere una persona affidabile. «Non creerò problemi.»

Scuote la testa. «E sei venuta qui senza familiari? Tutta sola?»

Non può saperlo. Non può sapere che sono in grado di badare a me stessa perché ho sempre dovuto farlo. «Devo occuparmi di alcuni affari. Mi serve solo un posto da cui partire.» Cerco di darmi un'aria seriosa, ma non ci riesco. La stanchezza che mi opprime fin nelle ossa si riversa nella mia voce.

«E non parli spagnolo?»

«Imparerò.»

«Per caso ciò che devi fare qui ha a che vedere con una storia romantica? Perché io sono un'onesta donna cattolica, e non tollererò nessuna relazione al di fuori del matrimonio.»

«No. Mia madre dice che non ha nessuna utilità sprecare affetto per gli uomini. Mi ha detto di prendere un cucciolo e chiuderla così», rispondo in tono piatto.

Fa un sorriso veloce, poi annota qualcosa nel blocco che ha aperto davanti a sé. «Be', qui non sono ammessi cani, né a quattro né a due zampe. E così sei Rita, vent'anni, francese, vuoi una stanza in un piano alto e hai degli affari di cui occuparti. È tutto giusto?»

Deglutisco e mi costringo a guardarla. È una strana sensazione, mentire a qualcuno che ne è cosciente quanto te. «Per favore, mi lasci restare, Madame.»

Si appoggia allo schienale. « Va bene. Potrai restare tutto il tempo che vuoi. Non sei la peggiore che abbia visto. »

La camera è all'ultimo piano e affaccia sul porto. Le pareti sono azzurre, come le labbra senza vita di Teddy. Ho un letto, un piccolo tavolo di legno con due orribili poltrone dai cuscini rivestiti di un motivo floreale e una scrivania rivolta verso la finestra. I vestiti che mi hanno comprato Blue e Delia sono nell'armadio; una lettera incompleta per Louise è infilata sotto il cuscino. Il portagioie di maman è sotto il letto, ho sempre al collo la chiave.

I soldi, invece, li ho messi in una cassaforte che ho inchiodato al fondo dell'armadio. Non posso rischiare che mi vengano rubati. Metà delle donne che abitano qui ha un'aria poco raccomandabile, e sono sicura di essere una di loro.

Ho la macchina da scrivere. È stata dura portarla, ma non potevo certo abbandonarla.

Ho scritto ottantadue pagine del romanzo iniziato a New York, quasi tutte durante il viaggio che mi ha portata qui. Il fascio di fogli è legato con cura e si trova nel primo cassetto della scrivania. Non mi concedo mai di rileggerlo, una volta messo nero su bianco. Quando sarà finito lo farò, per il momento no. Ogni sera mi siedo, col profumo dell'aria di mare ancora addosso, e butto tutto fuori senza darmi il tempo di cedere al dubbio. Adesso firmo col nome di Delphine Auber Hemingway. Credo che anche maman, con tutti i suoi difetti, abbia fatto di me una scrittrice.

Non permetto alla consapevolezza di essere una creatura spezzata e priva di affetti di entrarmi nella testa fin quando non ho finito. So di avere tutta la notte per recuperare.

Non le sogno mai. I loro fantasmi mi stanno sempre accanto di giorno, così vicini che riesco a sentirne il respiro sulla nuca.

Di notte, però, sono sola.

Credo che siano in qualche luogo lontano, dove possono godere della felicità che in vita è stata loro negata. Maman è una grande poetessa fortunata in amore. Non ha figlie, non ha bisogno di una medaglia d'argento che sostituisca un sogno dorato. Teddy è bellissima, famosa, adorata. Vive per se stessa ed è libera da un mondo pronto a condannarla per ciò che è.

All'interno della pensione non sono consentite visite da parte degli uomini, che non possono accedere nemmeno alle sale comuni, dunque non c'è spazio per la tentazione di usare un uomo per provare a distrarsi.

Nella mia vita, però, un uomo c'è, o almeno un ragazzo.

Javier mi costa cinque dollari alla settimana, un vero affare, come sostiene lui. È il mio interprete, la mia guida. Non può avere più di diciotto anni, anche se cerca d'ingannare gli altri col misero baffetto che si fa crescere. Madame Celia, proprietaria della pensione, mi ha detto dove trovarlo.

La prima volta che l'ho visto, stava suonando la chitarra nella piazza accanto all'Hotel Nacional. È un pessimo cantante, in verità. In una città fatta di suoni meravigliosi e pieni di vita, lui non ha nessuna speranza.

Ho lanciato una moneta nella custodia vuota della sua chitarra e lui mi ha guardata come se avessimo appena fatto l'amore.

Stamattina mi aspetta davanti alla porta d'ingresso quando scendo dopo aver fatto colazione.

Ha una carnagione dai toni caldi, abbronzata, occhi accattivanti che alla luce sembrano avere una sfumatura leggermente diversa l'uno dall'altro. Ha i capelli ricci, lisciati ai lati e più increspati in cima, i denti guasti che nasconde dietro un sorriso a labbra chiuse. È alto come me però ha una corporatura più gradevole, con braccia forti e busto slanciato. Non è bello, ma neanche brutto, quindi almeno abbiamo in comune il fatto di essere entrambi piuttosto ordinari.

Oggi indossa una camicia gialla attillata e pantaloni bianchi. Sorride. « *Bonjour, Mademoiselle.* »

Annuisco e mi avvio al suo fianco. Non so mai in anticipo dove mi porterà. Ogni volta sceglie una zona diversa della città, ed è una città meravigliosa: al confronto, New York sembra una discarica putrescente.

Ma non è Parigi.

Andiamo a passeggio tutti i giorni, lui mi mostra i luoghi principali e mi spiega quali strade devo evitare quando fa buio. Conosce i posti migliori in cui mangiare e intrattiene sempre vivaci conversazioni coi cuochi, che ridono e ci riempiono ancora di più i piatti. Ho sviluppato una vera passione per le banane, e mai avrei pensato che un semplice piatto di riso e fagioli potesse essere tanto gratificante.

M'insegna lo spagnolo, e cerco d'imparare tutto ciò che riesco. È più facile dell'inglese, meno brutto.

« Allora, oggi mi dirai il tuo nome? » mi chiede come se in realtà non gliene importasse granché. Saluta con la mano un conoscente che ci passa accanto alla guida di un'auto dai colori sgargianti.

« Te l'ho già detto. »

Sorride. « Certo. Rita Hayworth. »

Per me le bugie più palesi sono quasi come dire la verità. Scrollo le spalle. « Te lo dirò quando mi dirai dove hai imparato il francese. »

« A scuola, te l'ho già spiegato. »

Passiamo sotto la tenda di un edificio di un rosa acceso e per un attimo l'ombra mi dà sollievo. Javier mi ha detto che il centro dell'Avana Vecchia è costituito da cinque piazze principali e che presto imparerò a distinguerle l'una dall'altra. Plaza de Armas è il luogo d'origine della città e richiama l'Europa medievale. I turisti vi si accalcano per vedere El Templete, un monumento eretto nel 1827. «La vera magia, però, è l'antico albero ceiba che vi si trova di fronte. Esprimi un desiderio, giraci intorno tre volte e il desiderio si avvererà», mi sussurra all'orecchio.

Non ci credo neanche per un secondo, ma gli presto maggior attenzione quando aggiunge che mi porterà dai vari librai che hanno aperto negozi lungo la strada di fronte ai palazzi maestosi, poi in una via più silenziosa, con la pavimentazione in legno, dove potrò leggerli.

Plaza de la Catedral è universalmente riconosciuta come il luogo più bello della città, con l'imponente cattedrale. Plaza de San Francisco de Asís ospita un ex convento, ma ancor più interessante è la presenza dell'Hotel Ambos Mundos, dove mio padre ha alloggiato per qualche tempo al suo arrivo in città.

Quando me lo dice, sento formicolare i polpastrelli. Sto già scoprendo cose senza neanche bisogno di chiedere.

Plaza Vieja è la più colorata di tutte e vi si trovano cibi di tutti i tipi. «Non te la puoi perdere. È favolosa. E, anche se fossi cieca, potresti comunque sentirne il profumo», mi assicura.

Infine c'è plaza del Cristo, molto più piccola e meno frequentata dai turisti. Javier dice che è la sua preferita.

Ho deciso che la prossima settimana scoprirò quali libri di storia posso prendere in prestito alla Biblioteca Nacional.

Sto già pensando a dove abiterò negli anni a venire. Il mio stile preferito è quello con i tetti moreschi e i balconi bianchissimi che si stagliano su sfondi variopinti. Una volta sistemata meglio, cercherò una casa con l'edera lungo i muri, blu pavone.

Mi tampono la fronte con un fazzoletto che Delia ha cucito per me.

Ho sempre sognato il caldo, però mai avrei sognato di sudare tanto. Sono pronta a giurare di non aver mai sudato così in vita mia, e col passare dei giorni la vita prima di New York sta diventando un ricordo sempre più confuso.

Lancio un'occhiata a Javier. « So cosa mi hai detto di come hai imparato a parlare francese, solo che non riesco a credere che sia tutto vero. »

Sembra divertito. « Non sei molto gentile. Voi ragazze europee non dovreste essere gentili e garbate? »

« Non ho idea di cosa dovrei essere. E fai male a generalizzare. Non è che io mi aspetti di vederti passare il tempo a fumare sigari e ballare. »

Lui non si scompone. « Ma io ballo tutto il tempo! Fammi capire, stavi cercando di offendermi? Se non riesci a pensare a niente di peggio, hai di fronte una terribile carriera da estremista, Rita Hayworth. »

« Sarei un'estremista terribile perché odio praticamente tutti allo stesso modo. »

Ride, e ho la sensazione di aver parlato troppo. Indico un edificio elegante in lontananza e ne chiedo il nome.

Gli piace parlare. Più parla lui, meno parlo io, meglio è.

Mi chiedo se sia un criminale e se sia per questo che la padrona di casa ha voluto darmi il suo nome. Se pensa che sia una fuggiasca, non posso certo biasimarla per avere immaginato che nessuna persona rispettabile avrebbe voluto saperne di me.

Dopo un po' ci fermiamo e ci sediamo su una panchina a guardare le auto passare. Anche se ci vuole un po' per abituarsi alle palme, c'è qualcosa in questa città che mi ricorda Parigi. Mi piacciono le strade lastricate, le chiese imponenti e la sensazione che qui siano accaduti eventi importanti.

Non sono venuta per essere felice, anche se in altre circostanze credo che potrei esserlo.

Mai in vita mia avrei immaginato di finire su un'isola. Non possiedo nemmeno un costume da bagno. Blue e Delia si erano offerti di comprarmene uno quando siamo andati alla casa sul lago, ma mi bastava bagnarmi i piedi nell'acqua.

Lui nota il mio sguardo perso. « Ti manca New York? »

« No. »

« E Nizza? »

Devo fare uno sforzo per ricordarmi che gli ho detto di essere di Nizza. Non ci sono neanche mai stata, però ho letto dei dépliant turistici. Avevo una compagna di scuola, Henriette, che ci passava sempre l'estate e ogni volta tornava con piccoli doni per tutte le compagne, tranne me. Eravamo solo quindici. Difficile non notarlo.

« Sì, mi manca. » Invece sto pensando al panorama dal mio piccolo balcone. Sento il profumo di lillà di maman mentre lei mi raggiunge e mi dice che si sente meglio, poi mi chiede se ho voglia di andare al cinema.

« Una francese a Cuba. Potrei intitolare così una canzone », riflette.

Alzo gli occhi al cielo, ma non riesco a non sorridere. Javier è l'unica compagnia in carne e ossa che ho. Quando non sono con lui, passo il tempo nella stanzetta a spingere fuori a forza il miscuglio di parole che si affolla nella mia testa e il fuoco che mi divampa nel petto, per trasformarli in qualcosa che somigli a un libro.

« Credo che la musica non faccia per te », dico, ed è solo dopo aver pronunciato quelle parole che mi rendo conto di quanto siano malevole.

« La musica va bene per tutti, è come l'aria », mi corregge.

« La *buona* musica no. È come dire che tutti sanno mettere insieme una frase, ma non tutti sanno scrivere davvero.

Non tutti sono capaci di far versare lacrime di commozione a sconosciuti per le vicende di qualcuno che non esiste nemmeno. Il problema è che l'arte viene sottovalutata da chiunque. C'è una bella differenza tra il fare qualcosa per divertimento e l'essere riconosciuti come veri maestri. »

Abbozza un sorrisetto. « Allora, ti decidi a dirmi di cosa parla il tuo romanzo, *La casa del puro rimpianto*? »

Non lo farei neanche se lo sapessi. O forse sì, forse in questo modo diventerebbe reale? C'è una parte enorme della mia vita che esiste solo nella mia mente. La parte fatta di pietra e mattoni si è sgretolata tutto intorno a me. Volto la testa. « Potrai leggerlo quando sarà finito. »

Solleva una mano. « Non sei affatto simpatica. »

« Non sono venuta qui per essere simpatica. E ho bisogno di chiederti una cosa. »

« Valuterò la cosa, Miss Hayworth, come un favore tra amici. »

Balzo in piedi. « Non siamo amici: io ti pago. »

Non posso avere amici. Direi che ormai il discorso è stato messo bene in chiaro, per me. Sono una distrazione che non posso permettermi.

Si posa una mano sul cuore. « Mi ferisci. Il semplice fatto che tu mi abbia assunto per svolgere un lavoro non significa che non possiamo essere amici. »

Riprendo a camminare, senza avere idea di dove sto andando. Scivola al mio fianco con la grazia di un ballerino. È così leggero nei movimenti. Credo che potrebbe seminarmi tra la folla senza problemi.

E forse un giorno lo farà.

« Allora, cosa vuoi che faccia? Come tuo aiutante e maestro di spagnolo, e non come amico? »

Faccio un respiro profondo. Ho la sensazione che sto per mettere il primo piede sul sentiero giusto, finalmente.

« Ho bisogno che tu scopra tutto ciò che puoi su Monsieur Hemingway. Con discrezione. Informati su dove va, su cosa gli piace. »

Avrei voluto chiederglielo fin dal principio, ma avevo paura che mi prendesse per una specie di psicopatica. Forse mi avrebbe perfino denunciata alla polizia.

Mi guarda con un'espressione piena di curiosità. « Lo scrittore americano? »

Mi costringo a guardarlo negli occhi. « Sì. Credo abiti in una fattoria poco fuori città. Voglio che trovi un modo per avvicinarlo. »

Spinge il mento in fuori. « A che scopo? Non mi paghi abbastanza per rendermi complice di un omicidio. »

M'infurio, perché ha toccato la mia paura più profonda. « Non gli farei mai del male! »

« Ah, capisco. Allora è *la pasión*. Una cotta da scolaretta. È piuttosto vecchio, sai, ma non ti giudico. »

« Non è nemmeno questo! »

Ridacchia per lo sgomento nella mia voce. « Allora perché? »

« Ti pagherò quattro volte la tariffa settimanale. Però niente domande. »

Mi cinge con un braccio e mi guarda dritto negli occhi, come se cercasse d'intuire quali sono le mie vere intenzioni. È sempre molto disinvolto con me, non si direbbe che ci conosciamo da pochissimo tempo. Mi prende in giro, mi tocca, non in modo lascivo, più come un cugino grande che si sente in dovere di punzecchiarmi in continuazione. Non mi dà fastidio. È una sensazione nuova, ma sento che potrei abituarmici.

Lo osservo meglio per essere sicura che abbia un aspetto perfettamente nella media, perché la sicurezza che ostenta fa sorgere qualche dubbio.

Maman diceva sempre che gli uomini sono fatti così.

Mi lascia andare. « Sei una ragazza strana, Miss Rita Hayworth di Nizza. Tanto lontana da casa, tutta sola, senza parenti o un uomo che ti proteggano, e rifiuti l'offerta di un'amicizia. Non lo capisco. »

« Non ho bisogno di amici né che tu capisca. Ti chiedo solo di trovare un modo per avvicinare Hemingway. Puoi farlo? »

« Certo. Ma tu cosa farai quando ti riferirò quello che avrò scoperto? »

« Ciò per cui sono nata. E nemmeno questo è affar tuo », rispondo in poche parole.

La sera scrivo venti parole con la macchina da scrivere. Solo venti. Ecco quanto valgono la mia vita e tutta la morte che ha portato con sé. Se potessi spaccarmi il cranio e tirar fuori le parole, giuro che lo farei. Ho così tante idee nella testa, eppure quando mi siedo a scriverle si volatilizzano. Credo sia la punizione per i miei peccati. Sono come Sisifo.

Dopo alcune ore piene di frustrazione, rinuncio e poggio il capo contro il vetro della finestra. Mi manca Louise. Vorrei tanto poterla vedere e sentire la sua voce, ma so di non meritarmelo. Lei si vergognerebbe di me. Non le ho più scritto da quando sono arrivata a Cuba e so che deve essere preoccupata.

Torno alla scrivania e prendo un foglio.

*Cara Louise,*

*scusami. Non sono morta.*

*Ora mi trovo all'Avana, a Cuba. Lui è qui. Stavolta mi sento sicura. Troverò un modo per incontrarlo. Dopo aver terminato il romanzo e quando sarò diventata molto, molto famosa, gli dirò chi sono.*

*Deve succedere in questo ordine, non prima. Altrimenti non capirebbe. Non mi vedrebbe nel modo in cui ho bisogno di essere vista.*

*Ho riflettuto su ciò che mi hai detto una volta, che l'orgoglio non è la risposta giusta alla vergogna, però ne è la radice. Ho cercato di mettere da parte l'orgoglio, davvero. Solo che non ci riesco.*

*È per questo che provo ancora vergogna? Perché sono due elementi legati tra loro?*

*So che ciò che ho fatto a mia madre è imperdonabile. Poi c'è stata Teddy, la mia cara amica Teddy, e ho deluso anche lei. Un altro bel viso senza vita a popolare i miei sogni.*

*Credo sia la vergogna a impedirmi di scrivere. Ormai ho superato la paura, ma penso che la vergogna mi stia soffocando, inchiodandomi.*

*Ti prego, aiutami a scacciare la vergogna. Senza indovinelli e senza far ricorso alla religione.*

*Ho bisogno di qualcosa di utile, qualcosa in cui neanche io sarei in grado di sbagliare. Aiutami o morirò senza una voce, e tutto sarà stato inutile.*

*La sua morte e la mia.*

*La tua affezionata figlioccia,*

*Delphine*

Louise dà il meglio quando deve rispondere a un appello disperato. Avrebbe potuto vivere nella ricchezza, invece ha deciso di dedicare la vita ad aiutare i bisognosi.

Prendo un altro foglio dalla risma. La lettera che scriverò ora è più difficile. È per Blue e Delia, che mi hanno accolta credendomi una persona buona e onesta, e Dio sa quanto non sia vero. Delia mi voleva bene. Avrei dovuto fare di più per evitarlo, ma sono stata debole, come una pianta assetata pronta a ricevere anche una sola goccia di pioggia.

Con maman non è mai stato facile, negli anni della guerra è stato peggio, e verso la fine non si è salvato più nulla.

Eravamo sul punto di ucciderci a vicenda un giorno sì e uno no. Rischiavo di perdere la libertà strisciando fuori per raggiungere il mercato nero dopo l'ora del coprifuoco per comprarle il liquore oppure rubarlo, quando non avevamo i soldi necessari. Non riuscivo a sopportarla, ogni volta che stava male. Era ridotta in condizioni pietose e, a volte, tremava così tanto che pensavo sarebbe morta.

Non mi ero resa conto di come la morte fosse definitiva. So che è stupido, ma faccio ancora fatica a convincermi che non la rivedrò mai più. Non potrà più impormi le sue scelte, non avrà mai la possibilità di conoscere la grande scrittrice, la grande donna che so di poter diventare. E non c'è nulla che io possa fare per evitarlo. Non è un racconto che posso correggere.

Sono impotente. Se si tratta di lei, sono sempre impotente.

Con Delia, invece, tutto era in pace. Semplice. Eppure le ho mentito, in continuazione. Non le ho dato niente di meglio di ciò che il mondo ha dato a me.

Non ce la faccio più. Mentre cerco di scrivere altre bugie rassicuranti, la mano mi si blocca e la penna cade a terra. Mi domando se ci si sente così quando si ha una di quelle anime di cui Louise parla tanto.

*Cari Blue e Delia,*

*mia madre è morta. Era già morta nel momento in cui sono arrivata da voi.*

*Non sono a Parigi, anzi, non sono neanche in Francia. Non vi chiederò scusa perché suonerebbe come un insulto.*

*Vi prego, non cercatemi.*

*Vi ringrazio per tutto.*
*Con immenso affetto,*

*Delphine*

Non mi viene in mente altro da dire. Non so neanche se spedirò davvero le due lettere, o se le sto scrivendo solo perché sono una vigliacca che ha bisogno di dormire.

Almeno sta funzionando. Mentre osservo la luna lontana, sento le palpebre sempre più pesanti.

Sussurro a me stessa parole su mio padre, le stesse storie che maman mi raccontava le sere in cui si sentiva abbastanza in forze da essere lei a rimboccarmi le coperte e non il contrario. Quasi mi sembra di avvertire le sue dita che mi accarezzano i capelli, quasi sento la sua voce allegra che mi sussurra racconti di feste, hotel, ristoranti, locali, spettacoli. Di come si ubriacassero sempre del miglior vino, di gioventù e talento, convinti che i momenti peggiori fossero ormai passati per non tornare mai più.

Ma soprattutto la magia dei momenti di tranquillità. Lui che le massaggiava i piedi davanti al camino scoppiettante, che le accarezzava la chioma folta e le prometteva di prenderle delle stelle da indossare come orecchini. Era il suo girasole, la ragazza più bella e intelligente di tutta Parigi. Se mai il destino li avesse divisi, mai e poi mai l'avrebbe dimenticata.

Percorrevo le sue stesse strade. Non l'ho mai detto a mia madre, e nemmeno a Louise, ma andavo su rue du Cardinal Lemoine e mi fermavo davanti alla casa in cui aveva abitato con la prima moglie, devota e abbandonata. Poi mi spostavo davanti al numero 39 di rue Descartes, dove si trovava l'appartamento affittato solo per scrivere. A volte, se era un anno buono, mia madre mi accontentava e per il compleanno mi portava a cena a La Closerie des Lilas.

Quante domeniche ho trascorso tra i suoi luoghi, cercando di aggrapparmi a lui, sperando che potesse avvertire la mia esistenza ovunque si trovasse? Sperando che forse, in qualche modo, avrebbe percepito il mio bisogno di lui e sarebbe tornato da me? Nonostante il grande fascino, era quasi sempre impossibile vivere con mia madre. Credere in mio padre mi aiutava a restare viva, mi faceva guardare avanti ostinatamente. Non mi sono mai voluta sentire abbandonata da lui, non l'ho mai vista così. C'era addirittura una parte nascosta di me, una parte abominevole, che le dava la colpa per non essere riuscita a tenerselo.

Anche lei mi dava la colpa di alcune cose.

Quando avevo undici anni, ho svuotato tutte le bottiglie di vino nello scarico. Dopo che l'ha scoperto, mi ha inseguita per casa, gridandomi contro con le lacrime agli occhi. Ci sono stati bicchieri rotti, quadri caduti dalle pareti, libri lanciati via dallo scaffale. Ero più veloce di lei, ma m'inseguiva con la collera di un animale ferito. Alla fine, mi ha presa e siamo finite a terra, dove lei mi ha bloccata tenendomi per i polsi. Ancora riesco a vedere il suo viso a mezzo centimetro dal mio, occupandomi tutto il campo visivo, la vena sulla sua fronte che pulsava. Ancora ho davanti agli occhi quello sguardo pieno di odio. Perfino qui, all'Avana, mi gela fin dentro le ossa.

« Guarda che hai fatto, dopo tutto quello che mi sei costata. Guarda che hai fatto », mi ha sibilato.

Durante il viaggio in nave per arrivare qui ho dormito con un paio di forbici da cucina stretto in mano, il denaro rubato emanava un calore bruciante dalla valigia infilata sotto la minuscola cuccetta.

Continuavo a sentire la voce di maman, che mi chiamava dai recessi corrotti della mia mente.

*Delphine.*

*Visto?*

*Visto cosa succede?*

*Ci sei cascata di nuovo.*

*Guarda che hai fatto.*

Per scacciare quella voce mi sono costretta a immaginare il fantasma di mio padre che diventava reale, solido, una cosa fatta di carne e ossa, non solo un nome in un libro o un racconto. Ho immaginato i suoi occhi che incontravano i miei, con un'espressione vera, non fissa come in una fotografia. Questo affetto è stato uno specchio unidirezionale per tutta la vita, ma ora è diventato una porta che posso attraversare.

Ecco su cosa mi sono concentrata ogni volta che ho chiuso le palpebre. Non sul cadavere di maman. Non su quello di Teddy.

Non sui timori e sulla delusione di Blue e Delia.

Ho pensato al fuoco appiccato, e ho bruciato tutti i fantasmi.

Poi sono riuscita a vedere gli occhi di mio padre su di me, beati nell'inconsapevolezza di chi sono stata un tempo. Un nuovo capitolo.

Muovo le labbra raccontandomi la storia finché non riesco a prendere sonno.

*Papà viene a Parigi.*

*Papà ama Sylvie.*

*Papà lascia Sylvie.*

*Delphine nasce.*

*Papà incontra Delphine.*

*Delphine rinasce.*

# 8

## *Cantabile*

L'AVANA, CUBA, 11 GENNAIO 1947

Mio padre adora i gatti. Gli piacciono così tanto che ne ha undici.

Maman non mi ha mai permesso di tenerne uno. Lui ha perfino dei pavoni, in Florida. E ha una nuova moglie, la quarta: si chiama Mary.

Preferirei sapere i nomi dei gatti.

Anche i suoi preziosi figli sono con lui, da quel che mi dice Javier. Credo che andremo d'accordo, sempre che siano disposti ad accettare il fatto che non valgo certo meno di loro. Ma dovrò fare ciò che dice Louise ed essere garbata, perché cos'altro si può offrire alle persone di cui non è possibile liberarsi?

Ho saputo che mio padre si rade con un rasoio a mano libera. Ho saputo che gli piacciono il whisky e il mojito, e in quali bar del centro preferisce berli. So che si è azzuffato in un bar più di una volta e che perde la testa quando c'è in ballo il suo orgoglio... il che significa che non si lascerà intimidire dalle mie asperità.

Forse potrebbe addirittura rivedersi in me.

Ma la cosa migliore che ho saputo è che ha una barca che adora e sulla quale passa ore e ore. A volte con la famiglia, spesso, abbastanza spesso, gloriosamente solo.

Credo sia questa la strada che mi porterà a lui.

Da oggi ho diciotto anni. Sono cresciuta, ormai. Sarò ancora piatta, ma almeno comincio a essere più furba.

Mi osservo con grande attenzione allo specchio sotto la luce rosata della mattina presto. Mi sembra di essere meno goffa. L'abbronzatura mi dona e aggiunge un po' d'intensità ai miei occhi castani. Potrei essere più brutta. Non ha senso soffermarmi sul fatto che potrei essere più bella.

Indosso uno degli abiti che Delia ha riadattato per me, uno dei vecchi capi di maman rivisti secondo uno stile moderno, con l'orlo che mi sfiora le ginocchia. Credo di essere cresciuta un altro po'.

Il vestito ha un tono di rosso così forte da ferire gli occhi. Spero che mi doni un po' della sicurezza che trasuda. Mi arriccio i capelli, li lego e mi metto del fard sulle guance.

Quando più tardi incontro Javier, circa alla stessa ora di sempre, resta sorpreso dallo sforzo che ho fatto per avere un aspetto gradevole. Raggiungiamo a piedi l'Hotel Nacional, uno dei primi edifici che mi ha mostrato dopo che l'ho conosciuto. Mi dice che è stato costruito nel 1930 in stile spagnolo, e mentre lo guardo penso che è davvero orribile, eppure sembra sia un punto cruciale per il turismo, visto che molte persone alla moda vi alloggiano con piacere. Javier si prende sempre tutto il tempo necessario per spiegarmi le cose con cura, e apprezzo la pazienza che dimostra ogni volta che gli faccio domande.

Comincio a sentirmi più a mio agio, adesso. Quando ho a che fare coi venditori, riesco a capire se mi stanno proponendo un prezzo troppo alto; capisco le battute sconce o intuisco il significato di una canzone di un musicista di strada. Mentre andiamo verso l'albergo, un anziano dall'aria gentile e con la pelle così scura da sembrare quasi blu, lucida come la pelle verniciata delle scarpe nuove, mi permette di suonare il suo tamburo in cambio di una mancia. La donna accanto a lui mi rivolge un sorriso sdentato e mi accompagna con la chitarra.

Javier non si offende quando gli chiedo se anche qui, come negli Stati Uniti, esiste una stupida gerarchia razziale, e risponde di sì, ma tanti cubani lo negano se glielo si domanda in modo diretto.

Dice che, sebbene sua madre sia di sangue quasi solo spagnolo, lui è un mulatto, e lo dichiara con un certo orgoglio. « Non voglio essere un conquistador. Anche se incontrerai tante persone che dichiarano di avere una bisnonna spagnola, negando ogni altra origine. Anche se i tamburi che li fanno ballare vengono dall'Africa e il tabacco che fumano è stato coltivato dal popolo taino molto prima che gli europei mettessero piede su queste sponde. Perfino la parola 'mambo' viene dalla lingua degli schiavi. Significa 'conversazione con gli dei'. »

Il suo entusiasmo mi strappa un sorriso. « Sai un sacco di cose. »

Scrolla le spalle. « Conosco la mia storia. L'ultima cosa che vogliono i potenti è che noialtri conosciamo la storia che loro non vogliono insegnare. Per questo mia madre dice che sono un radicale, e io le dico che lei si è comportata da radicale quando ha sposato mio padre. Lei invece sostiene che si è soltanto innamorata. »

Ci sediamo su una panchina all'esterno e lui mi porge qualcosa di caldo e dal profumo delizioso, avvolto nella carta.

« È *pan tostado*. Niente di eccezionale. »

È la prima volta che mi porta qualcosa. « Grazie. »

« Hai un'aria diversa dal solito. »

Gli faccio un sorriso di sottecchi. « Diversa in senso buono? »

« Diversa in senso bello. »

Non riesco a decidere se sentirmi offesa o lusingata. Il calore allegro del suo sguardo m'induce a non infuriarmi con lui. Per quanto mi sia sforzata di annientare la parte di me che desidera avere accanto qualcuno che mi faccia ridere e riflettere al tempo stesso, lui comincia a piacermi. E non è come con Teddy. Mi sento a mio agio con lui.

« Sai, oggi è il mio compleanno. »

Inarca un sopracciglio. « Davvero? Quindi compi ventun anni? »

Lo guardo. « Più o meno. »

« Be', allora ti porto fuori. »

Do un morso alla colazione. Ah, il burro. Quanto mi è mancato il burro fresco durante l'occupazione. Credo che potrei farmici il bagno senza stancarmene mai. « Fuori dove? »

A parte il mangiare, i giri turistici e le lezioni di spagnolo, io e Javier non socializziamo. È pericoloso. Non riesco a decidere cosa mi preoccupa di più: l'eventualità di non piacergli, oppure il contrario.

« A ballare, ovviamente », risponde.

« Non serve, grazie. Non sono una ballerina », mi affretto a rispondere, sentendo le guance avvampare.

Assume un'espressione sgomenta. « Non significa che non sai ballare. Non devi certo dedicare la vita a qualcosa per potertici divertire per una sera. »

« Non mi diverte nulla in cui non sia brava. »

Scuote il capo. « Che tristezza. »

« Non è vero. Non c'è niente di sbagliato nel voler primeggiare in qualcosa », protesto.

« Ma nessuno è perfetto in tutto, Rita Hayworth. E ci sono tante, tantissime cose in questa nostra breve vita. Te ne precluderai troppe, con un atteggiamento del genere. »

Comincio a pentirmi di essermi confidata con lui. « Smettila di chiamarmi così, lo sai che non è il mio vero nome. »

Si stringe nelle spalle. « Già. E so pure che hai un caratteraccio, che vuoi sapere tutto sul famoso americano, Hemingway, e che oggi è il tuo compleanno. So che vuoi scrivere, ma solo se gli altri ti dicono che sei bravissima a farlo, e che avrai al massimo diciotto anni. So che sei arrivata da sola da un altro Paese, quindi è probabile che tu non abbia familiari, o quantomeno nessun familiare che valga la pena tenersi stretto. So che in qualche modo ti sei procurata dei soldi. So tutto questo, però non vuoi dirmi il tuo nome. »

Maman era una maestra nel cambiare argomento; era capace di lanciarti uno sguardo, sbattere le ciglia e farti parlare del prezzo del pane come se fosse la cosa più interessante del mondo.

Io non sono capace.

« Hai scoperto dov'è ormeggiata la sua barca? Si chiama *Pilar*, vero? »

« E così è questo il tuo prezzo? Più informazioni per te? »

Ho bisogno di ricordare a me stessa di non lasciarmi provocare. « Sono io che pago te. Dimmelo, per favore. »

« L'ho fatto. »

« Bene. Allora accompagnami. Voglio comprare una barca. »

Ho fatto i conti e posso permettermi la spesa, visto che per il resto non conduco uno stile di vita troppo dispendioso.

Si volta verso di me. Vedo le briciole della colazione sulla sua camicia. « Una barca? »

« Una barca a vela, sì. O un piccolo yacht. Quello che riesco a comprarmi. »

È incredulo. « Sai qualcosa di navigazione? »

Lo guardo dritto negli occhi e sorrido senza scompormi. « Certo. Sono cresciuta a Nizza. Andavo sempre in barca. »

« Da sola? »

« Di solito ero sola, sì. » Questa parte è vera. Mi domando

quale sia il castigo divino per le mezze bugie. Louise non lo troverebbe un quesito divertente.

Javier non fa nemmeno finta di credermi. « Be', allora dovresti sapere come fare a comprare una barca: devi andare al cantiere navale. E non sempre puoi ottenerla come e quando vuoi tu: per queste cose ci vuole tempo. Forse dovrai metterti in lista d'attesa. »

« Ma io la voglio subito. Sono sicura che mi troverai qualcosa. E voglio anche darle il nome. »

Mi ride in faccia. « Rita Hayworth, tu vuoi un po' troppe cose. Io non faccio miracoli. »

Poggio una mano sul suo petto. Niente di licenzioso, lo sfioro soltanto. « Però ci proverai, giusto? »

Con lo sguardo segue la mia mano, poi torna subito al mio viso. « Ci proverò. Ma non faccio promesse. » Agita un dito. « Ma *solo* se verrai a ballare con me. Dovresti provare a fare qualcosa di divertente, prima di morire. »

Faccio una pausa per moderare il tono. « Quindi ho ancora un bel po' di tempo a disposizione, spero. Dopo che avrò fatto ciò che devo. »

« Be', tutti noi lo speriamo. Ma non esiste nulla di certo. »

Per una volta non mi affretto a rispondere. Lascio che il silenzio ci passi addosso e penso alla vitalità di maman, alla determinazione di Teddy di non essere mai dimenticata. A loro non sono stati concessi abbastanza giorni da vivere. E, che io lo meriti o no, sono l'unica rimasta.

Mi guardo intorno nel parco. Non è il Jardin du Luxembourg, ma siamo in pieno inverno ed è ancora tutto verde. Perfino a gennaio ci sono piante, fiori, nuova vita. Non si ferma mai.

So che potrei imparare ad amare questo minuscolo Paese.

« E va bene. Portami a ballare. »

« Credo sia buona creanza dire 'per favore', Rita Hayworth. »

Faccio per alzarmi. « Ma se è stata una tua idea! »

Mi ride in faccia, ma senza la minima malizia. Ormai credo di aver imparato che ride solo perché gli piace farlo. Non devo avere paura di lui, né difendermi. Non ce l'ha con me.

« Lo so, *señorita,* solo che adesso devo addirittura cercarti una barca. »

La sera, mentre mi vesto, dico a me stessa che non sarò carina per lui. Non voglio che pensi che stia cercando di far colpo su di lui.

Però ha detto che sono bella. E mi sto accorgendo che non voglio fargli cambiare idea. Non sono interessata a lui, ma accetterò qualsiasi forma di ammirazione mi verrà offerta.

Decido d'indossare il vestito più corto che ho, una delle poche cose che ho acquistato in un negozio; non posso mettere qualcosa ereditato da mia madre, stasera, non ce la faccio proprio. È senza maniche, blu elettrico, con una fila di bottoni sul davanti. Metto i tacchi anche se so già che inciamperò sul selciato. Il punto vita è molto stretto, e mi sento mancare un pochino il fiato.

Mi lego i riccioli sopra la testa e svuoto mezzo flacone di lacca per tenerli fermi. Dedico addirittura un minuto intero per esercitarmi a sorridere in modo civettuolo davanti allo specchio prima di accorgermi di quanto sembri stupida.

Javier dovrà farsi andar bene la mia espressione naturale, visto che l'idea è stata sua. Ed è un'idea davvero sciocca. Eppure mi sento emozionata. Sono sicura che mi renderò ridicola, nonostante ciò non riesco a smettere di sorridere, e non per stasera, ma per quel che verrà dopo.

La prossima settimana incontrerò mio padre. Dovrà essere tutto perfetto. Prenderò la barca e lo avvicinerò quando sarà solo, e in qualche modo riuscirò a farmi amare da lui. Non sono mai stata troppo attenta ai dettagli, ma non può essere tanto difficile, giusto? Stavolta sento che funzionerà.

Sarei potuta andare a bussare alla sua porta il primo giorno, però non potevo presentarmi da lui come un cane randagio. Se fossimo partiti così, non sarei mai riuscita a cancellare quell'immagine dalla sua mente.

Ci ho pensato su per anni, e mi sono resa conto che non è necessario che conosca la mia identità fin dal principio. Avremo anni per arrivarci. Non deve per forza volermi bene all'istante, in un turbine di petali e luci. Non viviamo in una favola, e non sono il genere di ragazza che può finirci dentro.

No, la parte più importante è assicurarmi che tra noi ci sia una pagina bianca. Che ci sia speranza.

Javier mi passa a prendere alle otto. Arriva a bordo di una decappottabile gigantesca, del punto di giallo più terrificante che io abbia mai visto in vita mia, una sorta di senape fluorescente. Nonostante l'aspetto orribile, sembra nuova di zecca. Strombazza col clacson anche se sono proprio davanti a lui, sui gradini della pensione.

« Non salgo su un'auto rubata, ho già abbastanza problemi », gli grido.

Scende dal posto del guidatore, fa il giro e mi apre la portiera del passeggero. Indossa una camicia color gelso a maniche corte che sembra di una taglia troppo piccola, e dei pantaloni grigi. « Be', buona sera anche a te. La macchina non è rubata: è mia, un regalo di compleanno. Adesso sali. »

Esito. « Se hai un'auto, perché ci siamo sempre mossi a piedi? »

« Camminare ti fa bene, Rita Hayworth. È salutare, per il corpo e per l'anima. L'Avana però è bellissima, di notte, quindi sali e lascia che te la mostri. »

Obbedisco e mi accomodo sul morbido sedile di pelle, lasciando che sia lui a chiudermi la portiera, come se io fossi sprovvista delle mani. È sciocco, ma è una bella sensazione lasciarsi coccolare. Parte un po' troppo di corsa.

Passiamo rapidi accanto a un isolato pieno di neon lampeggianti e palme illuminate dai lampioni. Quando costeggiamo l'oceano, inspiro a fondo l'aria. Sto iniziando ad amare il profumo pulito e salmastro del mare. Javier imbocca una svolta ripida e comincio a vedere molti altri festaioli che se ne vanno in giro, vestiti di tutto punto, gli uomini coi capelli impomatati e le donne con gioielli scintillanti che sorridono con le labbra imbellettate. Queste hanno un'aria raffinata che devo imparare; non capita quasi mai di vedere una di loro con un capello fuori posto. Sento già la musica nell'aria, il tonfo netto dei tamburi e il potente squillo delle trombe. Perfino io, che non ho il minimo senso del ritmo, comincio a battere il piede.

Mia madre adorerebbe questo posto.

Mi volto verso Javier. « Dove mi porti? »

« Sei sempre così gentile quando un uomo ti invita a uscire? »

« Gli uomini non m'invitano a uscire. »

Ride. « Mai? Be', in effetti hai il carattere di un gatto da fattoria, quindi la cosa non mi sorprende. »

Arrossisco. « Tanto non è un vero appuntamento. »

« No, non lo è », ne conviene, e sento il cuore sprofondare un pochino anche se lui non m'interessa affatto in quel senso. « È solo un regalo per il tuo compleanno. Non potrei mai invitare a uscire una ragazza sgarbata come te. Non hai neanche voluto dirmi come ti chiami. »

« Perché t'interessa tanto? E poi nemmeno io so il tuo nome completo. »

Passa a uno stop senza fermarsi. « Mi chiamo Javier Alejandro Castillo Moya. »

Sbuffo. « Non te l'avevo chiesto. »

« No, però te l'ho detto lo stesso. »

Decido con calma come rispondere. Devo riconoscere che si sta sforzando di essere gentile con me. So che Teddy mi direbbe di godermi la serata, la possibilità di divertirmi senza pensieri, ma non ho idea di come fare.

« Ogni volta che mi sono fidata di qualcuno è finita male, anche nelle questioni più piccole. Però apprezzo l'uscita di questa sera, quindi ti ringrazio. »

Annuisce. « Capisco. Perciò immagino tu non sia mai andata a ballare la salsa. »

« Una volta o due, forse. »

Non appena parcheggiamo davanti al locale, con l'insegna lampeggiante e una fila di avventori ben vestiti davanti, mi pento di aver mentito. Tutti hanno l'aria di saper ballare alla perfezione la salsa, e probabilmente qualsiasi altro ballo esistente al mondo.

« Sembra molto sofisticato. »

Un parcheggiatore si avvicina e mi apre la portiera. Javier gli consegna le chiavi e alcune banconote.

Poi mi guarda, perplesso. « Lo è. Qui arrivano perfino alcuni boss mafiosi da Miami. Lo frequenta anche il sindaco. Ma non ho mai conosciuto una donna che si lamentasse per essere stata portata in un bel locale per il compleanno. Preferisci che ti porti in una topaia? »

« Sì... preferirei andare dove nessuna persona importante possa vedermi mentre sembro una sciocca », rispondo con sincerità.

Mi offre il braccio, e lo accetto.

« Mi hai trovato una barca? » chiedo, sforzandomi di non usare un tono pressante.

« Ho fatto delle ricerche. Posso farti avere una barca da quattro metri e mezzo, usata poco. Le potrai dare il nome che preferisci. »

Un uomo dai baffi a manubrio lo chiama, e lui lo saluta con la mano.

« Davvero? »

« Sì, ma ricorda che le barche hanno sempre nomi femminili. Nei tempi antichi venivano chiamate coi nomi delle dee. Ah, sai una cosa? Non dovrei aiutarti. Sono sicuro che andrai a picco e annegherai, perché è evidente che non sai proprio un bel niente di navigazione. »

Mi porta verso la fila. Invece di metterci in coda, fa un cenno al buttafuori, che stacca il cordone di velluto e ci fa subito passare. Mentre entriamo nella sala da ballo buia, lo vedo sotto una luce diversa.

Mi ha detto il suo nome completo senza la minima esitazione. Trascorre le giornate in piazza a suonare la chitarra, cantando con voce stonata, sorridendo con quella bocca piena di dentoni come se non gli importasse nulla di ciò che il mondo pensa di lui. È più sincero di quanto io non sia mai stata o possa mai essere. Non credo si tratti di sicurezza, non sembra pensare di essere una persona speciale: desidera solo divertirsi.

Non riesco a comprendere una simile libertà.

Un cameriere ci accoglie e ci accompagna a un tavolo nella parte anteriore della sala affollata, da dove si vedono benissimo i musicisti sul palco. Il mio abbigliamento è molto ordinario, paragonato a quello delle altre donne. Vedo braccia scoperte e vari centimetri di gambe, vedo rossetto scarlatto, orecchini d'oro a cerchio e cappotti di pelliccia decadenti, guanti lunghi e tacchi vertiginosi. Louise avrebbe un mancamento, se mi vedesse in un posto del genere.

Il cameriere mi osserva incuriosito, facendomi arrossire.

Javier ordina da bere e si appoggia allo schienale imbottito della sedia. « Non venivo qui da un po'. »

« Hai a malapena diciotto anni, quanto puoi aver frequentato questo posto? »

Ride, e la sua è una risata di cuore. « Ci venivo con mia madre. »

Resto in silenzio. È la prima volta che la nomina senza che io gliel'abbia chiesto. Vorrei fare altre domande, ma temo che risponderebbe facendomene a sua volta.

« Lasciavano entrare un bambino? »

« Il suo sì », puntualizza.

Mi trattengo ancora. « Sembri molto benvoluto. »

« Ti sorprende? »

« Non direi. »

Arrivano i drink, due mojito, e spingo il mio verso di lui. « Prendo solo dell'acqua. »

Mi scruta il viso in un modo che mi fa agitare. « Non hai diciotto anni? »

« Potrei averne cinquanta e non ne berrei una goccia comunque. Spero non ti sia offeso. »

Prende il mio bicchiere e comincia a sorseggiarlo, poi beve qualche sorso dal suo. « Allora, chi era? »

Mi ha presa in contropiede. « Chi? »

« L'alcolizzato nella tua famiglia. Non è normale che una ragazza rifiuti un unico drink, a meno che non abbia visto un unico drink trasformarsi in una lunga serie. »

Ho una gran voglia d'infuriarmi, ma sono troppo stanca, e poi mi sono perfino arricciata i capelli per uscire: non mi va per niente di prendermela, oggi. « Era mia madre. E non chiamarla alcolizzata: lei preferiva definirsi una cultrice. »

A volte, se beveva il giusto, le bastava afferrarmi e ballare con me il charleston per il salotto. Era una ballerina strepitosa. Quando alla fine crollava, mi lanciava una monetina e mi chiedeva di comprare qualcosa di dolce.

« Dolce come te », diceva, poi rideva come una ragazzina e si sedeva coi piedi infilati sotto di sé.

Il ricordo mi fa sorridere, e Javier sorride a sua volta.

È sempre pronto a lasciarsi andare all'allegria. È la sua unica emozione: sul serio, sembra non abbia altre aspirazioni nella vita se non andarsene in giro sorridendo. Deve essere bello essere un ragazzo.

« Potrei ordinartene uno analcolico. »

La sua risposta è più premurosa di quanto non mi aspettassi. « Ah, sì? »

« Sì, certo. Dovresti assaggiare il mojito. Il tuo Hemingway ne va matto. »

Di colpo mi si drizzano le antenne. « Davvero? Allora lo prendo. Senza alcol. Grazie. »

« Te lo vado a prendere dopo un ballo. »

Arrossisco tanto da sentire il calore sotto i polpastrelli. « No, no, ti ho detto che non so ballare. »

Lui però si è già alzato e sta tirando indietro la mia sedia. Mi aggrappo al tavolo quasi fosse un salvagente, ma Javier insiste, e dato che sono qui solo grazie a lui non so come fare a dirgli di no. Anche se non credo che mi denuncerebbe alla polizia come persona sospetta, non voglio che esista nemmeno l'ombra di una simile possibilità.

« È il tuo compleanno, devi ballare. Devi spassartela un pochino. Ti faccio vedere i passi. »

« Mi guarderanno tutti... già sono una straniera, non c'è bisogno che mi metta ancora più in mostra. »

« Rita Hayworth, qui si viene solo per divertirsi. Non ti sta guardando nessuno, sei molto meno importante di quel che pensi. »

Mi accompagna sulla pista affollata. Sento l'odore di sudore mescolato con quello di sigaro, la menta del suo alito mentre mi attira a sé. La musica è assordante, si propaga tutto intorno e sembra spingerci l'uno contro l'altra. Sento le sue dita sulla schiena.

La band comincia una nuova canzone, lui china la testa verso di me e mi parla forte nell'orecchio. « Uno, due, tre, quattro. Mani in posizione di chiusura. Avanti e indietro, senti il ritmo, senti il ritmo... non ballare sul cantato. »

Mi stringe forte, e quando mi lascia andare per farmi roteare riesco a eseguire il movimento senza spezzarmi una caviglia. Sono incandescente per la vergogna, ma sorrido. La musica aumenta d'intensità e lui esegue i passi come se fosse nato con le scarpe da ballo. Ho sempre notato quanto sia aggraziato: cammina sulla punta dei piedi, ogni suo passo è molleggiato. Mia madre sarebbe stata una compagna di ballo molto più appropriata di me, per lui.

Danziamo tutta la notte, fermandoci solo per concedermi di mandar giù il mojito analcolico in tre grandi sorsate. È davvero delizioso, adoro il sapore della menta. Sono zuppa di sudore, so che i riccioli sono scivolati giù e che ho i capelli ormai lisci attaccati alla fronte. Lui mi solleva come se fossi una sposa e mi fa girare a tempo quando ormai non riesco più a reggermi in piedi. È così intrepido: è come se ogni brano gli desse nuova vita, nulla può fermarlo. Su quest'isola, con la musica che mi scorre nelle vene, sento il peso di ogni evento scivolarmi via, anche se è solo temporaneo. Mi sento così leggera da esser certa che potrei levarmi in volo come uno di quei gabbiani che cavalcano il vento, sospesi tra il mare e la terra.

Finita anche l'ultima canzone, mi accascio tra le sue braccia e lui emette una gran risata vedendo in che stato sono ridotta. « Sei una ballerina terribile. Ero convinto che facessi la modesta, sul serio! »

Ridacchio, anche se solo qualche ora fa mi sarei messa sulla difensiva. « E adesso che succede? »

« Adesso ci portano la macchina e io ti riaccompagno nei tuoi appartamenti. »

Zoppico al fresco della notte, aggrappata al suo braccio per sostenermi: so già che domattina avrò i piedi gonfi come prosciutti. Eppure prendo una decisione avventata. « Non voglio ancora tornare a casa. »

Resta in silenzio per un attimo. « Vorresti andare in qualche posto in particolare? Hai fame? »

A dire il vero sì, ma non me ne ero resa conto prima che lo dicesse. « Ho una voglia folle di *tostones*. »

Allontana il parcheggiatore con gentilezza e mi apre la portiera. « E tu come sai cosa sono, *flaca*? *Un potaje?* »

« L'ho letto in una guida turistica. Però voglio provarli. Mia madre era una cuoca terribile e non avevamo soldi per andare al ristorante. Per me è stato un paradiso quando a New York ho potuto provare... » Mi tappo la bocca. Se gli dicessi di New York, potrebbe capire che sono una fuggiasca. Forse mi stanno cercando.

Harlan, la polizia, o entrambi.

Nota il panico nel mio sguardo, ne sono sicura, ma non dice nulla. Mette in moto e parte, guidando veloce come prima, e osservo la città illuminata davanti a me. Mentre percorriamo una strada vedo l'acqua scura scintillare e per distrarlo gli chiedo se gli piace nuotare.

« Molto. Ho imparato a nuotare e camminare insieme. A te piace? »

« Non l'ho mai fatto granché. »

« Sul serio? A Nizza? » chiede in tono scherzoso.

Ho la gola secca. Anche se il vento mi soffia in faccia, vado di nuovo a fuoco. « Javier... »

« Non devi preoccuparti. È evidente che non vuoi dirmi

la verità, sei fatta così, Rita Hayworth. Ma non c'è nemmeno bisogno che tu menta», m'interrompe.

Provo un senso di colpa terrificante. Come se fossi in debito con lui per tutto. «Mi dispiace.»

Scrolla le spalle e accende la radio. Restiamo in silenzio per un po', poi lui prende una strada collinare che diventa sempre più tortuosa. Gli alberi si affollano intorno a noi finché un ramo non sferza la fiancata e devo chinarmi per evitare un colpo in faccia.

«Dove mi stai portando?»

«Siamo in macchina da venti minuti e me lo chiedi solo adesso?»

All'improvviso il sentiero si allarga e vedo una grande casa protetta da una cancellata in ferro battuto nero. È di mattoni bianchi, circondata da cespugli di fiori rossi, vivaci perfino nell'oscurità. Via via che ci avviciniamo scorgo delle luci lungo il sentiero e due uomini armati di fronte al cancello.

Di colpo ho il terrore che lui abbia capito chi sono fin dal primo momento e che stia per consegnarmi alla polizia. Cerco la maniglia dello sportello, ma non ho il coraggio di lanciarmi dall'auto in corsa e scappare. Non ho la minima idea di dove siamo, e il mio spagnolo è ancora rudimentale.

«Dove siamo? Di chi è questa casa?»

«È casa mia, sciocchina. Di chi altri potrebbe essere? Pensi che ti porterei da qualche sconosciuto a quest'ora?»

Controllo l'orologio e vedo che sono quasi le tre del mattino.

Il portone della pensione sarà sbarrato, a quest'ora. Madame non vuole delle ragazzacce: mi ha detto chiaro e tondo, quando sono arrivata, che se mi fossi infilata nel letto di qualche giovanotto sarebbe stato meglio per me assicurarmi di accontentarlo abbastanza da ottenere il permesso di restare da lui fino al mattino. «Perché siamo qui? Cos'hai in mente?»

Emette la sua tipica risata insolente. «Non quello che pensi. Preferirei infilare le mie parti intime nella bocca di un coccodrillo: avrei un'accoglienza molto più calorosa.»

Resto senza parole. Ci lanciamo frecciatine di continuo, ma questa va a segno. Non sono attratta da lui, però non ha nessuna importanza: non voglio sentirgli dire ciò che so benissimo che pensano tutti gli altri. Mi volto per non fargli vedere le lacrime che mi riempiono gli occhi.

Lo ascolto parlottare agli uomini. Ormai capisco abbastanza lo spagnolo da sapere che si rivolgono a lui con grande rispetto. Sento tintinnare delle chiavi e il cancello si apre. Javier s'immette nell'ampio viale e qualcuno corre subito fuori di casa per aprirgli la portiera.

Manda via l'uomo senza lasciargli aprire la mia e mi tende la mano.

Guardo il suo viso, seminascosto tra le ombre.

Il sospetto che si andava addensando alla fine prende forma. Non è affatto un ragazzino di strada; suona la chitarra perché lo desidera, non perché ne ha bisogno. Il denaro che gli do non ha nessun valore per lui. Credevo di avere un potere su di lui, invece mi ha presa in giro fin dal primo istante. E adesso non so cosa pensare. Per l'ennesima volta non ho saputo giudicare una persona.

Osserva l'espressione stupefatta sul mio viso e sospira. «Entriamo, Rita Hayworth.»

«Sei ricco.»

Non lo nega. «Sì, molto.»

Cominciano a pulsarmi le tempie. Mi lascio portare dentro e chiudo le palpebre di fronte ai mobili intagliati a mano e fatti su misura, e ai grandi dipinti a olio appesi alle pareti.

Mi faccio mettere seduta su un divanetto imbottito e ricevo un bicchiere d'acqua.

Sono così stupida. Louise aveva ragione, sono una sciocca arrogante, avrei dovuto restare a Parigi e permetterle di sprecare tempo a tentare di trasformarmi in qualcosa di meglio.

Sento il peso di Javier che si siede al mio fianco. «Basta con quell'aria disperata, Rita Hayworth. Perché è tanto importante per te se sono ricco o no?»

«Perché fai quello che fai con me se non hai bisogno di soldi?»

Gli occhi mi bruciano, apro le palpebre e scopro che la sua espressione è seria, per una volta.

«La padrona della pensione è mia nonna adottiva. Mi ha chiesto di tenerti d'occhio: le hai dato l'idea di essere nei guai.»

Una gentilezza del genere è inconcepibile, per me. «Madame Celia?»

«Sì. Era la seconda moglie di mio nonno, che era proprietario di alcune fabbriche e ha guadagnato una piccola fortuna. Quindi no, non ho necessità di lavorare, però non mi piace starmene con le mani in mano.»

«E così non sei un orfano?»

Inarca un sopracciglio. «Niente affatto. I miei genitori sono felicemente sposati da vent'anni e vivono a Miami sei mesi all'anno.»

Potrei affondare nei cuscini del divano e non riemergere più. «E così... cosa rappresenta per te farmi da guida? Beneficenza?»

«Lo faccio perché mi va e perché ho tempo. Inoltre con te mi diverto molto, quando non fai di tutto per renderti antipatica.»

Il mio stomaco brontola forte. «Non capisco perché non me l'hai detto prima.»

Il suo tono s'inasprisce un pochino. «Considerato che tu invece sei stata così onesta con me?»

Chino il capo. « Javier... »

M'interrompe: « Ascolta, lo capisco. Sei giovane, sei una ragazza e sei lontana da casa. È comprensibile che non ti fidi di chiunque. Ma di qualcuno devi pur fidarti. Se sei qui, un motivo c'è. Se nella tua vita fosse andato tutto per il verso giusto, non saresti stata così folle da venire da sola. Tutti abbiamo bisogno di qualcuno che ci faccia compagnia, Rita Hayworth ».

« Ti stai offrendo volontario? » Non ce la faccio a fidarmi.

« Ci sto provando. Non posso né voglio costringerti. »

Guardo dritto nei suoi occhi castani, così sinceri, e mi lancio. Tanto non ho nulla, a meno che non riesca a trovare un modo per arrivare a mio padre. E voglio pensare che ogni legame che creerò in vita non sarà falso, sbagliato o inutile. « Non sono di Nizza. »

Fa un gran sospiro, come se si fosse liberato di un enorme fardello. « Sei di Parigi. Ci ho passato cinque estati, l'ho capito subito. È evidente... non potresti venire da nessun altro posto. »

Non so come potrei sentirmi più umiliata di così, quindi annuisco e continuo a raccontare. Le parole escono l'una dietro l'altra, e in breve gli racconto quasi tutto. Sono talmente sollevata all'idea di poter parlare con qualcuno che mentre mi fermo per prendere fiato mi sento più leggera.

Gli dico solo una bugia, e cioè che mia madre ha bevuto fino a morirne. Non voglio che mi guardi come ha fatto Louise quando mi ha trovata che cullavo il suo corpo insanguinato. Non voglio che nessuno mi guardi mai più in quel modo.

Ho la voce rotta mentre racconto di Teddy, ma lui resta in silenzio e ascolta con pazienza. Gli confesso perfino di come ho incendiato la villa e ho rubato il denaro dalla cassaforte, e non batte ciglio.

« È tua abitudine dare fuoco alle cose? »

« No, è stata l'unica volta. Ho... ho un caratteraccio », dico abbassando lo sguardo.

« L'ho notato. Dunque è per questo che sei così sospettosa: perché sei una criminale. »

Le sue parole m'irritano un po'. « Ho commesso un crimine, però non sono una criminale. »

Si accorge del mio tono e lascia perdere. « A cosa ti serve la barca? »

Ancora non riesco a parlarne, ma Javier non è uno stupido e, se gli metterò davanti i pezzi del puzzle, lui saprà unirli.

« Mio padre ha una barca, ci passa molto tempo. Ho pensato... ho pensato che fosse un modo per conoscerlo. »

Gli brillano gli occhi e scorgo l'istante preciso in cui capisce, quasi mi sembra di sentire uno scatto nella sua percezione. Si accarezza la peluria sul labbro superiore.

Mi preparo ad affrontare la derisione delle mie compagne di scuola, lo scetticismo di Louise o la compassione di Blue.

Non mi arriva nulla di tutto ciò: mi prende il viso tra le mani ruvide e mi osserva con grande serietà. « Sono sicuro che Mr Hemingway sarà felicissimo di conoscerti. »

Basta quel tocco a farmi scoppiare in lacrime. Ha tirato il filo giusto, e ora il nodo stretto del terrore che si annida dentro di me si sta sciogliendo.

Non ho mai provato il desiderio di dire il mio nome di battesimo a nessuno, prima d'ora. Non mi è mai sembrato speciale. Invece, in questo momento, lo è. « Mi chiamo Delphine. »

« Delphine », ripete, come se gli avessi detto qualcosa di bellissimo. Inclina appena la testa e mi lascia andare. « È un vero piacere. »

Mi asciugo il viso, ma non riesco a smettere di piangere. « Allora, mi aiuterai? Anche se non ho nulla di cui tu possa avere bisogno da darti in cambio? Pur sapendo ciò che ho fatto... davvero mi aiuterai? »

« Sì. La famiglia è la cosa più importante del mondo, e poi adoro le belle storie. Per quanto tu sia strana, sono sicuro che la tua storia sarà davvero appassionante. »

# 9

## *Pilar*

L'AVANA, CUBA, FEBBRAIO 1947

Oggi.

Ecco cosa significa puntare tutta la propria vita su un singolo istante. Ecco cosa significa avere un solo scopo nella vita, un'unica ragione per fare ogni prezioso respiro. Ecco cosa significa non pensare a nient'altro e vedere una stella soltanto splendere nel cielo.

Oggi per la prima volta sono viva, viva davvero, in colori vibranti e non una triste farsa.

Non riesco quasi a crederci, eppure eccomi qui. Sono sul ponte di una barca, la mia, comprata da Javier. Si chiama *Tournesol.* Abbiamo perfino fatto scrivere il nome su un lato in lettere dai colori accesi, è impossibile non notarlo.

Non ho nemmeno il mal di mare, un vero miracolo – durante il viaggio dall'America a Cuba sono stata malissimo – anche se siamo in mare da almeno due ore.

Javier è sicurissimo che oggi mio padre verrà qui, in questo punto preciso. Ci viene a pescare. Sembra che adori attaccare alle pareti i pesci più grandi, una mania tipicamente maschile che non capirò mai, ma sono sicura che lui abbia delle ottime motivazioni per farlo.

«Il vento è dalla nostra parte», grida Javier, benché si trovi proprio accanto a me. Sembra intendersi di imbarcazioni e si diverte un mondo: usa continuamente, con l'entusiasmo di un bambino, espressioni marinaresche che per me non hanno nessun significato.

Mi sistemo i bermuda. La mia maglietta azzurra copre la parte superiore di un costume da bagno che ho comprato in un momento di grande ambizione. Anche se il vento mi ha trasformato i capelli in una massa arruffata, non m'importa; mi sento sicura di me come non mai.

« Niente mi fermerà, oggi. Aspetto questo momento da tutta la vita. »

« Allora, cosa farai, di preciso? Pensi di saltare giù dalla barca, abboccare all'amo e farti tirare su? »

Gli lancio un'occhiataccia. È diventato un amico, ormai, qualcosa che non mi sarei mai aspettata di ritrovare. Eppure non vorrei avere nessuno accanto, in questo istante. Se non avessi bisogno delle sue capacità di marinaio, l'avrei lasciato a terra.

« Non ho ancora deciso. »

Non riesce a celare quanto la cosa lo diverta; lo sforzo per non scoppiare a ridere è tale che deve aggrottare la fronte. « Sogni questo istante da tutta la vita, ma non hai ancora deciso nessun dettaglio? »

In risposta, serro le labbra. Che Dio mi aiuti, credo di star sviluppando la grande pazienza di cui Louise parla sempre. « È difficile. »

Scrolla le spalle. « Non direi. Sei tu a renderlo difficile. Potresti semplicemente presentarti alla sua porta e bussare, tanto sai dove abita. Avresti potuto farlo il giorno in cui sei arrivata. »

« Non posso, invece! »

Apre una birra e si mette a sedere. « Invece potevi. Non l'hai fatto, ma avresti potuto. »

Scuoto il capo. « No, no. Non ha motivo di credermi. Non desidera certo che una vagabonda vada a ricordargli una vecchia relazione dimenticata, dichiarando di essere sua figlia. E poi sono una ragazza, non posso presentarmi così, dal nulla. Nessuno sano di mente la prenderebbe bene. »

« Che c'entra l'essere una ragazza? »

Lo fulmino con lo sguardo. « Non fare il finto tonto. Essere una ragazza c'entra sempre, in tutto e per tutto. Devo sforzarmi di più, dimostrare di valere di più, per ottenere lo stesso. È sempre stato così, e sarà sempre così. »

« Mia cara, credo tu sia un po' melodrammatica. »

« Certo. Infatti c'è dell'altro: questa parola, per esempio, 'melodrammatica'. Che differenza c'è – nei libri, nei film, nella vita stessa – tra dramma e melodramma? » ribatto in tono impudente.

Si tira su le maniche, spingendole oltre gli avambracci abbronzati. Sembra già stanco, ma so che farà uno sforzo e mi ascolterà. È una delle cose che mi piacciono di lui. « Sono sicuro che stai per spiegarmelo. »

« Certo. Ho iniziato a leggere all'età di tre anni, e leggevo anche le recensioni di libri sui giornali. Quando andavo a scuola, tra una ramanzina delle suore e l'altra, le uniche lezioni che seguivo con attenzione erano letteratura e storia. E, con l'ombra di mio padre che incombeva, ho avuto più motivi di pensare ai libri di molte altre persone. » Lo indico. « Ci si relaziona con le cose che riguardano te, sono fatte per te o da te. Meglio se sei europeo, fantastico se sei anziano, perfetto se sei morto. Un uomo europeo anziano scrive qualcosa a proposito di amanti sfortunati che cantano tutto il tempo, si torcono le mani, facendo morire tutti nel finale, e la sua opera viene osannata come una forma d'arte elevatissima, una storia immortale, una tragedia meravigliosa, un'opera. Giusto? »

Suo malgrado, sembra interessato. « Sì, è vero. »

« D'altro canto, se una donna scrive esattamente la stessa

cosa, viene definita melodrammatica e licenziosa. Sciocca. Forse qualcuno, con grande condiscendenza, potrebbe usare i termini 'incantevole e pittoresco', oppure 'soavemente fantasioso' invece di dichiarare senza mezzi termini che non incontra i suoi gusti personali. Mi sono rassegnata all'idea che qualsiasi cosa viene considerata ridicola, se piace alle donne. Secondo te perché le donne firmano i romanzi con pseudonimi maschili? Credi sia un capriccio?»

Non risponde subito, ma osserva le mie guance arrossate. «Mi sembra di capire che ci hai riflettuto molto.»

Scrollo le spalle e unisco a forza le mani, intrecciando le dita. I capelli mi sferzano le guance nel vento. Questa è sempre stata una delle parti peggiori dell'avere un carattere tanto irascibile. Vengo subito etichettata come emotiva, forse pazza, di natura instabile. La giuria mi ha condannata ancor prima che fossi nata.

Mi schiarisco la gola e distolgo lo sguardo. «Be', io diventerò una scrittrice. Devo riflettere su queste cose: le parole che scegliamo possono tradirci, quindi spero di scegliere le mie con la massima cura.»

«Nella vita reale o solo nei tuoi racconti?»

Gli lancio un'occhiata. Per una volta non sta sorridendo. Credo dica sul serio, e mi fermo un attimo a riflettere sul fatto che abbia davvero meditato sul mio discorso.

«Entrambi. Devo cercare di farlo per entrambi. Grazie per avermi ascoltata», concludo.

Mi invita a sedermi accanto a lui, e lo faccio. Sovrappensiero, mi passa una bottiglia di birra presa dalla borsa termica alla sua destra e io la prendo, la tengo tra le mani, lasciando che la condensa mi bagni le dita. Sa che non bevo, ma credo che in questo momento abbia altro per la testa.

Inspira a fondo. «Sai, adoro il mare. È l'isola che mi fa questo effetto. Mio nonno mi portava a pescare quasi ogni giorno. Non era dell'Avana, era un semplice mulatto di un piccolo villaggio. Mi ha insegnato a infilare l'esca nell'amo e aspettare, con gli occhi spalancati, per ore e ore. 'Canta nella tua testa, Javier! Se lo fai a voce alta, farai scappare i pesci. E poi sei stonato!' A volte, se faceva troppo caldo, facevamo immersioni. Mi ha insegnato a navigare, a mantenere la rotta osservando la stella polare e la direzione in cui tramonta il sole. » Chiude le palpebre. « Mio nonno era un brav'uomo. Quand'è nato, non aveva niente, era un ragazzino di campagna, poverissimo. Ha lavorato sodo, e grazie a lui io non avrò mai bisogno di farlo. »

Non interrompo le sue riflessioni. Dal tono della voce capisco che non è più felice come un tempo.

Dopo un po' gli chiedo: « Allora sei consapevole di essere stonato? »

Mi lancia un'occhiataccia e sorrido.

Poi, più seria, riprendo: « Sei fortunato. È meraviglioso avere qualcuno che ti vuole tanto bene e te lo dimostra ».

Annuisce. « Lo so. Parlami di Sylvie. »

Con un sussulto mi scosto da lui. Torno davanti al timone e mi schermo gli occhi con la mano. Mi sembra di vedere una barca che viene verso di noi, ma non riesco a leggerne il nome.

« Era mia madre. A volte mi voleva bene, e adesso è morta. »

« Tu le volevi bene? »

Cerco tastoni il binocolo che Javier ha portato a bordo per nascondere il viso. Nonostante le tante istruzioni sulla navigazione ricevute da lui, non mi sento ancora molto sicura. « Non lo so. »

« Ma hai dato il suo nome alla barca, o meglio, il nome che le ha dato il tuo Monsieur Hemingway. Perché? »

Non riesco a trovare quel maledetto coso, però adesso la

vedo bene, anche se forse non con gli occhi. In qualche modo, lo so. Mi volto a guardare Javier, il suo viso abbronzato imperlato di sudore, gli occhi castano scuro che scintillano. Gli dico la mia verità.

« Merita di essere ricordata. »

Quando mi giro di nuovo, l'altra barca si avvicina. Resto immobile. Lascio che sia la sua barca a venire verso di me, guidata dall'acqua, l'elemento più naturale che esista. La lascio fare.

Dopo tante ricerche, dopo tutto ciò che ho fatto, adesso sono ferma come una statua. Il sangue mi si arresta, onorando il momento. Non sbatto neanche le palpebre.

Solo la mia mente continua a ribollire. Ogni ricordo mi piomba addosso con tanta forza che non so nemmeno come faccio a restare in piedi. Gli anni della guerra cui mi sforzo sempre di non pensare, il sapore della paura in bocca e il senso di fame costante. Più di una volta ho rubato una lattina di sardine dallo scaffale di un negozio. Le file per ricevere le razioni, il pianto dei bambini, il puzzo di escrementi. I raid, le persone che sparivano dalle case, la gente pronta ad accapigliarsi per una pagnotta. Le giornate di secca, quando maman passava da un iniziale nervosismo a un malessere terrificante e gemeva, scossa dai brividi di febbre. E io rubavo bottiglie di vino dai banchi del mercato nero, puntando un pezzo di vetro rotto trovato in un vicolo alla gola dei venditori che m'inseguivano per riprendersele.

Poi la fine. Il breve momento di gioia, come il rapido passaggio del sole. Maman, i capelli ramati sul suo vestito giallo chiaro, che teneva in alto il cartello scritto a mano; noi due che urlavamo, ci abbracciavamo, piangevamo, perché era tutto finito ed eravamo libere.

La breve calma, la verità, le grida, il coltello, il suo sangue che m'inzuppava i vestiti, i capelli, scivolava giù dal balcone che tanto amavo. Le grida orripilate di Louise quando, due giorni dopo, ha trovato il corpo rigido di mia madre tra le mie braccia.

E tutto ciò che è successo dopo.

Ma non importa, adesso.

Finalmente c'è mio padre.

All'inizio non si accorge che lo sto fissando, quindi ho la possibilità di osservarlo per la prima volta senza che se ne renda conto.

È alto, sapevo che sarebbe stato alto. Sembra un uomo forte, con le mani grandi di chi potrebbe scontrarsi con un orso e uscirne vincitore. Porta una camicia azzurra troppo larga e vedo la peluria sul petto sbucare dai primi due bottoni slacciati.

Ha uno sguardo gentile negli occhi della mia stessa tonalità castana. Ha baffi folti e scuri sopra le labbra sorridenti, la testa piena di capelli. Ha quarantasette anni ed è ancora molto bello. Si muove con una sicurezza e una decisione che ammiro, senza provare invidia. Sono raggiante: mi aggrappo al presente, apro ogni poro del mio corpo e mi lascio invadere dalla magia del momento, facendola arrivare così a fondo da non poterlo mai dimenticare.

È perfetto. È mio padre.

Ma...

Non è come me lo immaginavo.

Con sorpresa mi rendo conto che la foto che ho di lui, che lo ritrae come un bel soldato della Grande Guerra, è stata scattata più di vent'anni fa. La pelle sulla fronte è scurita e raggrinzita dal sole, ha delle zampe di gallina intorno agli occhi che si allungano fino alla stempiatura. I peli delle braccia sono più folti dei capelli che ha in testa. Le guance sono gonfie e arrossate, per non parlare della pancia prominente, ben visibile anche sotto la camicia.

Una minuscola parte di me prova un assurdo senso di delusione. Somiglia a un vecchio zio amabile, non il genere di persona che potrebbe incantare una donna come mia madre.

Sono felice e mi viene da piangere allo stesso tempo. Mentre armeggia con la canna da pesca, solleva lo sguardo e mi vede.

È il momento cruciale. Quando si sveglierà, domani, lui sarà la stessa persona, ma la mia vita dipende da questo incontro e sono completamente senza fiato, come in attesa di sapere se posso vivere o morire.

Non è rimasto nulla che possa controllare. Solo lui potrà decidere se al viaggio della mia esistenza si aggiungeranno nuove tappe.

Con lo sguardo mi sfiora veloce, sapientemente. Nota forse qualche somiglianza? O vede solo una ragazza qualsiasi che lo fissa a bocca aperta come uno dei pesci che sta cercando di catturare?

Il suo giudizio è rapido. Mi sorride, e io vedo file regolari di denti ingialliti. Con discrezione batto un polso contro il timone per assicurarmi che sia tutto vero. Mi ha vista e ha deciso che sono innocua. Mi ha guardata e ha visto una persona con cui potrebbe esserci un inizio.

Mi ha rivolto solo un'occhiata gentile, ma per me ha un significato mille volte più profondo di qualsiasi promessa mi abbia mai fatto mia madre.

Quando lo saluto con la mano senza neanche rendermene conto, lui risponde con aria amichevole, poi riprende a sistemare la canna da pesca.

Javier è dietro di me. Nella sua voce sento la mia stessa

emozione. Che Dio lo benedica, si sente coinvolto nella mia vicenda. « È come lo immaginavi? »

Distolgo a fatica lo sguardo da mio padre: non devo mostrarmi troppo ansiosa. Devo giocarmela con tutta la saggezza che ho tratto dalle precedenti scelte disastrose. « Meglio. Mi passi una canna da pesca? »

Emette una mezza risata. « Non sapresti che fartene. Ti avevo detto di stare più attenta quando ti insegnavo a usarla. »

« Lo capirò lo stesso. Dammela e vai sottocoperta; credo che si farà meno problemi a parlarmi, se pensa che sia da sola. » Non ho idea se sia vero o no; l'ho detto solo perché devo prendere una qualche decisione. Non posso certo starmene senza far nulla, o mio padre mi prenderà per una sciocca.

Javier inarca un sopracciglio. « Sei sicura, Delphine? »

Continuo a guardare mio padre con la coda dell'occhio. Sento un ronzio nel petto, come uno sciame di api furiose. « Cosa? »

Javier mi posa una mano su una spalla, ansioso. « Sei sicura che vuoi restare da sola? »

Il tocco rende più morbido il mio tono. « Se avrò bisogno di te, ti chiamerò. Non proverò a guidare la barca da sola, o rischio di farla affondare. »

Mi consegna la canna da pesca e mi accompagna sul lato dell'imbarcazione più vicino a mio padre. Mi fa sedere accanto al secchio dei vermi e si china per sussurrarmi all'orecchio. Per la prima volta mi accorgo che ha una piccola ciocca di capelli ricci e scuri vicino all'orecchio sinistro. « Agitala un pochino se vuoi dare l'impressione che abbia abboccato qualcosa. Agli anziani piace fare commenti, in questi casi. »

« Grazie », mormoro; lui annuisce e corre via. Credo abbia assorbito la mia ansia e l'abbia trasformata nella sua solita energia infinita. Dovrà spiegarmi come fa.

Un giorno, quando ne sarò in grado, voglio compiere un qualche gesto grandioso per ringraziarlo. Qualcosa d'insopportabile, che io detesterò e lui adorerà. Ho deciso di fidarmi di lui, come ha detto che dovevo fare. E sono sicura che non mi tradirà: è troppo leale e onesto per abbandonarmi proprio adesso, e mi meraviglia la fortuna di averlo conosciuto.

Infilo un verme all'amo e faccio del mio meglio per non pensare alla sensazione disgustosa che provo mentre mi si dimena tra le dita. Che strano passatempo. Non riesco a capire come ci si possa divertire così.

Il sole picchia sulla nuca. Mi sarei dovuta mettere un cappello. Domani avrò le gambe e la schiena indolenzite per essere stata seduta così a lungo. Eppure sorrido come il joker in un mazzo di carte.

Guardo mio padre da sotto le ciglia. Lo osservo avidamente, a volte oso perfino sollevare la testa e fissarlo in modo diretto. È così preso dalla sua attività che non se ne accorge neanche. Di tanto in tanto tira fuori una fiaschetta argentata e ne beve un rapido sorso, si asciuga la fronte col dorso della mano. Mi sembra di sentirlo canticchiare.

Passa un'ora. Due. Tre.

Non ho il coraggio di fare altro che starmene seduta a guardarlo, ma non posso lasciarmi frenare dalla paura.

Lo guardo, mi schiarisco la gola, poi dico in inglese, a voce un po' troppo alta: « Come sta andando? »

Solleva lo sguardo, non sembra sorpreso: possibile che si sia reso conto che lo stavo osservando?

« Bene, direi. »

Eccolo: il suono della sua voce. È più profonda di come l'immaginavo, un po' più aspra.

Al posto dei miei pensieri si è insinuata la beffa del nulla.

Le parole mi escono dalla bocca senza che possa fermarle. « Mi chiamo Delphine. »

« Hemingway », risponde, come se non avesse un nome di battesimo, come se fosse una persona qualsiasi e non uno degli scrittori più famosi del mondo. « Sei di Parigi. »

Non è una domanda. Sento il cuore battere forte nella gola riarsa.

« Sì. »

Spero che mi faccia altre domande, però non è così.

« Non mi capita di vedere molte giovani donne, qui. »

« Ho diciotto anni », sparo. Chissà se gli farà venire in mente qualcosa? Chissà se maman gli ha detto della mia esistenza? Sapeva che era incinta di me quando ha lasciato la Francia con la seconda moglie? Lei sosteneva di non averglielo mai detto, ma ora come ora dubito di qualsiasi cosa. « Li ho compiuti proprio il mese scorso. Però non vado più a scuola, vengo sempre qui a pescare e leggere. Credo che non ci sia niente di meglio che passare del tempo in mare aperto per schiarirsi le idee. »

Aspetto per capire se è ciò che desidera sentire.

Si gratta i baffi. È evidente che la mia età non gli fa venire in mente nulla. Un uccello dalle ali bianche vola basso, passando tra noi.

« Ho abitato a Parigi per qualche tempo. »

Una voce nella testa mi parla, anche se le mie labbra restano serrate.

*Lo so. Rubavo spesso delle monete dal cassetto della biancheria di maman per comprarmi le caramelle quand'era in collera con me e non voleva darmene. Le mangiavo sul marciapiede di fronte a casa tua. La tua prima casa, ricordi? Quella in cui abitavi prima del grande successo, dove dormivi sul pavimento, con solo un materasso sottile.*

« Chi sono i tuoi genitori? Magari li ho conosciuti. Qui non ci sono tanti francesi, gli emigrati sono tutti giornalisti americani », continua. Arriccia un pochino il naso mentre lo dice, e non so se il disprezzo è riservato ai suoi compatrioti o ai miei.

« In realtà sono venuta qui da sola. »

*Sono venuta qui per te.*

Sgrana appena gli occhi. Finalmente qualcosa ha attirato la sua attenzione. « Da sola? Da Parigi? »

« Sì. »

Abbassa lo sguardo, poi lo solleva di nuovo. Ha capito? Possibile? « Accidenti. Bene. »

*Chiedimi perché.*

« Una bella impresa. »

*Chiedimi perché. Guarda il nome della mia barca e chiedimi perché.*

Sospira, si alza e distende le braccia, stiracchiandosi. « A quanto pare oggi non hanno voglia di abboccare. Ti auguro una buona giornata, Delphine. »

Vorrei implorarlo di restare, invece sorrido e lo saluto con la mano mentre mette via la canna da pesca e la fiaschetta. Pochi minuti dopo vedo solo la sagoma indistinta della sua barca sparire nel nulla.

Chiudo le palpebre. Sento i passi di Javier che si avvicina. Tra un attimo inizierà la raffica di domande e dovrò scollarmi la lingua dal palato.

In fin dei conti è stato tutto ben lungi dall'essere perfetto. Mio padre non mi ha riconosciuta all'istante, i cieli non si sono aperti e non c'è stato nessun coro angelico.

Però l'ho conosciuto.

L'ho conosciuto, e ora sa il mio nome.

# 10

## *Orsi danzanti*

L'AVANA, CUBA, MARZO 1947

Vedo mio padre almeno una volta alla settimana. Javier, scaltro com'è, trova sempre un modo per rintracciarlo.

Ci siamo incontrati due volte in mare. Una volta con lui c'erano i figli e abbiamo scambiato qualche parola. Sono bellissimi, ragazzi bene educati. Forse sarebbe bello avere dei fratelli: sono cresciuta figlia unica e mi sono sempre domandata come sarebbe stato litigare per i giocattoli o farsi dispetti pur sapendo che in fin dei conti si resterà sempre due metà di una stessa mela per tutta la vita. Come sarebbe avere qualcuno che mi protegge?

Non lo saprò mai.

Sembrano figli di cui si può andare fieri, anche se devo ammettere che non noto una grande somiglianza. Sono ancora convinta di avere gli occhi di mio padre.

Di solito lo trovo nel suo bar preferito, La Bodeguita del Medio.

Ha un tavolo prediletto accanto alla vetrina, dove si siede a bere con un blocco per gli appunti. Spesso chiacchiera con qualcuno – è molto socievole, tende a dare grandi pacche sulla schiena alla gente – e io mi nascondo in fondo alla sala insieme con Javier a osservarlo. Nei miei sogni dovrebbe essere lui a venire da me, ma per il momento non mi ha mai notata.

Javier è al secondo mojito. Indossa l'orologio d'oro che gli ho regalato. L'ho visto nella vetrina di una gioielleria e ho capito subito che gli sarebbe piaciuto. Suo nonno portava sempre un orologio. In questo momento mi sta aiutando a cercare una casa, che acquisterò col denaro rubato a New York. Spendendolo, mi aspetto sempre di sentirmi addosso il senso di colpa, ma per ora non è ancora successo. Louise sarebbe inorridita dal mio comportamento, però, quando rivedo l'immagine della villa incendiata, mi viene solo voglia di sorridere.

Spero di lasciare la pensione di sua nonna entro la fine del prossimo mese.

Non avrei mai pensato di riuscire a sistemarmi in un posto tanto in fretta, ma in fondo non c'è da stupirsi. Qui c'è mio padre, certo, ma sento che c'è anche qualcosa di più. Il clima caldo fa bene al mio umore, e mi piace osservare le barche che entrano ed escono dal porto. Preferisco lo spagnolo cubano a quello della Spagna, col suo *ico* invece di *ito* per indicare qualcosa di piccolo o un vezzeggiativo. Comincio a padroneggiare la lingua più in fretta di quanto non mi aspettassi.

Mi piace sentire i polli starnazzare lungo la strada quando Javier mi porta in giro in macchina. Mi piacciono le iguane, che non avevo mai visto e che invece ora cerco in continuazione: sono così brutte da fare tenerezza, con quegli occhietti meditabondi.

Capisco perché mio padre si trovi bene in questa città, perché abbia iniziato passandoci l'inverno e poi abbia deciso di stabilircisi in via definitiva. Vicino al mare, provo un senso di pace irreale.

Sono arrivata al punto che, nel momento in cui mi giunge finalmente una risposta da Louise, non voglio leggerla. La tengo in tasca da tre giorni e mi basta per vedermi puntato addosso quello sguardo di disapprovazione, l'inclinazione della sua testa, i capelli folti e biondi che a volte scopriva e mi lasciava spazzolare in privato quand'ero piccola. Non voglio pensare a lei.

Sono felice qui e non m'interessa se la mia è una felicità da peccatrice. Non mi resta altro.

Javier scuote il quotidiano che ha in mano. « Forse ho trovato la casa giusta per te. »

« Davvero? »

« Ha due camere da letto, potresti usarne una come ufficio. Ma tu sai gestire una casa? O rischi di dar fuoco al quartiere? »

Gli faccio la linguaccia. « Sappi che sono piuttosto brava. E poi so cucinare. »

« Quindi m'inviterai a cena? »

« Non ho detto che so cucinare *bene.* »

L'unica cosa che mi riesce è lo stufato. Lo cucinavo ogni giorno da bambina, con porri, alici in scatola oppure sardine, a volte un pezzetto di carne, se avevo la rara fortuna di trovarne.

Prima dell'arrivo dei tedeschi preparavo spesso *cassoulet* oppure zuppa di cipolle. Nei giorni buoni, maman si dava alle relazioni sociali e tornava con delle verdure fresche ricevute in dono da un anziano vicino che aveva un debole per lei, poi mi aiutava a tagliare gli ingredienti per fare il *pistou* o la *ratatouille.* Nei giorni di festa preparavo il *coq au vin,* ma regolarmente lo bruciavo.

In genere, maman faceva leva sul suo fascino per farci ottenere pasti gratis nei ristoranti o nei bar. C'era sempre un amico di un amico, un amico di sua madre che conosceva lo chef... trovava ogni volta la maniera.

Solo ora mi rendo conto che era dotata di un'intelligenza rara.

Mi domando come avrebbe potuto sfruttarla, se non

avesse gettato al vento la vita innamorandosi prima di un uomo e poi di una bottiglia di chardonnay.

Javier spezza il flusso dei miei pensieri. « Non devi farlo per forza, sai. Sarei felice di darti una stanza a casa mia. E, se proprio non desideri troppa ospitalità, ti sistemerò nel pollaio. »

Gli rispondo, tenendo gli occhi puntati su mio padre. Sta annotando qualcosa sul blocco e mi domando come funzioni per lui il processo creativo della narrazione. Le storie gli vengono fuori perfette di colpo? Fa delle pause, tormentato da paure esistenziali tra un capitolo e l'altro? Oppure è come me, e fa fatica a inquadrare i dettagli ma procede senza fermarsi, spinto da un sentimento troppo potente per poterlo ignorare? Da quando l'ho visto la prima volta ho scritto quasi ogni sera, eppure ho ancora la sensazione di stare inseguendo le foglie nel vento.

« È un'offerta molto generosa e te ne sono grata, ma ho bisogno di una casa tutta mia. È la cosa migliore. »

« Se ne sei proprio sicura. »

« Assolutamente. »

Mi serve un posto cui possa affezionarmi, dove potrò dipingere le pareti di un giallo fin troppo acceso e piantare calendule in giardino. Mi piacerebbe avere una stanza per scrivere, un posto speciale dove dimenticare la mia vita per qualche ora al giorno ed entrare in quella di qualcun altro.

Mio padre inizia a parlare con l'uomo seduto al tavolo accanto. Dovrò stare all'erta per riuscire a ritagliarmi un momento con lui, oggi.

Tengo un occhio su di lui e uno su Javier.

« Mi piacerebbe anche avere un giardino. »

« In città? »

« Va bene anche fuori città. Magari una villetta vicino a mio padre. »

Si morde il labbro. « Mmm. »

« Che c'è? »

« Preferirei che vivessi vicino a me, in un punto in cui ti posso tenere d'occhio. » Ha un tono ridanciano, ma tradisce una preoccupazione sincera. Si attorciglia i baffi che sta facendo crescere.

Gli sorrido. « Me la caverò. Ho imparato a badare a me stessa. »

« Così pare. Sto aspettando il giorno in cui passerò a prenderti e ti troverò che ti azzuffi per la strada. »

« Non lo faccio più, ora sono cambiata », rispondo con aria angelica. Vorrei non avergli raccontato quella parte del mio passato. Non vado molto fiera del periodo in cui facevo a botte con le compagne di scuola o con chiunque osasse prendermi in giro.

Javier volta pagina del giornale con aria disinvolta. « E così hai deciso di mettere radici qui, eh? Diventerai una cittadina permanente della mia bella città? »

Mio padre si accende un sigaro. Provo un leggero moto di delusione, perché odio il fumo. Maman fumava come una ciminiera, quand'era stressata, e l'odore s'insinuava ovunque. Quante ore ho passato a strofinare con un panno bagnato le pareti, le tende, il divano, cercando di cancellare quel maledetto sentore? Voglio una casa che profumi di limone e lavanda, per cancellare i ricordi del fumo e della vergogna, dell'alcol, della meschinità e della morte.

Guardo di nuovo Javier. « Una cittadina semipermanente. »

Tecnicamente, in fondo è ciò che siamo tutti.

« Sei migliorata tanto con lo spagnolo. Impari in fretta, forse perché parli moltissimo con me. La pronuncia, però... è decisamente francese », ridacchia.

« Cambierà. »

Schiocca la lingua. « Non cambiare troppo o non avrò più abbastanza motivi per prenderti in giro, e sarebbe un vero peccato. »

« Sono sicura che troverai comunque un modo. »

Mio padre ride forte e ci voltiamo entrambi. Si è alzato, ha un piede sulla sedia e sta parlando con un'attraente giovane donna che indossa un abito verde e scarpe col tacco alto dello stesso colore. Provo subito un senso di fastidio e m'infurio con me stessa per non essermi avvicinata prima. Quell'uomo attira la gente come una ragnatela. Potrebbe volerci tutto il giorno.

*Meglio tardi che mai,* mi dico. Javier non cerca neanche di fermarmi mentre spingo indietro la sedia, però allunga la mano sul tavolo e si mette a bere la limonata che ho avanzato.

« Credevo avessi scelto un approccio discreto. »

Ho esaurito la pazienza, e non troverò mai più il coraggio. « Cambio di programma. »

« Come al solito. »

Lo incenerisco con lo sguardo, ma è già tornato a leggere il giornale.

Cerco di avvicinarmi a mio padre con la massima naturalezza. La donna in verde volta la testa per un attimo, attratta da qualcosa fuori dalla vetrina, e m'insinuo tra loro. In realtà mi faccio largo a spallate, quel che conta è il risultato.

Le sopracciglia folte di mio padre s'inarcano. « Oh, ehilà. »

So di essere arrossita. « Ci siamo già conosciuti. »

Sorride. « Sì, è vero. In mare. Sei Delphine. »

*Si ricorda.* Trovo il coraggio di fare un altro passo ancora. « Delphine Auber. »

Il suo sorriso non ha incertezze, però non scorgo una scintilla di consapevolezza nei suoi occhi. Metto da parte la paura e vado avanti.

« Volevi qualcosa? » mi chiede.

Di colpo ho la gola secca, cerco di mandar giù qualche boccata d'aria. « Volevo... volevo... »

Con un cenno del capo tira fuori una penna dalla tasca, l'espressione gentile. « Forse una copia firmata? »

È la seconda cosa peggiore che poteva succedermi dopo un suo sguardo disgustato. Mi ha presa per un'ammiratrice qualsiasi, o peggio ancora, per la creatura più tremenda che possa esistere al mondo: una critica letteraria.

« Che cosa? No, no, io non leggo. »

Ride, e sento che potrei sprofondare tra le assi del pavimento. Che stupida. Solo qualche giorno fa gli ho detto che vado a leggere in barca. La donna arrivata prima di me mi lancia un'occhiataccia mentre si accorge che le ho rubato il posto e va poi a parlare con un altro signore.

« Non leggi nulla o solo i miei libri? Non è un problema, non mi offendo. »

Li ho letti tutti, ma ho paura di peggiorare ancora la situazione. « Oh, no, non è questo! È che volevo... volevo chiederle... » Domino i nervi, mi faccio forza e lo dico. « Conosceva una donna di nome Sylvie quando viveva a Parigi? Abitava in rue des Écoles. »

Non sorride più; aggrotta la fronte e si gratta il mento. Poi vedo apparire il ricordo, che danza sul suo viso, però non riesco a capire se sia positivo o negativo.

La tensione è insopportabile. Se credessi agli svenimenti, sarei già finita a terra.

Poi parla con un tono difficile da decifrare. « Accidenti. La suffragetta, vero? Quella che voleva diventare una poetessa. » Sorride di nuovo, ed è un'espressione completamente diversa, che spazza via dal suo volto gli anni passati. Vedo il giovane attraente che mia madre giurava di amare con tutto il cuore. « Coi capelli come foglie d'autunno. »

È vero, è tutto vero, tutto ciò che mi ha raccontato maman. È tutto vero. Tutto ciò che ho fatto, il viaggio fin qui, tutta la sofferenza ricevuta e inflitta in ugual misura, era il destino. Sento un formicolio sulla punta delle dita.

« Esatto. Lei... è mia madre. Ha detto che vi conoscevate. »

È la parte più complicata. Credo che non avrà difficoltà a capirlo. Quanto vorrei potergli leggere nella mente.

Procedo ancora. È incredibile pronunciare ad alta voce le parole che mi sono ripetuta in testa per tanto tempo. « Quando ho scoperto che abitava qui, volevo chiederle... speravo... »

Tutto. Tutto, tutto. Ho gli occhi spalancati; se potessero parlare, ululerebbero, lanciando un richiamo primordiale da un altro mondo. Vorrei dirglielo con tutta me stessa, ma non riesco a tirar fuori parole tanto preziose in un luogo così ordinario. Vorrei essere da sola con lui, magari nel suo studio, dove maman mi ha raccontato che scrive stando in piedi.

Immagino uno dei suoi gatti raggomitolato sulle mie gambe, la luce del pomeriggio che gli illumina il manto grigio. Lo sguardo sorpreso di mio padre, il leggero inarcarsi delle sopracciglia, il labbro inferiore che si affloscia appena. Poi il puzzle che inizia a ricomporsi, un attimo di esitazione che grazie al cielo è brevissimo, le braccia che si spalancano.

Non ho bisogno di essere accolta da lui, non voglio essere un fardello. Ma potremmo mangiare insieme qualche volta, e lui potrebbe insegnarmi le tecniche di scrittura. Potrebbe raccontarmi storie e spiegarmi come si pesca. Potrei imparare a sopportare sua moglie e ad amare i suoi figli.

E poi lo vedrei ogni settimana, almeno. Tutti saprebbero che sono la figlia e nessuno m'ignorerebbe più.

Qualcuno passa tra di noi, rovesciando qualche goccia di bibita sulle mie scarpe, e il momento magico si spezza.

Mio padre guarda l'orologio. « Purtroppo tra poco ho un appuntamento, non posso trattenermi. Magari ci incontreremo un'altra volta. » Poi scuote il capo. « La figlia di Sylvie... com'è piccolo il mondo. Non pensavo a lei da secoli. »

*Lei pensava a te ogni giorno, più spesso che a me. Per te invece le donne passano l'una dopo l'altra, e ti dimentichi di loro. Ti dimenticherai anche di me nel momento in cui sparirò dalla tua vista?*

Tento di mantenere il sangue freddo, capisco che è una battaglia persa e ripiego su una disinvoltura poco convincente. « Certo. Non volevo trattenerla. Non è niente di urgente, ero solo curiosa... mi ha raccontato tante storie di quei tempi. » L'ultima parte è dolorosa, la butto fuori a forza.

Mi rivolge di nuovo quel sorriso reticente. « Erano bei tempi. Stammi bene, allora. »

Se ne va di nuovo. Lo guardo passare tra la folla e sparire. Quante altre volte dovrò stare a guardare mentre si allontana da me?

Javier arriva e mi concedo di appoggiarmi a lui per lasciarmi consolare dal suo calore. Mi sento affranta, come una piccola orfana. Mia madre è morta, mio padre non sa che esisto, sono sola al mondo.

« Sembra che tu stia per scoppiare a piangere. »

« Non sto assolutamente per scoppiare a piangere. »

Mi prende per il gomito e mi accompagna fuori dal bar, in strada, dove la luce del giorno comincia ad affievolirsi. « Che cosa ti ha detto? »

Scuoto la testa. Mi offre una barretta di chewing-gum mentre andiamo alla sua macchina. La prendo e mastico con molta determinazione, così non posso parlare.

« Gliel'hai detto? E dai, Delphine. Non c'è un modo semplice o giusto, ma non ci puoi girare intorno per sempre », insiste.

« Lo farò presto, solo che dobbiamo essere da soli. »

Inizia a gesticolare in modo frenetico. « *Ay, no!* Basta con questa storia, ti comporti in modo assurdo. Non ce la faccio più. Se non glielo dici entro la fine del mese, giuro che glielo dirò io. Sono serio. Gli attaccherò un biglietto sulla porta di casa, prenderò la chitarra e gli canterò una serenata davanti alla finestra raccontandogli la verità. »

Mi apre lo sportello, fa il giro della macchina e parte prima che riesca a rispondergli.

« Ti voglio bene », gli dico, imbarazzata. « È una novità... per me. Ti sono grata per la tua amicizia e per i tuoi consigli, però ti avviso, Javier, se interferirai coi miei piani ti darò in pasto a un branco di cani. »

Suona il clacson a qualcuno che sta guidando troppo piano e lo supera a tutta velocità. Sento tornare su il mezzo bicchiere di limonata che ho bevuto.

« Se continui a parlare così, finirai senza un marito che ti ami, da sola in quella casa che vuoi tanto comprare, circondata da libri e gatti. »

Sbuffo e punto lo sguardo verso il campanile di una chiesa che mi ricorda casa. Forse Javier pensa che per me sia chissà quale minaccia, ma ho conosciuto diverse persone che non temono la solitudine, anzi.

C'è di peggio.

Mi accorgo che mi osserva con la coda dell'occhio, così mi volto e gli faccio un sorriso. « L'amore è mutevole. I libri restano per l'eternità. »

## 11

## *Pas de deux*

L'AVANA, CUBA, APRILE 1947

Alla fine cedo. È ovvio: non ce l'avrei mai fatta a resistere. Mi sveglio in piena notte in camera, nella pensione, e sono zuppa di sudore anche se la finestra è spalancata. L'unico risultato che ho ottenuto è stato riempirmi i polpacci di punture di zanzara.

È quella maledetta lettera, che sento bruciare fin dentro le ossa. Louise e la sua coscienza mi perseguitano anche dall'altra parte dell'oceano. Le sue frecce fanno sempre centro nel mio cuore.

Scosto le lenzuola e frugo nel plico di fogli accanto alla macchina da scrivere. Ho scritto pagine e pagine di descrizioni, frasi eleganti, nomi di personaggi i cui volti non vedo ancora con chiarezza nella mente. Ma non è un libro. Nemmeno io sono capace di una tale negazione da definirlo libro. Al momento, *La casa del puro rimpianto* non è altro che una raccolta di pensieri. Tuttavia, sono sicura che una volta finito, levigato, dopo averci versato sopra cinque anni di lacrime e sudore, chi lo leggerà non coglierà nessuno dei messaggi che voglio dare e, dato che le persone non si riconoscono mai nei racconti, m'insulteranno: quindi che senso ha perderci tempo? Scrivere mi piace, tanto. Adoro il senso di libertà che provo quando sono io a controllare una storia, perché è l'unica cosa che mi sia mai capitato di poter decidere. L'idea generale, però, è molto più grandiosa della realtà.

Vorrei tanto poter fare qualcosa di diverso per farmi amare da mio padre. La ceramica, per esempio.

Trovo la lettera di Louise sepolta sotto gli altri fogli, mezza bloccata da un fermacarte a forma di Torre Eiffel che Delia mi ha comprato in un negozio di cianfrusaglie. Quando l'apro, mi tremano le mani. Un sottile fascio di luce della luna tocca la pagina e un gatto miagola sopra un tetto vicino.

*Cara Delphine,*

*sono felice di sapere che sei viva e stai bene. Devo dire che forse non ho mai creduto davvero che avresti seguito questa strada con tanta perseveranza e che ti avrebbe portata così lontano dalla sicurezza e da me.*

*Ho aspettato anni e anni sperando che abbandonassi questa ossessione. Dopo la morte della tua cara madre, non volevo opprimerti ancora di più: pensavo fosse un modo per sfogare il dolore. Ma ti ho viziata per troppo tempo. Adesso hai diciotto anni.*

*Bambina mia, perdonami, è ora che tu sappia la verità.*

*Tua madre, che Dio l'abbia in gloria, non si sottraeva certo alla compagnia degli uomini. Mi ha detto lei stessa di aver avuto tanti amanti, all'epoca della tua nascita. I suoi amici più fidati sapevano che ciò che raccontava degli amanti, e perfino dei conoscenti, non era attendibile. Non era in sé, ed era oppressa dalla vanità.*

*Pensava sempre di contare per gli altri molto più di quanto non fosse vero. Le veniva offerto anche tanto affetto sincero, ma lei lo rifiutava.*

*È stato questo il suo fallimento più grande: l'incapacità di amare ciò che aveva.*

*Non voglio vederti commettere lo stesso errore.*

*Tu sei più intelligente di lei, e non lo dico a cuor leggero: hai una mente raffinata, attenta, una profonda conoscenza della condizione umana. Se non fossi fatta così saresti più felice, però, dal momento che lo sei, ti prego di non sprecare il tuo dono.*

*Se vuoi scrivere, scrivi, ma fallo perché lo desideri. Sei piena di talento, davvero: i racconti che scrivevi a scuola erano sempre affascinanti. Spero che te lo farai bastare.*

*Ti prego, cerca di capire che tua madre desiderava che tu fossi orgogliosa di te stessa, ed è per questo che ti ha voluto dare un padre famoso e realizzato da venerare da lontano. Sono sicura che se fosse ancora viva prima o poi ti avrebbe detto la verità. Però è morta e, poiché lei ti ha affidata a me quand'eri ancora molto piccola, mi tocca compiere il gesto più difficile che un genitore possa fare: distruggere l'innocenza del proprio bambino per il suo bene.*

*L'uomo che stai inseguendo non è nulla per te: non è tuo padre. È più probabile che il tuo vero padre sia un perdigiorno, o qualcuno già morto, come tanti dei conoscenti di tua madre. Non saprà mai il tuo nome, e tu non saprai mai il suo.*

*Tua madre è morta. Sei un'orfana.*

*Devi imparare a convivere con la verità, come tutti noi impariamo a vivere con le immutabili realtà della vita.*

*Hai sempre detto che le bugie non esistono, e che la verità è solo qualcosa su cui gli altri si sono messi d'accordo prima del tuo arrivo. Ma il resto del mondo non la vede così, e non si piegherà al tuo volere. Non hai scelta.*

*Sei ciò che sei agli occhi del mondo dal giorno in cui sei nata, e puoi decidere solo cosa fare della tua unica, breve vita.*

*So che forse non perdonerai mai tua madre, so che forse non perdonerai mai nemmeno me. Ma devi perdonare te stessa.*

*Prego affinché, un giorno, tu possa riuscirci.* Qui vivra verra.

*Vivi, figlioccia mia. Vivi e vedi.*

*Io sarò qui ad aspettarti, quando tornerai a casa.*
*Con tutto il mio affetto,*

*Louise*

Ho la pelle gelata. Il sole non riesce a scaldarla in nessun modo. Aiuto Javier ad armare la vela della *Tournesol* in assoluto silenzio e fisso la luce del sole che guizza sull'acqua, creando varie sfumature di azzurro e verde. Una volta Louise mi ha detto che le onde leggere che vediamo sulla superficie sono solo una parte minuscola, che nelle profondità del mare esistono forze per noi inconcepibili.

Se affondassi sino in fondo al mare, cosa potrei comprendere in quell'ultimo istante tra la vita e la morte?

Javier mi osserva perplesso. Non lo vedo da una settimana, è stato via per esibirsi con la band dei suoi amici. Mi chiedo perché i suoi genitori non lo costringano a cercarsi un lavoro vero, ma forse è così che vivono i ricchi.

« Che c'è che non va? »

Non fa nemmeno finta di non sapere che è successo qualcosa.

Da quando gli ho confidato la verità su come e perché sono venuta a Cuba, tra noi si è instaurato un bel rapporto di reciproca sincerità.

Mi chiedo se non sia meglio negare, oppure mentire, dicendo che ho mangiato del pesce avariato. Alla fine, però, mi lascio posare una mano callosa su una spalla e avvicinare a lui.

« Rita Hayworth, non mi dirai che stai per partire a mani vuote », mi prende in giro, costringendomi a ridere.

Senza dire una parola, tiro fuori la lettera dalla tasca del prendisole e gliela consegno. « Sai leggere il francese, giusto? O vuoi che te la legga io? »

Si posa una mano sul cuore, come gli avessi inflitto una ferita mortale. Vado dall'altra parte del ponte e lo lascio leggere da solo.

Mi aggrappo con tutte le forze alla ringhiera di metallo: oggi c'è vento forte, forse mio padre non verrà.

Ieri non è venuto, ma abbiamo preso diversi pesci e Javier mi ha mostrato come pulirli. Ci siamo inginocchiati su dei vecchi giornali, abbiamo preso dei coltellini e abbiamo inciso il ventre, spingendo fuori interiora e branchie, poi abbiamo staccato le teste. Lui ha riso di gusto di fronte al mio colorito terreo e mi ha raccontato che, quando suo nonno gli ha fatto fare per la prima volta la stessa cosa, lui aveva appena l'età per tenere in mano un coltello. Sembra che si diverta un mondo a farlo.

Ieri sera il cuoco di Javier ha preparato il branzino più buono del mondo. L'ho accompagnato con un minuscolo sorso di vino: sapeva di piscio di cavallo, ma mi sono sentita molto coraggiosa.

È stata una bellissima giornata, meravigliosa, nonostante l'assenza di mio padre. Non potevo chiuderla così? Perché ho dovuto leggere quella maledetta lettera?

Adesso non mi sento affatto coraggiosa. Mi sento come uno di quei pesci da cui colano sangue e un liquido grigiastro sul tagliere.

Javier appare al mio fianco. L'aria intorno a noi pulsa e si dilata per il suo sforzo di non pronunciare le parole « te l'avevo detto ».

Mi aveva avvisata, come avevano provato tutti, ma io mi sentivo così superiore e sicura di me, e adesso sono soltanto una povera sciocca. Una pazza, che balla al ritmo di una musica che sente solo nella sua testa. Se Louise ha ragione, per tutto questo tempo non ho fatto altro che barcollare nell'oscurità.

Se anche per qualche miracolo si sbagliasse, però, ormai ha versato benzina sul fuoco del dubbio. Adesso non me ne libererò mai.

Non riesco a trattenere le lacrime.

Javier mi fa la cortesia di distogliere lo sguardo. «Mi dispiace, Delphine. Glielo vuoi dire lo stesso?»

«Non mi comporterò più da vigliacca. Lo farò al nostro prossimo incontro, e poi, dopo che mi avrà scacciata, immagino che correrò a nascondermi in un anfratto di quest'isola dove lui non dovrà mai più rivedere la mia faccia. Ma non tornerò a Parigi.»

È questa la mia punizione per ciò che è successo a maman.

Lui cerca di abbracciarmi e io mi sottraggo.

«Ti prego, no. Preferisco le tue risate alla compassione. Forza, ridi di me. Me lo merito.»

«Non sono un giudice, non posso certo decidere io cosa meriti. Sono solo tuo amico.»

Mi asciugo le lacrime col dorso della mano e lo guardo con gli occhi che bruciano. «Perché vuoi essere mio amico?»

«Te l'ho già detto...»

«Non mi hai detto tutto, è evidente che mi nascondi qualcosa. So che tua nonna adottiva è la proprietaria della pensione e che ti ha chiesto di prenderti cura di me, ma hai fatto molto di più, e non venirmi a dire che ti piace aiutare gli altri, perché non sei un santo. Qual è il motivo? Gli altri amici ricchi che hai sono noiosi?»

Arretra in modo impercettibile da me.

«Ti sei innamorato di me, è questo?»

Sul suo viso appare un'espressione di forte negazione, anche se non con la stessa veemenza di un tempo. Non gli do il tempo di dire di no. Si sta infuriando, lo capisco dal modo in cui serra la mascella, e la luce nei suoi occhi diminuisce. « Nessuno potrebbe mai amarti. Faresti scappare a gambe levate chiunque ci provasse. »

Gli do uno schiaffo. È così bello potersi lasciar andare ancora alla collera, come la sera in cui ho appiccato quell'incendio. Quella volta mi sono sentita potente, forse per la prima volta, e anche adesso è così. È un sollievo enorme incanalare la rabbia e il dolore su qualcun altro. Ora comprendo le guerre, capisco perché le persone radono al suolo intere città straniere per evitare di curare i propri giardini.

Ma il piacere dura poco.

Javier si allontana di scatto: l'ho colpito così forte da fargli perdere l'equilibrio. Si posa il palmo della mano nel punto in cui l'ho schiaffeggiato e mi guarda con astio rancoroso. « Sei una strega perfida. »

La rabbia rinasce, ma mi trattengo e non gli rispondo. Ho torto, e non posso permettermi di perdere qualcun altro. Non voglio restare sola. Faccio due respiri profondi, come mi ha insegnato Louise. « Mi dispiace tanto, ti prego, perdonami. »

Mi guarda come se volesse insultarmi e abbasso gli occhi per non dover vedere delle parole crudeli uscirgli dalla bocca. Perché io *lo amo*, nel modo in cui una persona come me può concepire l'amore. Amo la sua compagnia e la sua dolcezza. Non voglio che mi volti le spalle, eppure non gli do nessun motivo per starmi accanto.

Lui sospira e si volta a guardare l'acqua. « Avevo una sorella minore, Elisa. È annegata a tredici anni. »

Mi pianto una mano sulla bocca per non far uscire un rantolo. Non mi sarei mai aspettata niente del genere, non da un ragazzo che se ne va in giro con l'aria di non avere nessun problema al mondo.

Quando riprende a parlare, la sua voce è poco più di un

sussurro. « Io non c'ero. In quel periodo non c'ero mai. Ero una persona seria, studiavo oppure ero impegnato ad aiutare mio padre nel lavoro. Lei mi ha chiesto di accompagnarla a pescare, come faceva il nonno, e le ho detto... » La sua voce si spezza. « Le ho detto che non avevo tempo per sciocchezze del genere, e di andare da sola. »

Vorrei toccarlo, ma non ci riesco. Non ho mai visto una tale sofferenza dipinta su un volto, e mi sento paralizzata.

Resta in silenzio a lungo. La nostra barca è l'unica in vista. Non si sente nessun suono se non quelli del vento, delle onde e degli uccelli che si lanciano richiami in alto nel cielo.

Javier ricomincia, la voce ora salda: « Era molto brava a nuotare, gliel'ho insegnato io. Le correnti però erano troppo forti. Una settimana dopo la marea ha restituito il suo corpo sulla spiaggia. Aveva ancora le scarpe ai piedi ».

Visualizzo l'immagine macabra. Una ragazzina con gli stessi riccioli ribelli di Javier, il corpo in una posa innaturale, il viso gonfio, gli occhi sporgenti, ormai ciechi. Una scarpetta rosa attaccata al piede sinistro, rigido. Un uccello bianco che le becca le labbra.

« Se l'avessi accompagnata, lei sarebbe ancora viva, e i miei genitori riuscirebbero ancora a guardarsi in faccia. »

Stavolta vado da lui, mi fermo alle sue spalle e gli cingo il petto con le braccia. Appoggio la testa contro il tessuto morbido della sua camicia di lino. « No, non dire così, non è giusto. Ti chiedo di fidarti di me in mezzo a tutti gli sciocchi della terra: non è giusto. »

Scuote la testa e non riesco a capire se stia piangendo o no. Lo stringo più forte.

« Volevo solo aiutarti. Qui non conoscevi nessuno e stavi annegando: è così che ha detto mia nonna, ha usato proprio queste parole. Non ho... Ho pensato che forse una buona azione per qualcuno potesse aiutarmi a scontare la mia pena. »

Il viso di Teddy mi passa davanti agli occhi. Una risata folle mi gorgoglia nella gola. Non sopporto di vedere un'altra persona che imbocca lo stesso sentiero destinato al fallimento. « Non devi dirmi altro. Mi dispiace, mi dispiace tanto. Devi lasciar andare tutto questo senso di colpa. Capito? Devi farlo. »

« L'ho abbandonata! L'ho abbandonata, e non ci sarà mai un'altra occasione. »

Mi sposto al suo fianco, gli afferro il viso e lo costringo a guardarmi negli occhi. I suoi sono asciutti, i miei no. « Io ti capisco, *davvero.* »

Qualcosa si spezza dentro di me. Forse è perché quaggiù ho la sensazione che siamo le uniche due persone al mondo. Forse il lucchetto dei segreti chiusi nel mio petto alla fine si è arrugginito. Ho giurato che me li sarei portati nella tomba, ma, se la mia dannazione può servire a salvare lui, allora devo infrangere il voto.

In fondo cos'è un giuramento non mantenuto?

Devo dirglielo.

« Vuoi sapere com'è avere davvero le mani macchiate di sangue? Ti racconto cos'è successo a mia madre. »

# 12

## *Aubade*

PARIGI, FRANCIA, SETTEMBRE 1945

Sono di nuovo a casa. A Parigi, nella stretta via vicino al palazzo in cui vivo.

L'apprendista del calzolaio mi passa accanto in bici e mi schizza le scarpe per la scuola con l'acqua sporca di una pozzanghera. Il gatto rosso cui do da mangiare non è nella casetta di cartone che gli ho costruito, nel vicolo dove teniamo legate le bici. Mi appoggio al muro e aspetto, e pochi minuti dopo lo vedo apparire. Viene a strusciarsi contro le mie calze, lo gratto dietro le orecchie e gli do le due sardine che ho sfilato dal mio pranzo per lui. Ci ha messo due mesi a convincersi a mangiare dalle mie mani, ma adesso sono ricompensata dalla piacevole sensazione della sua lingua ruvida sul palmo e delle sue sonore fusa.

Dopo aver finito, controllo che nessuno abbia rubato la coperta che gli ho sistemato nella scatola, poi verso dell'acqua fresca presa in mensa dentro una scodellina scheggiata che è caduta a maman quand'era ubriaca.

« Mi dispiace, non ho latte per te, *mon ami*. Te lo porterò presto. Scusami se ci ho messo tanto. »

Mi guarda con quei suoi occhioni verdi, come se capisse ciò che dico e volesse chiedermi di mantenere la promessa. Controvoglia, mi allontano da lui ed entro in casa.

Abitiamo in un appartamento con tre camere all'attico, in cima a cinque lunghe rampe di scale strette. Non conosco quasi nessuno dei vicini, solo la vedova del quarto piano che ha perso il figlio nella Grande Guerra. Porta al collo, in un medaglione, una ciocca dei capelli di quand'era neonato. A volte, se lascia la finestra aperta, la sento suonare il pianoforte.

Arrivata alla porta di casa noto che non è chiusa a chiave. La apro, mi tolgo le scarpe bagnate e le metto sul tappetino. L'appartamento è il più grande di tutto il palazzo. Mio nonno l'ha acquistato nel 1915.

Un tempo doveva essere bello, ma ormai i mobili sono malridotti e le pareti hanno un disperato bisogno di una mano di vernice fresca. Le pareti giallo chiaro sono piene di ditate, macchiate di fumo di sigaretta e dei pasti carbonizzati.

Maman mi chiama dalla cucina. È strano. Di solito se ne sta in camera sua, oppure sdraiata sul divano con un libro.

Quando la raggiungo, sta frugando negli armadi più in alto. Si volta sentendomi arrivare e mi sorride. Come fa ogni giorno, spalanca le braccia e agita le dita per attirarmi in un abbraccio.

È una donna alta, ha un seno sodo, le gambe lunghe da ballerina e gli occhi azzurri come fiordalisi che scintillano sul suo colorito roseo e sui capelli ramati. È una vera fortuna che sia ancora tanto bella nonostante il modo sconsiderato con cui si prende cura di sé. Oggi indossa un abito blu scuro con una cintura in vita.

Mi lascio abbracciare, poi mi tiro indietro e scruto il suo viso. « Maman, che stai facendo? »

Nel respiro c'è il solito odore di vino, ma non è ubriaca. È solo mantenimento. « Oh, mia cara, sto cercando il caffè vero. »

« Credo che tu abbia già usato quello che era rimasto. »

Fa il broncio per un attimo, poi le sue labbra si modellano

in un sorriso rilassato. « Ascolta, ho un amico da cui posso prendere in prestito dei soldi. Andiamo al cinema, questo fine settimana. Sono ancora aperti, giusto? »

« Maman, ho bisogno di farti una domanda. »

Deve aver capito quanto è importante per me, perché si sottrae al mio tocco, scivolando via come olio. « Non ora, tesoro mio, maman è stanca. »

« Oggi Henriette mi ha detto una cosa. »

Tira su col naso. « Henriette? Quella piccola sgualdrina della tua classe? Se non sta attenta, le raseranno la testa e la faranno marciare per la strada. »

I membri della famiglia di Henriette sono noti collaboratori dei nazisti. Oggi piangeva sui libri di scuola perché lo zio è stato arrestato in quanto sospettato di tradimento e, visto che lei mi dà il tormento da dieci anni, non ho potuto fare a meno di godere della sua disperazione.

« Le ho dato della stupida puttana e della traditrice. »

Maman ridacchia. « Delphine, non devi dire parolacce. Però è vero. »

« Però poi lei mi ha risposto. »

« Ah, sì? »

« Mi ha detto che papà è stato qui a Parigi, e che tu lo sapevi. »

Henriette è stata la prima persona cui ho detto chi fosse il mio vero padre quando non avevo più di sei anni. Era appena iniziata la scuola, e lei mi aveva giurato che sarebbe stata la mia migliore amica e che potevo confidarle qualsiasi cosa. Nel giro di un giorno l'ha raccontato alla classe, e da allora si sono tutte fatte beffe di me.

Lo vedo. Dopo tanti anni passati a osservare mia madre, conosco bene il suo atteggiamento mentre sta per mentire. Comincia a giocherellare con gli orecchini. « E come farebbe lei a sapere che lo sapevo? »

« L'hanno mandata nell'ufficio di madre Bernadette. Mentre aspettava fuori, ha detto che vi ha sentite parlare. È stata quella volta in cui sei venuta a scuola per parlare della mia ultima sospensione per una lite. »

Ho infilato la testa di Brigitte Russo in un cespuglio in cortile perché mi ha presa in giro per una toppa sulla gonna.

Maman ride. « Quando? »

« Non importa quando! » esplodo. Sta svanendo il torpore che provo da dopo che Henriette mi ha parlato. Non ci voglio credere. Con l'arrivo della Liberazione, ho desiderato credere che tutto sarebbe cambiato, che tutto poteva ricominciare da capo.

« Delphine, non gridare. Sul serio. A te quella ragazza non è nemmeno simpatica », dice maman in tono placido.

Eppure perfino un orologio rotto dice la verità due volte al giorno.

« Non ha nessuna importanza! È vero, allora? »

Si appoggia al lavandino. « Sei troppo giovane per comprendere tutto. Mi sembrava inutile dirtelo, ormai lui ha la sua vita, e sai bene che non ci voleva. »

« Non voleva *te*. Di me non sa neppure che esisto, perché gliel'hai nascosto », le rispondo con disprezzo.

Ha le orecchie arrossate. « L'ho fatto per proteggerti, e lo sai. Fin da piccola ti ho raccontato tutte le vicende di allora perché volevo che ne fossi al corrente, ma adesso questa è la nostra vita, e non possiamo tornare indietro. »

La mia voce trema per la collera. « Sei una bugiarda. Sei sempre stata una bugiarda. L'unica persona che vuoi proteggere sei tu, e sei patetica. »

La vedo trasalire, ma si sforza di mostrarsi indifferente. « Smettila, Delphine, sono tua madre. »

È troppo. Non riesco più a trattenermi. Ho passato anni a darle da mangiare, a girarla su un fianco quand'è priva di sensi, a cambiarla le volte in cui non riesce a trattenere la vescica. Ho rubato per lei, ho sopportato l'umiliazione dei pettegolezzi. Ho sopportato un milione di piccole offese senza un sussurro di protesta.

« Ah, e così *adesso* vuoi essere mia madre? »

Fa un piccolo passo verso di me. « Sono sempre stata tua madre, e sempre lo sarò. Io ti ho messa al mondo. »

Non ho nessun interesse a essere legata a questa donna per sempre. Trovo sconcertante che il semplice fatto di essere uscita dal suo corpo possa darle il diritto di tenermi in ostaggio per oltre sedici anni.

« Congratulazioni per aver saputo aprire le gambe due volte, allora. Sono sicura che nessun altro al mondo ci è mai riuscito », le rispondo con tutta la cattiveria che posso.

Spalanca la bocca. Non le ho mai parlato così, anzi, non mi sono mai rivolta a nessuno così. Anni di battibecchi nel cortile della scuola non si avvicinano minimamente a quello che ho appena detto.

Si appoggia al bancone, la fronte imperlata di sudore, il mento che trema. « Non puoi dirmi queste cose. Avrei potuto gettarti in un fosso il giorno in cui sei nata. Ho fatto del mio meglio, con te. »

Tre mesi, sei giorni e nove ore: ecco quanto l'ho vista resistere, al massimo, senza bere. Sembra che questo sia il suo miglior risultato.

Le tengo testa. « Sarei stata meglio in un fosso che con te. Che senso aveva dirmelo? Perché mi hai detto chi era mio padre, se poi hai deciso di tenermelo lontano? »

Il suo viso ha perso ogni colorito. Mi scruta in silenzio, gli occhi che m'implorano di smettere d'interrogarla, di tirar fuori argomenti che tutte e due aggiriamo da sempre.

Nonostante la collera e la disperazione vorrei tanto – lo spero, addirittura – ricevere una spiegazione plausibile. Se potesse dirmi qualcosa, qualsiasi cosa che mi spieghi il motivo per cui mi tiene qui, lontana dalla vita che avrei potuto avere, barricate entrambe in questa casa come Rapunzel nella torre o come Persefone nel regno dei morti.

Mio padre è stato qui l'anno scorso, ad agosto. Ha liberato il bar dell'Hôtel Ritz, a un tiro di schioppo da noi, e lei non mi ha detto nulla. Non glielo posso perdonare.

Eppure sto sperando di avere un motivo per tentare. La guardo implorante.

Lei, però, risponde solo con un battito di ciglia, da cui si staccano delle lacrime.

Tutta la mia comprensione si sgretola. Sono così stanca di vederla piangere. Lo fa spesso mentre io non ho mai tempo di farlo.

« Non ne posso più. Sono stufa di questa storia, e anche di te. La guerra sta finendo, ho messo da parte dei soldi e non c'è niente che m'interessi, qui. Non ho amici a scuola e mai ne avrò, non ho un fidanzato che voglia sposarmi, salvandomi. Non resisto un solo giorno di più. Sto sprecando la mia vita, qui. Merito di più e ho deciso di fare in modo di averlo. Voglio cercare mio padre, vado in America. »

Le mie parole la spingono ad agire. Si avventa su di me, conficcandomi le unghie nelle scapole. « Non puoi andartene! Non ti ho detto di lui perché andassi a cercarlo, non te lo permetto. »

Faccio per voltarmi, ma lei mi trattiene con forza.

« Lasciami andare! » esplodo.

« E sentiamo, cosa se ne farà di te? » grida.

Mi stacco da lei con uno strattone e la spingo. Va a sbattere contro il muro, accompagnata dal suono di un sacco di farina che cade, poi scivola a terra, in ginocchio. Ha il viso contratto, però non vedo un'espressione pentita in lei e, se anche fosse, non si può certo saltare giù da una torre e fermarsi a metà strada. Devo andare, non posso riflettere sul fatto che le sto spezzando il cuore.

E forse sto spezzando anche il mio.

« Correrò il rischio, perché non sono una vigliacca come te! Non mi rinchiuderò, rinunciando alla vita. Che se ne farà di me? E *io* che me ne faccio di *te*? Pensi di essere tanto interessante? »

Non solleva lo sguardo. Se fossi un predatore, sarebbe il momento giusto per infliggere il colpo finale. Decido invece di voltarle le spalle e andare in camera.

Non mi ha mai voluta davvero. È facile crederci, e il pensiero allevia le minuscole punture che il senso di colpa m'infligge mentre tiro fuori la valigia già pronta da sotto il letto. L'ho fatta più di tre settimane fa, quando ho scoperto che mio padre è stato qui e lei non me l'ha detto. Non posso sprecare la vita facendo la parte del suo premio di consolazione.

Torno nel corridoio e temo che possa cercare di fermarmi, ma è ancora accasciata lì. Si è tirata le ginocchia al petto, tiene la testa china tra di esse.

Non so che altro dirle. Ormai ho sparso il sale sulle macerie tra di noi.

« Potresti dar da mangiare ai gatti del vicolo al posto mio? »

Non mi risponde. Forse è meglio così.

Poso la mano sulla maniglia della porta e finalmente sento la sua voce.

Arriva in un leggero cinguettio roco.

« Delphine, ti prego. »

*Ti prego.*

Sento una stretta al petto. Dentro di me c'è una tale contrapposizione tra odio e amore da farmi provare disprezzo per me stessa, per essere arrivata a questo punto. Il mio unico desiderio è sempre stato che mettesse me al primo posto.

Ma non l'ha mai fatto, e adesso io devo farlo. Scelgo me stessa per sempre.

« Non posso. »

Non le dico addio. Esco e chiudo la porta a chiave.

Dormo sul tetto, o almeno ci provo. Mi giro e rigiro, la collera scivola via da me e lascia il posto alla paura.

Quando il sole sorge ho perso ogni determinazione. Voglio ancora andarmene, ma non... non ce la faccio. Per lasciare la città avrò anche abbastanza soldi, risparmiati con tutti i furti meschini – le mie ricche compagne di scuola sono servite almeno a qualcosa, in più bisognerebbe sorvegliare un po' meglio il cestino delle offerte in chiesa –, ma quanto lontano riuscirei ad arrivare? Non ho un vero piano. Per l'ennesima volta mi sono lasciata trascinare dalla collera.

Devo tornare da lei, non posso lasciarla così. È pur sempre mia madre, forse esiste un modo per farglielo accettare, forse potremmo scambiarci delle lettere mentre sarò a New York da mio padre, perché penso che gli scrittori abitino tutti a New York, giusto? E poi, forse, una volta che mi sarò sistemata, potrà venire a trovarci?

Giro la chiave nella serratura preparandomi ad assumere un'aria contrita. Non sono mai stata brava, però ci proverò lo stesso.

« Maman? » la chiamo piano chiudendo la porta dietro di me e scivolando nel bozzolo di quegli ambienti familiari.

Mi sembra di sentirla rispondere, ma è un suono attutito, come se arrivasse da lontano.

Controllo in salotto. Ci sono un bicchiere di vino vuoto sul tavolo, con una macchia di rossetto, e un flacone di smalto aperto.

Lei non c'è.

Guardo in cucina.

Non è nemmeno qui.

Vado in camera da letto, che a differenza della cucina è pulitissima. Credo che abbia lavato tutti i vestiti che erano in casa, miei e suoi. Sono ripiegati e divisi in pile ordinate in tutta la stanza.

Il suo portagioie antico è stato tirato fuori da sotto il letto e posato davanti ai cuscini sprimacciati.

Accanto c'è la sua collezione di libri di poesia. Di solito non è così ben organizzata. Sento la pelle accapponarsi.

Cerco in bagno. Niente.

Vado nella sala da pranzo che non abbiamo mai usato. Niente.

Penso a quante volte l'ho già fatto. In quale stanza avrà perso i sensi, oggi?

« Maman? Maman, sono Delphine. Sono tornata per... »

Non riesco a finire la frase. Ho le guance in fiamme al pensiero di guardarla di nuovo negli occhi.

Forse non c'è, forse è andata a cercare consolazione tra le braccia di qualche vecchio amico.

Poi però, mentre passo nel corridoio, vedo la sua sagoma fuori, in balcone. È seduta con le lunghe gambe distese, il viso girato dall'altra parte.

Scorgo una bottiglia di vino accanto a lei e spero ne abbia bevuto la giusta quantità per farle venire voglia di parlare.

Vado verso di lei e sorrido quando noto che indossa di nuovo il vestito giallo chiaro, quello che le dona tanto, che ha indossato il giorno in cui siamo uscite a festeggiare la Liberazione.

Apro la portafinestra del balcone. « Maman? »

Lo sento all'istante. Ora che sono vicina sento che non è il nostro tipico rituale, come mi aspettavo.

C'è qualcosa di diverso.

Sento qualcosa di viscido sotto i piedi e, abbassando lo sguardo e vedendo rosso ovunque, penso di aver calpestato del vino versato.

« Maman... maman, svegliati, sono Delphine. Sono tornata », piagnucolo.

Lei però non sta dormendo.

E quello non è vino.

Mi metto davanti a lei, anche se ogni nervo del mio corpo mi grida di correre via.

Ha due squarci profondi, terrificanti, sui polsi. Li ha tagliati quasi fino all'osso, per lungo, per essere sicura del risultato.

Serro le palpebre, ma ormai ho visto. Quell'immagine resterà impressa a fuoco dentro di me e, se anche mi cavassi gli occhi, la vedrei comunque.

Crollo in ginocchio e mi copro la testa, come se potesse servire a qualcosa, come se ci fosse qualcosa che può aiutarmi. Sento il respiro uscire tremando dal mio corpo prima di trovare la forza di gridare.

Quando finisco l'aria, ciò che resta è solo un lamento patetico. Non voglio stare qui, voglio nascondermi sotto le coperte finché tutto questo non sparirà.

Però non lo faccio.

Mi costringo a guardarla, a guardare ciò che ho fatto.

Se non ci fosse il sangue, penserei che sta dormendo. I suoi riccioli ramati si sono raccolti su una spalla, creando un cuscino su cui poggia la guancia.

Mi raggomitolo accanto a lei, stringo il suo corpo fragile tra le braccia. Il sangue impregna il mio vestito, la mia pelle, entra dentro di me.

La sento fredda tra le braccia, però è ancora morbida. C'è ancora il suo profumo.

So che dovrò chiamare qualcuno, ma quando lo farò me

la porteranno via, la porteranno dove non potrò seguirla, in un luogo in cui sarà sola.

Non è mai voluta stare da sola.

La stringo e le lacrime m'inondano il viso, non singhiozzo. Non voglio muoverla. Bacio le sue guance fredde.

Voglio che restiamo così, fino a trasformarci in pietra.

Voglio il suo perdono, ma lei non può più darmelo. Le labbra sono azzurre, gli occhi inespressivi.

Voglio dirle che anch'io la perdono, per quanto sia inutile, lei non può più sentirmi. Le sussurro che mi dispiace. Che sono tornata. Lo ripeto in continuazione, continuo a dirglielo, ma è troppo tardi.

Maman è morta.

*Guarda. Guarda che hai fatto.*

✸

L'AVANA, CUBA, APRILE 1947

Di notte l'acqua sembra diversa. Non ha sfumature, è una distesa nera e piatta che la luce della luna non riesce a penetrare, così si posa sopra di essa, spezzandosi in mille frammenti. Il vento è cessato, ma il gelo avvolge ogni cosa. Prima di oggi non avevo mai raccontato a nessuno tutta la storia di com'è morta mia madre, e dubito che la ripeterò. Nemmeno a Louise - che mi ha trovata abbracciata al cadavere di maman, ha chiamato la polizia, mi ha lavata e mi ha rimboccato le coperte al convento - sa tutto ciò che le ho detto durante la nostra lite. Non ho avuto il coraggio di guardare negli occhi l'unica persona che abbia mai creduto in me e raccontarle cosa sono davvero.

Javier dice che dovremmo andare sottocoperta, dove ci sono cibo in scatola e coperte, ma non potrei muovermi nemmeno se lo volessi. Le mie mani sono incollate alla ringhiera, la schiena e le ginocchia gridano vendetta per essere state costrette a restare in piedi tanto a lungo.

Prova a tirarmi. « Per favore, prenderai un raffreddore. Vai di sotto, e lascia che ci riporti indietro. » Sono le prime parole che mi rivolge dopo un « *Dios mío* », esclamato con un filo di voce.

« Come fai a guardarmi in faccia dopo ciò che ti ho detto? »

« Non è stata colpa tua. »

Sento qualcosa spezzarsi. Credo sia nella profondità delle mie ossa. « Non hai sentito? Come ti viene in mente una cosa del genere? »

« Delphine, la gente non si suicida per una singola lite. Non è mai una cosa *sola*. È probabile che fosse infelice da molto tempo. »

« E io non ho fatto niente per rallegrarla. Ero solo una stupida ragazzina. Ero sicura che mio padre fosse proprio la persona che diceva lei, che mi avrebbe dato una vita mille volte migliore di quella che avevo con lei. Non l'ho mai apprezzata », mormoro disperata.

« Lei non stava bene. »

« Prima che nascessi stava bene. »

« Non è colpa tua, ed è probabile che non sia nemmeno vero. »

Abbasso lo sguardo sull'acqua. « Ci ho pensato anch'io, sai. »

Nei momenti più bui. Sembra così facile. Un dolore momentaneo, poi il nulla.

Non ha bisogno di chiedermi di cosa stia parlando. Segue il mio sguardo e, con delicatezza ma deciso, mi stacca le dita dalla ringhiera. Mi tira indietro, verso il calore della cabina, verso le luci che scacciano i fantasmi.

Parla in tono agitato. « No. Non devi mai pensare a niente del genere. »

« Certo che ci penso. Però non lo farò mai. »

Non sembra convinto. « Bene. È un peccato mortale. »

Riesco a scrollare appena le spalle. « Ah, di quello non m'importa. È che non mi va di sapere che degli uomini scriveranno il mio necrologio dandomi della pazza. È così che vincono loro, sai. Maman mi ha sempre avvisata: la via di fuga più in voga tra gli uomini è dare della pazza a una donna. »

La stretta sulle mie braccia aumenta. « Non è una questione di vincere o perdere! Devi *voler* vivere. »

Non riesco a capire cosa c'entri il desiderio di vivere. Ma c'è del materiale su cui lavorare.

La morte non è poi così affascinante: ho visto abbastanza da saperlo. Moriamo tutti da soli, e non c'è nulla di bello. I poeti e il loro amore per i martiri non m'interessano.

Devo vivere abbastanza a lungo da cambiare le cose.

Sento le palpebre pesanti. Vorrei addormentarmi al suono delle onde e risvegliarmi pura. « È chi vince a raccontare la storia, ed è la vittoria più duratura che possa esistere. Se non vale la pena vivere per questo, allora per cosa bisogna farlo? »

# PARTE TERZA

## 13

### *Il carnevale degli animali*

L'AVANA, CUBA, LUGLIO 1948

Non mollo. Ogni giorno vado in mare e aspetto la mia stella polare. Per ora non l'ho rivisto. Da tre settimane vengo all'alba e vado via al tramonto; è sfibrante attendere per ore, aggrappata all'albero come una sirena tormentata, lo sguardo puntato verso l'acqua nella speranza di veder arrivare di nuovo il senso della mia vita. Rischio d'impazzire, così ho iniziato a portare con me la macchina da scrivere nella sua valigetta. Ogni volta che tocco i tasti del dono di Blue e Delia il senso di colpa mi attanaglia lo stomaco. Ho cominciato a scrivere una decina di lettere per loro, ma le ho strappate tutte. Ho troppa paura di dir loro la verità su maman. Sono sicura che le mie scuse non basteranno, e a essere sincera ho anche paura che possano cercare di venirmi a prendere, come se potessero sapere di preciso dove mi trovo. E se scoprissero anche dell'incendio che ho appiccato? Dei soldi che ho rubato? Loro sono molto più vicini di Louise.

Mi massaggio le tempie. Prima di tutto devo restare concentrata sul motivo per cui mi hanno regalato la macchina da scrivere. Credo di aver cominciato a capirci qualcosa.

Ho scritto più di centocinquanta pagine e sono riuscita a tirar fuori una trama solida su cui non cambio idea un giorno sì e uno no.

Il personaggio principale si chiama Louise, e farò di lei

un'irriverente atea che indossa gonne cortissime, impreca, beve e dà fuoco alle cose. Sarà la meschina vendetta dello scrittore. Sono la dominatrice del mio piccolo mondo fatto di carta bianca e inchiostro nero.

Teddy sarebbe orgogliosa di me.

Adesso riesco a immaginare anche i visi pieni di lentiggini, i nasi adunchi, gli occhi arrossati. Vedo arti dinoccolati e sopracciglia folte, unghie spezzate ed espressioni ansiose. Stanno diventando sempre più reali, al punto che mi sembra lo siano più del mondo che mi circonda, perché loro non mi abbandoneranno mai. Sono io la custode, anche se sopravvivranno quando non ci sarò più.

Javier mi lascia uscire in barca da sola, a volte. Ha preso l'impegno d'insegnare danza a un gruppo di bambini piccoli tre volte alla settimana. Non mi piace ammetterlo, però riesco a combinare molto di più quand'è con me. Le sue chiacchiere m'impediscono di prendermi troppo sul serio: la sensazione che ogni parola che imprimo sulla carta sia una questione di vita o di morte non mi aiuta granché.

« Allora, di che parla? » chiede con la bocca mezza piena di *pastelito.*

Odio questa domanda. Perché tutti continuano a chiedere la stessa cosa? *Di che parla?* È un affronto personale ingiustificato.

« Parla di una ragazza belga di nome Louise, che ha due genitori affezionati e un cagnolino, ma desidera fuggire e unirsi al circo. »

« Belga? Perché non francese? »

Inizio un foglio nuovo. Comincio a sentire un leggero formicolio ogni volta che lo faccio. « Perché dovrebbe essere francese? »

« Perché tu sei francese, sciocchina. »

Smetto di battere a macchina e lo guardo. « È un romanzo, non una storia reale. Ti sembro un pagliaccio del circo? Potrebbe venire dalla luna e avere delle corna verdi, se lo decidessi. »

« Ma alcuni se lo aspetterebbero comunque. »

Sbuffo. « Oh, accidenti, non ci avevo pensato. Allora riscrivo tutto da capo. »

Si siede accanto a me sulla panca. « Sei di buon umore. »

« In effetti sì. »

La tristezza che minacciava di avvolgermi quando ho letto la lettera della vera Louise si è allontanata. Avevo tanta paura di trasformarmi in mia madre, di cedere al mio retaggio di disperazione e morte, invece mi sento stranamente... no, non direi tranquilla. Ma ho accettato l'idea che non c'è nulla che io possa fare, ormai, per cambiare il passato. Non posso versare in un setaccio la mia passione, non ho altra scelta se non andare avanti. Dopo aver confessato a Javier la verità su mia madre, mi sono tolta un peso gigantesco. Spero che d'ora in poi riuscirò a muovermi più rapidamente.

Javier interrompe i miei pensieri. « Che cosa farai se... quello che dice la lettera è vero? Se lui non è chi pensavi? Ora mi sembri più capace di gestire il problema rispetto a quando ti ho conosciuta. »

Guardo verso il mare che scintilla sotto il sole di mezzogiorno. Oggi sono silenziose tutte le voci nella mia testa che di solito mi chiedono di tuffarmi nelle sue profondità. « Non imiterò mia madre. »

Si gratta sotto la collanina d'oro che porta al collo. « Be', non... non mi sembra un gran proposito, Delphine. »

« Non lo so, non posso saperlo finché non glielo avrò detto. »

« E come pensi di fare? »

Ci ho pensato a lungo. Nelle mie infinite notti insonni, mi sono resa conto che esiste un solo modo.

« Lo scriverò. Scriverò tutto. Sto solo aspettando che mi vengano le parole giuste, e non posso forzare, ma presto sarò pronta. »

Sembra dubbioso. « Tutto qui? »

« Sì, tutto qui. La scrittura è l'unica cosa che mi è mai riuscita. Se devo affidare il mio destino a qualcosa, voglio che sia questo. »

« Be', sono fiero di te: finalmente ti sei decisa. Non hai più paura. »

Non riesco a trattenere una risatina. « Ahahah, io sono terrorizzata. Però sto anche iniziando a pensare che qualsiasi cosa valga la pena avere nella vita si può trovare solo dall'altra parte della paura. »

Non mi pare troppo convinto. « E cosa si trova dall'altra parte del rifiuto? »

Sussulto. « Qualcosa. E, se non mi ferisco almeno un pochino, non crescerò mai. »

« Qualcosa di bello? Forse scriverai un bestseller », dice speranzoso.

Rido. « Non farti troppe illusioni, ho detto qualcosa, non un miracolo. »

Mangiamo il pranzo al sacco e gli chiedo di parlarmi ancora di sua sorella, di come le piaceva rubare oggetti scintillanti dai giardini degli altri, di come più di una volta lui abbia dovuto mediare per tirarla fuori dai guai. Aveva paura dei cani, suonava il clarinetto, era una vera musicista, non come lui.

S'illumina sempre quando parla di lei. « Suonava in modo meraviglioso. Avrebbe potuto frequentare il conservatorio qui, forse addirittura a Parigi o a Roma. Il suo brano preferito era il concerto di Mozart per clarinetto in La maggiore. Adagio.»

Annuisco con foga, anche se mi domando chi mai ascolti quel genere di musica. Forse gli anziani. È difficile immaginare una ragazzina più giovane di me che dedica del tempo prezioso a cose tanto noiose.

«L'hai mai sentito?»

«Non credo. Maman ascoltava solo musica cantata.»

«Be', se stasera vieni a cena, metterò su il disco.»

È al tempo stesso un ordine e un invito, ma lo lascio fare. Javier mi ha trovato una casa con due camere nel quartiere El Vedado, a ovest dell'Avana Vecchia. Ha un balcone e un tetto privato, tutto mio. Conosce il proprietario - ovvio, è sempre sua nonna - e posso dipingere le pareti del colore che preferisco. Sto pensando di farle gialle.

Quasi tutte le sere, però, mangio con lui. Il suo cuoco mi ha fatto prendere altri cinque chili, e sono arrivata al punto che non so mai dirgli di no. Ha ascoltato il racconto delle mie azioni peggiori e non mi ha voltato le spalle, ma mi ha mostrato empatia.

Sarò sua per sempre, se mi vorrà.

«Ci sarà anche la tua nuova ragazza?»

«Non stasera, mi ha fatto promettere di portarla in spiaggia, il prossimo fine settimana. Non posso passare tutto il tempo con lei.»

Javier ha *sempre* una ragazza. Sono tutte molto carine e nessuna dura a lungo. Quando sentono parlare di me sono a disagio, ma vedendomi si rilassano subito. Al momento io sto frequentando un giovanotto di nome Ramón. Lavora in un panificio e non mi sembra la persona più intelligente del mondo, ma non è la sua mente che m'interessa. Mi viene da ridere ripensando a quanto fossi preoccupata di non destare mai l'interesse di un uomo. So che Javier non approva - e tiene per sé questa opinione ipocrita – le mie scappatelle con gli uomini, ma non me lo dice mai.

« Come hai detto che si chiama? » gli chiedo.

« Julissa. Vuole fare l'attrice. »

Esito un attimo, poi gli racconto di Teddy. « La mia amica di New York voleva fare l'attrice. Teddy. Immagino sia un luogo comune, la ragazza di campagna che vuole diventare una star del cinema. Era un sogno sciocco. »

Emette uno sbuffo. « I sogni sono sogni, non è detto che debbano avere senso per tutti. Rischi di sprecare la tua vita a chiederti cosa ne pensano gli altri. Se una persona non è in grado di fare qualcosa, pensare che nessun altro ne sia capace la farà sentire meglio. La vita è piena di persone incattivite che sperano di veder fallire tutti gli altri solo perché è successo a loro. »

« Parli dei critici d'arte? » chiedo in tono secco, guadagnando una sua gran risata.

Maman era sempre molto diffidente nei confronti dei critici. Sosteneva che erano quasi tutti dotati di un'arroganza che non si potevano permettere. È una delle poche cose su cui andavamo d'accordo.

« Parlo di quegli anziani che se ne stanno sugli sgabelli dei bar a declamare che vita avrebbero potuto vivere se avessero avuto un po' di coraggio. »

Rabbrividisco. « Preferirei morire di umiliazione che finire così. »

« Tu non finirai così, Delphine. Potresti finire morta in un canale di scolo, ma non così », mi assicura.

Non gli do la soddisfazione di reagire. « Credo che terminerò il libro entro la fine dell'anno. Punto a scrivere trecento pagine. »

Beve un sorso di birra. « È lunghissimo. Non amo i libri

lunghi, devo ammettere che a scuola sono sempre stato pigro. Perché non lo fai più corto? »

« La gente deciderà se apprezzarlo o no. E, come hai detto tu stesso, non voglio passare la vita a preoccuparmi degli altri come ha fatto mia madre. Lei non ha mai pubblicato le sue poesie, un po' perché i suoi genitori non lo approvavano, e un po' perché tra le sue amicizie c'era chi non le apprezzava. Io dirò ciò che voglio, e starò a vedere come va. »

« Cos'è successo alla tua smania di essere adorata? Non era la molla che ti ha spinta a iniziare? » mi prende in giro.

Gli lancio un'occhiataccia. « I bambini hanno bisogno di adorazione, e alcuni la ottengono davvero. Gli altri, invece, trovano altre necessità. » Poso il mio panino e mi pulisco le mani su un tovagliolo. « Dammi il binocolo, per favore, mi sembra di vedere qualcosa. »

Sta arrivando una barca dall'aria molto familiare. Sbatto le palpebre due volte per essere sicura che non sia un miraggio, una visione creata dalla follia disperata.

Lui non si muove ma guarda nella mia stessa direzione. « Hai ragione. È lui? »

Sento il cuore innalzarsi, come fa sempre. « Sì. »

Mi stringe forte la mano e svanisce senza una parola. Adoro non dovergli dire quando restare e quando andare via. Ho la sensazione di conoscerlo da sempre.

Mi alzo e saluto con la mano, saltellando come una ragazzina. Poi corro al timone e sposto la *Tournesol* a dritta per potermi posizionare accanto a Hemingway. È da solo, grazie al cielo è da solo: posso parlare liberamente.

In fondo questa potrebbe essere l'ultima volta in cui lo vedo prima che mi spezzi il cuore.

Oggi non sembra allegro come al solito. Ha la barba spettinata, gli abiti sgualciti, l'aria stanca.

Armeggia a lungo con l'attrezzatura borbottando mentre

apre la cassetta da pesca. Poi solleva lo sguardo e i suoi occhi non s'illuminano vedendomi. « Ah, la giovane donna di Parigi. »

Lotto contro il senso di delusione: non si ricorda come mi chiamo. Ha conosciuto migliaia di persone, tante famose e importanti, non posso aspettarmi che si ricordi di me. Un giorno però, molto presto, non potrà più dimenticarlo.

« Delphine, la figlia di Sylvie », suggerisco.

Annuisce. Il suo sguardo passa sulla mia barca. « Sei sempre in mare da sola. »

Di colpo mi sento patetica. « Ehm, sì. »

« E non prendi mai niente di niente. »

Trasalisco. « Sì, be', non sono una grande marinaia. Mi piace soltanto la calma che trovo quaggiù. »

Per un attimo non mi risponde, poi s'infila una mano in tasca e tira fuori una fiaschetta. Beve un lungo sorso, mormora qualche altra parola e si asciuga gli occhi arrossati. La sua pelle abbronzata sembra più rugosa di prima. « E quanti anni hai? »

Ancora una volta reprimo il disappunto. « Diciannove. »

Scuote il capo. « E sei qui da sola? Non hai amici? »

Apro bocca ancor prima di rendermi conto di chi ho davanti. « Potremmo dire la stessa cosa di lei, giusto? » Mi assale il terrore, ma ormai l'ho detto.

Mi fissa con aria inespressiva, poi le sue sopracciglia ispide si sollevano e lui scoppia in una risata rauca. È rosso in viso e la pelle floscia intorno alla mandibola vibra. « Me lo sono meritato, non c'è che dire. »

« Mi scusi, sono... »

Agita una mano per farmi tacere. « Oh, no, no, non devi mai scusarti per la tua intelligenza. »

Abbasso lo sguardo per recuperare un po' di contegno. Sono una tale idiota. « Non ho molti amici. »

Il suo tono si addolcisce. « Non te ne servono molti. »

Lo guardo di nuovo e colgo l'occasione per fare la domanda che mi brucia la lingua. « Si ricorda di lei? Di mia madre, Sylvie Auber? »

Aggrotta la fronte e sorride nello stesso tempo. « Be', è passato tanto tempo, ma un viso così non si dimentica. »

« Cos'altro ricorda? »

Il suo sguardo si stacca dal mio. « È stata un'amica fidata di Zelda per un certo periodo, poi hanno litigato. L'ho incontrata solo poche volte. Scriveva pessime poesie. »

Mando giù l'insulto. M'infastidisce che lei non sia qui a difendersi, a fare del sarcasmo sui suoi orrendi personaggi femminili o sulla sua incipiente calvizie.

« Non erano tanto male. »

*Tutti siamo*
*luce, per un poco,*
*come candele accese*
*nel buio paziente.*

Non insiste. « Tua madre era una donna gentile. Come sta? »

*Non lo sai? Non lo senti? Hai percepito qualcosa quando qualcuno che ti amava con tutta la passione vibrante di cui era capace ha esalato l'ultimo respiro? Oppure quella mattina hai bevuto il caffè, dato un bacio a tua moglie e ammirato i tuoi preziosi figli, come un giorno qualsiasi?*

Mi tremano le mani. « È morta. »

Il suo turbamento sembra sincero. « Oh. Oh, accidenti, mi dispiace molto. »

Parole vuote e inutili che non voglio sentire. Tutto ciò che voglio sono delle risposte.

« Parlava spesso di lei. »

« Sul serio? »

« Sì, di lei e di quei tempi. Per lei erano importantissimi. »

Ricordo il sorriso quando raccontava dei vecchi amici. Dio, quanto mi manca quel sorriso. Coinvolgeva tutto il volto, creando l'espressione di un bambino che assiste al sorgere del sole. Non vedrò mai più niente del genere.

Si accende un sigaro. « Sono stati bei tempi. »

Lo osservo soffiare fuori il fumo. Il peso delle parole che trattengo non mi consente di far entrare l'aria nei polmoni. Cos'altro posso dirgli?

« Sono una scrittrice. »

Ora ho la sua attenzione. Drizza le orecchie come un vecchio cane da caccia e si sporge sul parapetto. « Davvero? E cos'hai scritto? »

Sento le orecchie andare a fuoco. « Be', ecco, ancora nulla, ma sto lavorando su una cosa. »

« Non mi dire. E di cosa parla? » Il suo tono è condiscendente.

Odio non avere una risposta più raffinata da dargli. Vorrei sentirmi abbastanza sicura di me da chiedergli come funziona il suo processo creativo: provo una tale curiosità che faccio fatica a non mettermi a ballonzolare.

« È un *Bildungsroman.* »

Sembra perplesso. « Come fai a scrivere un romanzo di formazione se non hai ancora completato la tua? »

Le sue parole mi offendono un po'. « Sarò anche giovane, però la mia formazione avviene ogni giorno. E poi sono un'attenta osservatrice. »

Se non sapessi come stanno le cose, giurerei di averlo sorpreso.

« Trovo che sia un'eccellente prospettiva. »

« Ho bisogno di scrivere », confesso. Ho la sensazione che lui possa capirmi, se non come mio padre, come la leggenda che è diventato. « I pensieri non mi danno pace. Quando li metto sulla carta, però, sembrano così confusi. Mi fanno diventare pazza, a dire il vero.»

«È un problema che si risolverà da solo. Non immaginare ogni frase come a sé stante, ma pensa come se dovessero fondersi tutte insieme. Chiedi a te stessa: in che modo tutto questo può aiutare la narrazione ad andare nella giusta direzione?» Fa una pausa. Poi, come se non avesse nessuna importanza, mi chiede: «Scrivere ti rende felice?»

Muovo i piedi. «Quando non mi fa venire la nausea, mi rende felice.»

«Bene, sono sicuro che il tuo libro prenderà forma. Alla fine succede sempre, te lo giuro.»

Il consiglio inatteso m'infonde coraggio, ma non provo più la sensazione di dovermi inginocchiare davanti a lui per ringraziarlo. Il gelo che provo per mia madre si sta sciogliendo, e adesso, per la prima volta, riesco a vedere quell'uomo attraverso i suoi occhi. Avverto il fascino superficiale della sua voce, il tono disinvolto che sfiora l'arroganza. Ho tante prove del fatto che i giuramenti che fa alle donne non abbiano nessun valore. Non è amico della mia razza e, nonostante tutta l'intelligenza e il carisma che ha, ora mi è più chiaro che mai.

Non riuscirò più a guardarlo con gli stessi occhi.

Eppure mi protendo ancora. Desidero così tanto comprendere quest'uomo che sono riuscita a conoscere pagando un prezzo altissimo.

«Perché lo fa?»

S'irrigidisce e temo di aver esagerato. Non sono nemmeno una scrittrice vera, e so di avergli fatto la domanda più personale che si possa porre.

Si porta il sigaro alle labbra, però non aspira. «Al mondo ci sono tante cose che restano nel silenzio. Forse è meglio così, ma è anche vero che in fin dei conti è giusto che vengano dette.»

Oso ancora di più. Non riesco a resistere, devo sempre gettarmi tra le fiamme. «E pensa che sia compito suo dirle?»

Ride e scrolla una spalla larga. «Perché diavolo non dovrei?»

Non è la filosofia rivoluzionaria che mi sarei aspettata dall'uomo che idolatro da tutta la vita, ma mi strappa una risata.

Quando mi saluta e si sposta in acque più profonde alla ricerca di pesci più entusiasti, Javier torna su. È evidente che ha passato il tempo a cercare di origliare.

«Quanto cavolo parla, quell'americano. Hai fatto progressi?»

Sospiro. «Non faccio mai progressi, con lui. Mi scivola via dalle dita come mercurio e, ogni volta che mi sembra di aver capito cosa devo pensare o fare, lui cambia.»

«Mi ricorda qualcuno.»

«Oh, be', non so di che parli.»

Si china verso di me. «Hai sentito? Si vocifera di un nuovo divorzio. Ho saputo da un amico che ha partecipato a una delle sue feste alla Finca che tra lui e la moglie ci sono problemi. Secondo te lo farà davvero? *Quattro* divorzi... se è vero, sono pronto a scommettere un bel po' di soldi che presto avrà una nuova moglie.»

Provo una strana sensazione. Non ci trovo nulla di positivo, non mi sembra una vittoria come forse sarebbe successo a maman. Per me è solo un'altra donna, un altro tassello del domino, che cade. Mi domando se lui abbia mai amato mia madre o addirittura se anche lei abbia amato lui e non sia stato solo un'illusione che si è creata per rendere più sopportabile la vita.

«Non voglio ancora dargli la lettera, perché se gli dicessi

che gli voglio bene temo che lascerebbe anche me, e lo sto ancora conoscendo. Potrei sopportarlo, certo, ma preferisco rimandare. Per ora mi divertirò », decido a voce alta, anche se ho già finito di scriverla.

Javier ha l'aria di volermi gettare in mare. « E quando lo farai? »

« Quando sarò pronta a perderlo. »

La sera esco in balcone. Ogni volta che lo faccio immagino di trovare il corpo di mia madre.

Mi do un pizzicotto. Devo smetterla con questa storia.

Sono troppo testarda e vendicativa per morire. Non sopporto l'idea di lasciare il mondo in mano ai tanti degenerati che non fanno mai brutti pensieri perché non provano mai sentimenti negativi.

Mi viene la nausea mentre immagino cosa deve essere passato per la testa di maman nei suoi ultimi istanti.

Mi siedo e tiro fuori il mio blocco. È così che faccio, adesso, quando mi arrivano questi pensieri inutili: scrivo. Li scaccio con la penna sul foglio.

Ho tante persone cui scrivere, tante persone che meriterebbero di avere mie notizie. Blue, Delia, Louise. Mio padre.

Invece mi ritrovo a scrivere a lei. È l'unico modo che mi è rimasto per parlarle. È la prima volta che ci provo.

*Cara maman,*

*mi sento un'egoista anche solo a scriverti. Non ho il diritto di cercare di attenuare la mia colpa: merito di portarla per sempre sulle spalle.*

*Vedo il tuo volto ovunque. Vorrei dirti che sto imparando a conoscere il mondo, ma poi mi ricordo che sei morta.*

*Non ti odio più. Un tempo sì, almeno credo. Perché bevevi e perché eri così bella, mentre io no. Perché non mi sono mai sentita al primo posto nella tua vita. Perché mi hai costretta a venerare uno sconosciuto. Perché ero sempre sola, anche quand'ero con te.*

*Ho tanti motivi per odiarti, eppure adesso mi manchi e basta.*

*Credo di aver capito, ora, perché non hai detto di me a papà, perché non lo hai inseguito dopo che ti ha abbandonata chiedendogli di riconoscermi. Volevi proteggermi, vero? È un uomo molto intelligente e talentuoso, però non è il migliore del mondo. Non so nemmeno se è una brava persona. Ma hai lasciato che dessi a te tutte le colpe e mi hai donato un padre idealizzato per impedirmi d'impazzire.*

*Eppure tu c'eri, mentre lui no. Non c'è mai stato. Forse dovrei scrivere una poesia in proposito, ma non ho il minimo talento per queste cose.*

*Spero tu sia felice, ovunque tu sia.*

*Addio, maman*

Smetto di scrivere e chiudo le palpebre. Inclino la testa all'indietro. Sto piangendo, ma non per la rabbia o per il dolore.

« Ti voglio bene », mormoro verso il cielo silenzioso.

# 14

## *Buon vento*

*Luglio 1954*

*Cara Louise,*

*ti chiedo scusa, anche se so che non conta nulla.*

*Non c'è niente che possa giustificare il fatto che io abbia ignorato le tue lettere. La verità è che non le apro nemmeno. Le getto nel fuoco oppure le lancio in mare con la canna da pesca. Ti ho odiata per ciò che mi hai detto, proprio come ti aspettavi.*

*Mi hai portato via quel poco d'innocenza che mi restava. Ho finito un romanzo –* La casa del puro rimpianto *– e ne ho iniziato un secondo. Credo di aver capito come tenere sotto controllo la trama, quindi spero che questo sia più semplice da scrivere rispetto al primo. Lo intitolerò* Tocororo, *come i miei uccelli preferiti di qui. Sono molto comuni, coloratissimi, ma li trovo comunque tanto belli.*

*Mi sono iscritta all'università, comincerò in autunno. Studierò Lettere. Incredibile, vero? La famiglia di Javier è stata fondamentale per ottenere la mia ammissione, e ho tutte le intenzioni d'impegnarmi al massimo. Ormai il mio spagnolo è quasi perfetto e credo sia il momento giusto.*

*Mi manchi, certo, e mi manca Parigi. Ma adesso casa mia è qui. È il primo posto in cui sono riuscita a ricavarmi uno spazio tutto mio. A volte, nelle sere di gennaio, mi distendo in balcone e penso agli inverni terribili degli anni di guerra, quando il carbone non bastava mai per scaldarci come si deve. È una vera consolazione sapere che potrei non sentire mai più freddo.*

*Per oggi non so più cos'altro dire. Spero che mi risponderai, così mi verrà in mente altro.*

*Ti voglio bene.*

*La tua figlioccia,*

*Delphine*

✸

L'AVANA, CUBA, SETTEMBRE 1954

La Universidad de La Habana è stata costruita nel 1728. Dal 1902 si trova nel quartiere El Vedado, dove i ricchi uomini d'affari fasciati da eleganti abiti sartoriali si aggirano col naso infilato nei quotidiani. Ho preso l'abitudine di osservare dal balcone la frenesia dei movimenti lungo la strada.

Io e Javier abbiamo passeggiato per La Rampa tante volte, però non mi sarei mai aspettata che lui si sarebbe iscritto davvero, e meno che mai che l'avrei imitato.

« Mio padre non mi dà pace. Ha studiato Economia qui, anni fa, e ha voluto che seguissi le sue orme. Ma sono sempre andato malissimo a scuola », borbotta Javier mentre saliamo a passo deciso l'imponente e larga scalinata.

« È perché sei pigro. Sei inattivo di natura, non c'è niente da fare. Ha dovuto minacciare di tagliarti la paghetta per farti trovare la motivazione. Non hai ereditato l'operosità tipica della tua famiglia », rispondo allegra. Mi piace da morire prenderlo in giro. Non è mai stato un problema per me essere figlia unica, ora mi rendo conto di non aver mai avuto nessuno con cui confidarmi e confrontarmi.

« Sarà », dice, senza nemmeno provare a difendersi dalle mie accuse. « Mia sorella Elisa era quella ambiziosa. Prendeva i voti migliori a scuola ed era capace di esercitarsi col clarinetto anche dieci ore al giorno. A me piace la musica, ma preferisco godermi la vita. »

« Sembra che il buonsenso fosse andato tutto a tua sorella. »

Sbuffa. « Ah, per favore, e tu saresti una gran lavoratrice, invece? Non ti ho vista abbattere porte cercando affannosamente lavoro. »

Gli rifilo una bella gomitata nelle costole, lui ride e corre via, salendo veloce le scale. Lo seguo senza troppa premura: manca mezz'ora all'inizio della prima lezione del giorno.

Grazie al cielo sta finendo la terribile frenesia dell'adolescenza, quando avevo la costante sensazione di dovermi muovere o parlare. Dà un sollievo incredibile non provare più nessun interesse: l'inerzia è una consolazione.

« Ho cominciato un nuovo romanzo. »

Javier mi lancia un'occhiata in tralice. « Ah, sì? Significa che sei finalmente soddisfatta del primo? »

Scuoto le spalle. In realtà non lo sopporto più. Trecento pagine, stampate e legate con un nastro, chiuse nell'ultimo cassetto della scrivania. Se le leggo ancora una volta, penso che le strapperò e le mangerò per la frustrazione.

Ma so di aver fatto del mio meglio.

« Credo di non poter essere più soddisfatta di così. »

« Me lo farai mai leggere? »

Ci sediamo sul prato, in un punto all'ombra. Javier si tira indietro i capelli dalla fronte sudata.

« Non so nemmeno se voglio farlo leggere a qualcuno. E poi è scritto in inglese. Anche per questo ci ho messo così tanto », confesso. « Al momento sto cercando il coraggio di dire a mio padre che l'ho finito, la prossima volta che lo vedrò. Negli ultimi tempi è diventato piuttosto sfuggente. »

L'ho incontrato solo due volte, negli ultimi sei mesi. Immagino sia impegnato.

Javier sembra esasperato. « Mi prendi in giro? Non potrei mai scrivere una canzone senza cantarla. »

« Perché i cantanti sono dei pavoni e vivono per la gloria. »

Alza gli occhi al cielo. « Anche tu, ma non vuoi ammetterlo. Il tuo unico desiderio è sempre stato essere Delphine Hemingway. Fin dall'asilo non hai fatto altro che lottare perché gli altri ti notassero. »

Rifletto per un po' sulle sue parole.

« Anch'io la vedevo così, ora però penso che in realtà desideravo solo che qualcuno mi ascoltasse, e non è la stessa cosa. »

Prendo i libri che mi porge e do un'occhiata all'orologio. Sono emozionata per le lezioni di oggi: parleremo di *Los Cuadernos* di José Martí. La sua lotta per sottrarre Cuba al dominio spagnolo mi sembra più importante che mai, in questo momento.

Scuote la testa. « Che noia. Pubblica quel maledetto coso e basta. »

« Non è così semplice. »

« Potrebbe esserlo, se dicessi all'americano chi sei. Ormai te l'ho ripetuto fino allo sfinimento, quindi forse dovrei risparmiare il fiato. Non pensi che ti aiuterebbe, visto che sei sua figlia e lui è uno scrittore? »

« Forse. Ma potrebbe anche farmi rinchiudere in un manicomio », rispondo.

Intreccia le dita e distende le braccia in avanti. « Penso che te la caveresti molto bene in un manicomio, Rita Hayworth. Potresti anche trovarci l'anima gemella, finalmente.»

Gli rispondo con un gran sorriso senza prendermela per la battuta. «Me la caverei bene ovunque possa avere i miei libri, una penna, della carta e una vista sul mare. Sono una che si adatta.»

«Diventerei pazzo, se non avessi niente da fare a parte leggere.»

«C'è un autore che potrebbe piacerti.»

«Ah, sì?»

Mantengo un'espressione assolutamente neutra. «Paul Lafargue. È franco-cubano e ha scritto un libro dedicato interamente alla difesa dell'ozio. È perfetto per te.»

Sembra che stia per rispondere, ma poi qualcuno attira la sua attenzione dall'altra parte della piazza. Guardo e noto un ragazzo sui vent'anni che indossa una maglia rossa. Lui e Javier si scambiano un cenno col capo.

Lui mi guarda di nuovo. «Scusami, Delphine.»

Sussulto. Per una volta, mi sembra serio.

«Chi è?»

Non è insolito che non mi presenti qualcuno. Spesso, mentre passeggiamo, incontriamo un amico, un cugino – non so come sia possibile avere un numero così spropositato di cugini – e lui si ferma sempre per un abbraccio e due chiacchiere.

«Un amico. Ci vediamo dopo, vieni a cena da me, il cuoco fa la *vaca frita.*»

Qualcosa nel suo tono m'impensierisce. «Javier, chi è quell'uomo?»

«Meglio se non lo sai. Vai a lezione», dice piano. Mi dà un rapido bacio sulla guancia e corre via.

*Ottobre 1954*

*Carissima Delphine,*

*è una gioia immensa avere tue notizie. Ho pregato Dio ogni sera per te, e continuo a pregare affinché ritorni, intanto mi consola sapere che sei felice dove ti trovi.*

*Non hai motivo di chiedermi scusa, io stessa sono una peccatrice. Sarai sempre perdonata.*

*Anche se non posso vederti, so che sei cresciuta.*

*Parlami ancora dei tuoi romanzi. Voglio sapere tutto. Ho tante domande da farti, ma sono sicura che avremo tempo.*

*Giungono notizie di agitazioni a Cuba. Spero siano esagerazioni.*

*Tua,*

*Louise*

*Dicembre 1954*

*Louise,*

*sono molto felice di sapere che stai bene. Mi sono mancate le nostre conversazioni.*

*Non amo parlare del mio lavoro, ma per te farò un'eccezione, visto che sei stata la mia prima sostenitrice, e d'altra parte per me è più facile spiegarmi per iscritto.*

La casa del puro rimpianto *parla di una ragazza belga di nome Louise che scappa di casa per unirsi a un circo e diventare clown, però nessuno vuole assumerla perché è una donna. Le assegnano il compito di badare agli animali, e finisce per domare un leone. Non voglio anticiparti il resto: spero che un giorno lo leggerai.*

Tocororo *parla di una ragazza cubana ricca di nome Elisa che vuole navigare su tutti e sette i mari.*

*Per il momento non so altro.*

*Ho anche un'idea per un altro libro, ma non so se avrò il coraggio di provare a scriverne un terzo. Lo intitolerei*

Ragnatela. *Non posso dire di più, per ora. È il genere di cosa che mi piacerebbe discutere con mio padre, se riuscissi a trovarlo. Negli ultimi tempi non l'ho visto granché. Sarà in Svezia. Sai che ha vinto il premio Nobel per la Letteratura? È la cosa più incredibile che si possa fare. Anche se sospetto che il comitato di selezione sia composto solo da uomini.*

*Ho letto più volte i suoi libri e continuo ad ammirarlo molto come scrittore, però i suoi personaggi femminili in un certo senso mi sembrano meno convincenti di quelli maschili.*

*Ma, in fondo, cosa ne posso sapere io?*

*Mio padre è l'uomo più intelligente che abbia mai conosciuto, non posso negarlo, anche se mi sembra di ascoltarlo con orecchie sempre più da adulta. È molto presuntuoso. Può diventare arrogante.*

*Parla tanto e ascolta poco.*

*Ma sospetto che quasi tutti i geni siano fatti così.*

*Ho appena cominciato a leggere un libro di Gertrudis Gómez de Avellaneda. Ha dato scandalo per le sue opinioni a proposito dell'abolizionismo e dell'amore tra razze diverse. Credo che mi piacerà.*

*Per quanto riguarda le notizie che ti sono arrivate, è vero che qui la situazione non è semplice. Il presidente Batista ha sciolto il parlamento all'inizio dell'anno, e ora non c'è più nessuno che possa contrastarlo. Javier però dice che adesso dovrebbe avere più paura che mai.*

*C'è un arrivista che sta creando problemi, ma penso che la cosa si risolverà in un nulla di fatto. L'anno scorso ha tentato un attacco, fallito, a una caserma militare ed è stato rinchiuso in prigione. Alcuni lo chiamano* El Caballo, *il Cavallo.*

*Si chiama Fidel Castro.*

*Tua,*

*Delphine*

*Febbraio 1955*

*Cara Delphine,*

*sono molto felice di sapere che scrivi senza intoppi e che hai ripreso gli studi. Tua madre ne sarebbe stata felicissima. Ha sempre sperato che entrassi a far parte della nuova schiera di donne in grado di fare quello che desiderano.*

*A proposito del tuo Monsieur Hemingway, sono sicura che lo rivedrai presto. Sono felice che per te sia una consolazione, ma sono ancor più felice di sapere che cominci ad accettare di non aver mai davvero avuto bisogno di lui.*

*La situazione a Cuba è preoccupante. Non sono sicura che passerà tutto in fretta come speri. T'imploro, ancora una volta, di prendere in considerazione l'idea di tornare a casa.*

*Purtroppo, nei quartieri più poveri della città è in corso un'epidemia di tubercolosi. Troppe persone vivono in spazi ristretti, senza nemmeno dei bagni decenti o delle strutture in cui lavarsi. Sono sicura che la città non era tanto popolosa, quand'ero ragazza.*

*Anche se so che non dovrei cedere alla tentazione, ho dei pettegolezzi per te. Ricordi la tua compagna di classe Henriette, quella con cui litigavi tanto spesso? Si è sposata poco dopo il diploma con un ricco negoziante.*

*Per farla breve, lui è stato arrestato per truffa. Il governo ha sequestrato loro ogni proprietà, e lei è rimasta nell'indigenza coi due figli. Prego per tutti loro.*

*Capisci però come le tue previsioni non si siano avverate? Le cose cambiano sempre.*

*Spero tu non decida di restare in un Paese scosso dalle insurrezioni solo perché hai paura di tornare qui.*

*Hai già assistito a una quantità sufficiente di guerre, in vita tua, e ormai sei una donna.*

*Devi sperare in un futuro migliore invece di temere il tuo passato. Pianta i tuoi semi e prega il Signore misericordioso di vivere abbastanza a lungo per vederli fiorire.*

*Con affetto,*

*Louise*

*Aprile 1955*

*Cara Louise,*

*forse ti sorprenderà sapere che le rivalità con le altre donne non m'interessano più. Credo che il mondo vada così, un po' come quando i romani prendevano degli animali affamati e li gettavano in una fossa per vederli lottare tra loro per il cibo.*

*La sfortuna di Henriette non mi dà nessuna gioia, così come non me ne dà la sfortuna di qualsiasi ragazza che esegue degli ordini o che ha valori diversi dai miei e desidera solo essere felice.*

*Mia madre aveva ragione su tante cose – Dio sa quanto vorrei poterglielo dire – ma è stata anche l'artefice della sua stessa infelicità. Non temo Parigi per colpa sua. So che non devo per forza essere come lei.*

*Qui all'Avana ho cominciato qualcosa, e dentro di me so di non avere ancora finito. Penso che forse Parigi doveva essere la culla della mia infanzia, ma non di ciò che sto diventando, qualsiasi cosa sia. Non tutti siamo destinati a crescere sul suolo nativo, sei stata tu stessa a dirmelo, quindi io sto sbocciando sotto un sole diverso.*

*Forse un giorno tornerò a Parigi, troverò l'amore e avrò una famiglia, come so che speri mi accada.*

*Ma risparmio le mie speranze per questioni meno importanti. Vivo nella speranza di farmi crescere i capelli oltre le spalle perché credo mi stiano meglio, o di scrivere domani un paragrafo migliore di ieri. Ho avuto degli amanti qui – lo so, lo so – e spero di trovarne altri.*

*Se potessi parlare alla Delphine come l'hai vista l'ultima volta, le direi che diventa tutto più semplice quando capisci che nessuno verrà a salvarti. Le direi che non è una di quelle ragazze che hanno vita facile, con una fila di bravi uomini che desiderano sposarle, quelle che fanno tutte le cose giuste nei momenti giusti, che non sbagliano mai un solo passo. Quelle per cui nessuno si preoccupa mai. Se cadono, qualcuno le afferrerà, e ne sono consapevoli.*

*Dopo avere accettato di non essere nata sotto quel genere di stella, ho smesso di torturarmi aspettandomi che andasse così anche per me. Ho smesso di paragonarmi agli altri. Non è questione di essere migliori o peggiori: ognuno di noi gioca le proprie carte al meglio.*

*Per alcuni di noi, sarà sempre più dura che per altri.*

*Questo però non significa che non esista un modo. Un modo esiste sempre.*

*Sono sicura che la situazione politica si sistemerà. Troverò la mia strada qui, all'Avana. Adesso ho ciò che hai cercato d'insegnarmi: la fede. Ho fede in me stessa anziché in Dio, ma dovremo farcela bastare.*

*Con affetto,*

*Delphine*

✵

L'AVANA, CUBA, LUGLIO 1955

Sto aspettando Javier all'uscita del suo corso estivo. Ho capito che c'era qualcosa che non andava non appena si è offerto volontario per il lavoro extra. Mi vede e cerca di voltarsi, ma gli piombo addosso senza dargli il tempo di fuggire. Non lo vedo da quasi una settimana.

« Non possiamo parlare qui, ci sono troppe orecchie », dice subito. Mi afferra per un gomito e mi porta nel cortile, dove mi spinge dietro un grosso busto.

«Stai nascondendo qualcosa. Sono mesi che ti comporti in modo strano», lo accuso.

Ha la decenza di mostrarsi a disagio. «Delphine, ti prego. Devo andare.»

M'infurio. «Sì, certo, devi sempre andare. Dove, non è dato sapere. So di essere una straniera e che ci sono cose che non capisco, però non sono sorda. La gente chiacchiera, sai. So che sei andato alle manifestazioni e a degli incontri clandestini. Sei un castrista, e non fai nulla per nasconderlo. Ti farai arrestare.»

La sua spiegazione è semplice. «Io credo in lui. Certo, questa guerra non c'entra niente con la razza, ma riguarda ciò che Cuba è e diventerà, e chi potrà farne parte. Sai cosa penso di mio nonno. E Castro ha promesso d'instaurare l'uguaglianza per tutti i cubani, mettendo fine al regime corrotto di Batista. Lui è un mostro, ha ucciso migliaia di persone, Delphine, non si sa nemmeno quante di preciso. Non voglio più vivere in uno Stato di polizia. Non m'interessa se per aiutare gli uomini di Castro finirò in prigione. E poi ci sono persone che posso corrompere per farmi liberare.»

Lo guardo con sdegno. «Stai andando a una protesta anche adesso?»

Le ho già viste, naturalmente. Sembrano crescere a dismisura col passare dei mesi. E so in che modo le gestisce la polizia. Non ha scrupoli. Ieri, mentre tornavo a casa, ho visto un giovane con la mascella fratturata che veniva caricato sul retro di un furgone da due agenti. Se è ancora in vita, mi domando quanto possa costare farlo uscire di cella.

Javier annuisce e si guarda intorno, ma nessuno ci sta osservando. Non capisco perché sia così nervoso. Pressoché tutti gli studenti sembrano condividere le sue simpatie.

I giovani sono quasi tutti uniti nell'avversione per il regime attuale. Anch'io desidero le stesse cose di Javier per questo Paese, però faccio fatica a fidarmi di qualsiasi politico.

«Allora vengo con te. Possiamo avviarci anche subito», rispondo veloce.

Non fa nemmeno finta di pensarci su. «No.»

In tanti anni abbiamo condiviso quasi qualsiasi cosa. È da molto tempo che non provo più il desiderio di strozzare qualcuno, ma in questo momento mi assale. «Da quando ci sono segreti tra noi? Pensavo che fossimo amici.»

Di certo ha avvertito il dolore nella mia voce perché mi posa le mani sulle spalle. «Sei molto più di un'amica, e non voglio fare nulla che possa metterti in pericolo.»

Le sue parole non mi calmano. «Non ho bisogno della tua protezione.»

«Santo cielo, Delphine, lo so. Ma voglio proteggerti lo stesso.»

«Se pensi di adularmi dandomi ordini...»

Mi lascia andare e si massaggia le tempie. «Non potresti darmi ascolto, per una volta?»

Sono sicura che mi conosce troppo bene per aspettarsi che lo faccia. «Voglio sapere perché non posso venire.»

Si avvia, allontanandosi da me. «Delphine, vai a casa e basta. Finisci il tuo libro.»

Lo affianco senza esitazioni. Mi aspetto che ceda e mi permetta di seguirlo, invece si volta, mi solleva da terra e mi carica in spalla, come un sacco di patate.

Ignorando le mie grida furibonde, mi porta sul prato.

«Mettimi giù!»

«Andrai a casa?»

«Non puoi dirmi dove andare!»

Mi mette a terra e mi afferra le mani prima che possa spingerlo. È scuro in viso. «Non sai cosa potrebbe succedere.

Nemmeno *io* so cosa potrebbe succedere. Questa non è la tua guerra, non c'è bisogno che ti affliggi. »

Mi metterei a ridere, se non fosse tanto fastidioso. La vita mi ha buttata nella fossa dei leoni senza tante cerimonie dal giorno in cui sono nata, e Javier mi tratta come se fossi una fanciulla che vive in una torre dorata, bisognosa di protezione.

Ci sono ben poche cose di me di cui vado fiera, ma sono orgogliosa del fatto che non mi serve nessuno che badi a me. Forse sono perfino più brava di lui a tirare un gancio destro.

« Posso aiutarvi. Posso rendermi utile, vedrai. La tua guerra è la mia guerra », insisto.

Emette un rantolo. « Non posso fare questa cosa con te. Non capisci? Non potrei restare lucido se dovessi trovarti in pericolo. Ti prego. »

Sento la capacità di resistere che scivola via da me, lasciandomi senza forze, e crollo in ginocchio. « Hai fatto tanto per me, sono così in debito con te che non potrò mai ripagarti. Volevo solo fare qualcosa per te. »

Si abbassa sull'erba accanto a me. « L'hai già fatto. »

Affondo le unghie nel terreno umido. « Non ho fatto altro che darti guai dal giorno in cui ci siamo conosciuti. »

Mi guarda con l'espressione più tenera che abbia mai visto su un viso umano. « Quando ti ho conosciuta, stavo affogando. Giorno dopo giorno mi hai dato pace... sono io a non poterti mai ripagare. Sei sempre stata utile, Delphine, ma ora sei importante, quindi ti prego, smettila di opporti. »

Sono senza parole. Non ho mai immaginato che Javier potesse essere triste: non ho mai conosciuto una persona più esuberante di lui. Non l'ho mai visto piangere.

« Potresti farmi il favore di tornare a casa, adesso? »

Mi tiro le ginocchia al petto. « Penso che uscirò con la barca. »

« Non ti allontanare troppo, e non nuotare da sola », mi avvisa con un sorriso appena accennato.

« Non nuoterò da sola se mi prometti che non ti farai spaccare la testa da uno scagnozzo di Batista. Dico sul serio, Javier. Se proprio devo, starò alla larga, ma tu dovrai raccontarmi tutto ciò che succede. Terrò la testa bassa e la bocca chiusa, però non posso essere tenuta all'oscuro. »

« Girano delle voci », mi dice piano, passando dallo spagnolo al francese in modo che nessuno possa origliare. « L'ho saputo da un vecchio amico di Ciego de Ávila. Tutta la sua famiglia vuole unirsi alle forze di Castro. Ci entrerei io stesso, se non sapessi che mia madre ne morirebbe. Credo sia giunto il momento. »

« Castro è stato esiliato. È una fortuna per lui che il Messico gli abbia offerto protezione. So che pensi che tornerà per vendicarsi, ma Batista ha il sostegno degli americani », lo avviso.

Javier gonfia il petto. Non vuole condividere tutti i segreti di cui è a conoscenza, e prego che non si lasci coinvolgere in attentati o in forme di protesta più violente.

« Non si può negare per sempre il potere del popolo! Tu sei francese, dovresti saperlo. Vogliamo il cambiamento! » esclama.

« Non tutti lo volete. A me sembra che i ricchi siano piuttosto soddisfatti di come vanno le cose, e anche il presidente Batista », gli faccio notare.

Mi guarda con occhi di fuoco. « Batista! Lui stesso è stato rifiutato da un circolo perché non era abbastanza bianco, lo sai? Eppure non fa nulla per cambiare qualcosa. *Comemierda!* Sai che esistono ancora spiagge che io non posso frequentare perché sono mulatto? E fuori città è anche peggio.

Quando il padre di mio padre si è trasferito qui, era considerato solo feccia, un *guajiro*. Dopo averlo assunto per fare le pulizie per i ricchi, lo hanno trattato come se gli stessero facendo un favore. Ha dovuto implorare per ricevere il prestito necessario per avviare la sua attività, e sospetto abbia perfino fatto qualcosa di non troppo legale. »

« Però ce l'ha fatta. Era un uomo intelligente », lo blandisco, sapendo quanto Javier adori il nonno.

Lui non si lascia rabbonire, anzi: alza addirittura la voce. « È stato un miracolo. È morto ricco, e anche mio padre è ricco, eppure la famiglia di mia madre l'ha ripudiata lo stesso quando ha deciso di sposarlo. Mia zia ci rivolge la parola, ma mi ha consigliato di scegliermi una moglie 'giusta'... per *mejorar la raza*. Per correggere gli errori di mia madre. Elisa, che riposi in pace, aveva la pelle più chiara di me. Mia zia riponeva in lei grandi speranze per il futuro. » Assume un'espressione disgustata. « Anche se diciamo che siamo tutti cubani, non è mai stato vero sino in fondo. »

Ho conosciuto i genitori di Javier. Suo padre ha la pelle e i capelli scuri. Sua madre ha gli occhi azzurri, i capelli quasi biondi ed è più chiara di me. Certo, ho avuto modo di notare che quasi tutte le persone benestanti sono più bianche, ma non se ne parla mai apertamente, almeno non in mia presenza. Non è evidente come lo era in America che esistono due mondi, uno fatto per i bianchi e uno per tutti gli altri.

« Tua madre guadagna con la canna da zucchero, giusto? »

« Moltissimo. Ha praticamente solo sangue spagnolo, però lei è diversa da tutti gli altri », risponde in tono quasi colpevole.

« Quindi cosa pensi di fare, se continua così, se nel Paese verrà instaurato il comunismo? Sei un imprenditore, dopotutto. Se Castro vince, cosa succederà? » gli chiedo.

Non si lascia intimidire. « Sopravvivrò. Non ho paura del cambiamento. Ho il cuore di Antonio Maceo, non negherò mai il mio sangue africano e indio. Voglio vedere come vanno le cose. »

E cosa ne sarà di me? Potrò proseguire gli studi? Potrò restare sull'isola? Il nuovo regime tollererà la presenza di stranieri oppure mi scaccerà?

E mio padre? Che succederà a mio padre?

Credevo di non dover mai più vivere una situazione del genere, eppure sento di nuovo l'ignoto che mi sale addosso come un ragno e mi avvolge nella sua tela, tessendo un filo dopo l'altro.

# 15

## *Revolución*

L'AVANA, CUBA, 8 GENNAIO 1959

Non dobbiamo attendere a lungo. Fidel Castro torna dal Messico dopo solo un anno e mezzo di esilio. Batista ha risposto al dissenso crescente chiudendo l'università nel 1956. Io e Javier abbiamo fatto appena in tempo a terminare gli studi.

Anche se Batista ha dalla sua parte la polizia, l'esercito e i soldi degli americani, viene sconfitto dai ribelli in seguito ad anni di lotte. Fugge nella Repubblica Dominicana subito dopo Capodanno, con gran felicità di Javier, mentre io mi sento a disagio. Cuba non è il mio Paese, ma è casa mia da tanto, e il cambiamento mi spaventa, anche se mi dicono che è un cambiamento positivo.

Javier sostiene che i miei sono dubbi infondati, e forse ha ragione. Per anni abbiamo vissuto nell'incertezza e nell'oppressione, col diritto alla libertà di parola e di riunione distrutto davanti ai nostri occhi. Il terrore di non sapere con chi si potesse parlare, se fosse dalla parte di Castro o del regime vacillante di Batista. Le elezioni truccate, gli arresti e le torture. Ho sentito dire che nelle zone dei *bohio*, fuori città, le persone sparivano nel nulla e i loro familiari avevano troppa paura per cercarle. Venivano incarcerate? Oppure fuggivano per unirsi ai moti rivoluzionari? Per le strade ho visto uomini armati fare le ronde, in cerca di teste da spaccare o lingue ribelli da strappare. Subito prima della chiusura dell'università, uno dei miei professori è scomparso senza lasciare tracce. Non dimenticherò l'espressione disperata della moglie mentre chiedeva a me e a chiunque riuscisse a intercettare dove fosse finito suo marito.

Adesso è tutto terminato: possiamo tornare a respirare e sorridere.

Così mi ritrovo ancora a festeggiare in strada l'arrivo di un liberatore. Un eroe. Un uomo che promette che tutto cambierà, che tutti i cubani saranno uguali; perfino le donne, santo cielo.

A questo crederò solo quando lo vedrò.

Stavolta la mia mano stringe forte quella di Javier, non di mia madre. Mi tiene vicina a sé mentre avanziamo tra la folla. I carri armati con sopra Castro e i suoi uomini, ancora con le divise militari, le pistole pronte, si fanno largo nelle vie stracolme di gente.

Tutti gridano, piangono e sventolano bandiere, ed è una scena fin troppo simile al passato. Se chiudo le palpebre, mi sembra di vedere il corteo trionfale di de Gaulle, chiaro come il sole. Ma non sono più fiduciosa come un tempo: non credo nei salvatori. Se vedo qualcuno che alimenta un grande fuoco, mi domando sempre quali case verranno incendiate.

Javier è in estasi. Mi grida che vuole dare una festa, invitando i migliori musicisti suoi amici e che canterà per tutti sotto la luna. È il tempo dei miracoli.

A un certo punto lo spintonare della folla s'intensifica al punto che temo di venirne risucchiata, e Javier mi fa salire su una scalinata in modo da poter prendere una boccata d'aria sopra la linea di fronti sudate e il puzzo di colonia e di fumo di sconosciuti. Intona una canzone e gli altri tutto intorno si uniscono al coro.

Inclino il viso verso il sole e lascio che il suo calore mi entri dentro.

Ma, per quanto mi sforzi di sorridere, provo un'infinita mancanza di gioia.

⁕

L'AVANA, CUBA, GIUGNO 1959

Il giardino di Javier – o forse dovrei dire il giardino di sua madre – è in piena fioritura. Qualcuno ha appeso delle luminarie sugli alberi di magnolia. I cani si rincorrono, abbaiando come matti. I musicisti suonano una melodia vivace e uomini in uniforme passano tra gli ospiti offrendo *hors d'oeuvres*. È la seconda festa che danno i suoi genitori, da due mesi a questa parte, per stringere amicizia coi funzionari del nuovo regime. Hanno curato ogni minimo dettaglio. È evidentemente un'occasione lieta.

Eppure non posso fare a meno di notare che la madre è bianca come un cencio, un colorito che risalta ancora di più per via del rossetto che ha sulle labbra increspate in un sorriso forzato mentre si muove tra gli ufficiali in divisa.

Stanno cercando di mettersi dalla parte giusta. Il governo requisisce proprietà a destra e a manca; in cambio promette di prendersi cura di tutti i cittadini, di fornire abitazioni, studi e cure mediche gratuitamente. Le seicento persone che si dice siano state giustiziate di nascosto per il loro legame col governo di Batista non potranno godere di tali diritti, però Javier sostiene che ogni cambiamento porta con sé delle morti, e comunque è probabile che Batista ne abbia uccise molte di più.

Javier chiacchiera con gli ospiti e sorride, ma sento che con la coda dell'occhio non mi perde mai di vista. Dopo un'ora circa si congeda e viene da me. « Non parlare con nessuno », mi dice in tono piatto, come se fosse necessario ricordarmelo.

Mi ha parcheggiata su una panchina in pietra non appena ho messo piede qui con l'ordine tassativo di non attirare l'attenzione. Per fortuna mi sono portata un libro.

Sorseggio il mio succo di papaya. «Perché mi hai invitata? Sono sicura che potevi trovare un'accompagnatrice migliore, magari una di quelle belle ragazze pallide che tua madre continua a piazzarti sotto il naso.»

Sbuffa, e io ridacchio. Sua madre desidera con tutto il cuore dei nipotini, o almeno un tempo li desiderava.

Passa al francese sedendosi accanto a me e avvicinandosi al mio orecchio. «Volevo parlare con te, ma eri sempre impegnata.»

«Ho lavorato molto al libro», confesso. Mi sembra più importante che mai, ora che il mondo, fuori, sfugge sempre più al mio controllo. «E poi ho cercato mio padre, però non riesco a incontrarlo da nessuna parte.» Ho bevuto mojito analcolici al bar La Bodeguita del Medio, ho cenato a La Terraza, sono stata agli spettacoli di cabaret al Tropicana, ma non l'ho visto nemmeno una volta. Per il momento non ho notato grandi cambiamenti nei luoghi che ormai mi sono tanto familiari. Mi domando quanto durerà.

«Prima o poi si farà vedere. Comunque devi promettermi una cosa.»

Non è semplice interpretare la sua espressione. Ultimamente è molto silenzioso, e non è da lui. Non l'ho più visto felice com'era il giorno in cui abbiamo marciato per le strade.

«Prima dimmi cos'è», insisto, ma lui risponde con un suono infastidito.

«Prima prometti.» Nel suo tono c'è un'angoscia che mi spinge a cedere.

«Te lo prometto.»

Posa la mano sulla mia. «Devi giurarmi che, se tuo padre lascerà Cuba, partirai anche tu.»

Faccio fatica a non dirgli subito di no, anche se in fin dei conti ho appena giurato. « Perché? »

« Perché, se lui se ne va, significa che gli americani non sono più al sicuro. »

La mia mano si stacca da lui e si posa sul cuore. « Io *non sono* americana. »

« Lo so, ma se le cose continuano a... Gli Stati Uniti non sopporteranno la nostra alleanza coi sovietici. Mio padre dice che la situazione può solo peggiorare. Le relazioni diplomatiche ormai appartengono al passato. »

« E io cosa c'entro? »

Qualcuno ci passa accanto e lui tace finché non si allontana.

« È una questione di correnti. Ormai sei una marinaia, dovresti capire. »

« Quello che capisco è che a Parigi non è rimasto più nulla per me, a parte Louise. Voglio restare. »

« Anch'io voglio che resti, però ho bisogno di sapere che sei al sicuro. Mia madre e le mie zie vogliono andare via. »

« Fuggire? Di già? » chiedo, incredula.

« Mia madre dice che il comunismo è il male, mio padre non sarà mai d'accordo con lei. Mai. Per lui l'America è bella, l'Europa è grandiosa, ma Cuba è casa sua. Sostiene che dovremo trovare un modo per far funzionare le cose », dice con coraggio.

« 'Dovremo' sottintende un noi. Tu e io. »

« Tu non sei cubana », dichiara, mettendomi a tacere. Sorride per rabbonirmi e s'infila una mano in tasca, da cui tira fuori una penna stilografica azzurrina, marmorizzata e scintillante. Mi fa venire in mente il mare in una giornata tranquilla. « Era di mio nonno. Lui l'ha data a me, e ora io la do a te », spiega.

È così bella che quasi balzo indietro. « Non posso accettarla. »

I motivi sono diversi. È un'eredità troppo importante, e poi ho la sensazione che ci stiamo dicendo addio. Non voglio un oggetto che mi ricordi Javier. Io voglio Javier.

« Per favore », dice così piano che capisco quanto sia importante per lui. Tendo le mani e lui ve la deposita. « Io non sono uno scrittore, tu sì. Saprai cosa farne. Mio nonno era il lavoratore più instancabile che io abbia mai conosciuto, e avrebbe voluto che qualcuno la mettesse a frutto. »

« Sono... onorata. La metterò nel portagioie di maman. »

Annuisce. « E la porterai con te quando partirai? »

« *Se* partirò. Ma non ce ne sarà bisogno », rispondo con sicurezza.

Solleva lo sguardo. « Preghiamo, *flaca*. Noi due insieme, e anche la tua suora. Preghiamo tutti. »

Javier non ha mai proposto di pregare. Capisco che è spaventato, e questa consapevolezza si tramuta in un terrore che mi dà i brividi.

✷

L'AVANA, CUBA, GIUGNO 1960

Per una volta, il destino è dalla mia parte. Non sto nemmeno cercando mio padre quando entra nel bar El Floridita, un locale dipinto con le sfumature di rosa più fastidiose del mondo. Sono seduta a un tavolo d'angolo e bevo succo di mango. Non lo incontro da mesi e, sebbene l'antico desiderio disperato sia svanito, provo comunque sollievo vedendolo.

Non è da solo, però. Ci sono due uomini con lui, e si sistemano in un tavolo in disparte, dove sembrano immergersi in discorsi molto seri. Si stringono tra loro, coi visi anziani dall'espressione tesa; parlano a bassa voce, e per mia sfortuna sono troppo distante per origliare.

Dall'aspetto sembrano giornalisti. Forse americani, a giudicare da quanto sono vestiti male. I giornalisti inglesi sono più rari, ma li riconosco sempre perché camminano come se il marciapiede fosse loro. Ordino un altro drink, tengo un occhio su di loro e uno sul giornale, e aspetto.

Passano *tre ore*. Lui ordina un drink dietro l'altro - ne conto cinque - e il suo tono di voce aumenta.

Dopo che gli uomini vanno via, mio padre posa la testa sul tavolo e resta immobile per un po'. Do uno sguardo al barista, che sembra non vedere l'ora di chiudere. Siamo gli unici clienti rimasti.

Infilo il giornale nella borsetta e mi avvicino incerta al tavolo, un po' come ci si avvicinerebbe a una belva addormentata in uno zoo. Gli tocco con delicatezza una spalla e lui si tira su di scatto, gli occhi iniettati di sangue.

« Papà? » mormoro. Mi accorgo troppo tardi di non averlo mai chiamato così direttamente. « Stai bene? »

« Maledetto FBI. Vogliono sapere cosa so di quello che succede qui, ma io non sono un politico, e ho detto loro che non so che taglia di pantaloni porta Fidel. Ci ho parlato solo una volta. Di *pesca*. E adesso vogliono sapere se ho dei segreti di Stato da vendere », borbotta.

« Ti chiamo un taxi. Forza, usciamo. »

Sospira. « Non voglio ancora andare a casa. Voglio solo riposarmi qui per un po' », risponde in tono pietoso.

Mi siedo di fronte a lui. « Sono sicura che tua moglie ti sta aspettando. »

« Mary aspetterà. Lo sa che è così », dice sprezzante.

Esito. « È tutto a posto? »

Ride. « Oh, certo, ragazzina. » Emette un gran rutto. Ha il viso paonazzo e mi sembra di non averlo mai visto tanto anziano. Ha bisogno di sistemarsi la barba, i solchi sul viso sono più profondi. Di colpo provo una gran pena per lui, pover'uomo.

Tutti noi ci aspettiamo troppo da lui.

« Posso fare qualcosa? »

Il suo sguardo diventa più acuto. « E poi cosa vuole da me una giovane donna come te? Me lo sono sempre chiesto. Sono anni che mi ronzi intorno. »

Non so proprio come rispondere. Sono al tempo stesso sconvolta e stupita all'idea che ci abbia messo tanto a farmi questa domanda. So che deve avere avuto dei sospetti, però posso immaginare che abbia taciuto perché aveva paura della risposta, proprio come me un tempo.

Cerco di sviare l'attenzione. « Mia madre... »

« Sì, sì, so di tua madre. Ma voglio sapere di te. »

Esito. Possibile che sia giunto il momento, dopo tutti questi anni? Poi penso: *Dio, non così*. Non quando lui è così ubriaco da non reggersi in piedi. Quando mia madre era ridotta in quello stato, ricordo che restavo sveglia tutta la notte per controllare che la sua pelle non diventasse azzurrina. Detesto gli ubriachi. Mi fanno pena, certo, ma non sopporto la loro presenza, l'odore nauseabondo che emanano, il modo ridicolo in cui biascicano le parole. Non posso più far finta di non vedere che tante cose che disprezzavo di maman fanno parte anche di mio padre.

Per un attimo m'invade il contorto e meraviglioso pensiero che, se l'uomo di fronte a me *non è* mio padre, allora forse i miei genitori non erano entrambi alcolizzati. Forse almeno uno dei due profumava di vestiti puliti e pane appena sfornato, non di liquore, fumo e delusione.

« È perché ti ammiro. Ti ho sempre ammirato », rispondo, una prudente verità.

« Perché sono uno scrittore? » domanda in tono distratto,

come se fosse uno che scarabocchia qualche idea a matita e non un autore immortale.

*Dormivo coi tuoi libri infilati sotto il cuscino; a scuola li tenevo di nascosto dentro i libri di testo. E, adesso che ho imparato a conoscere un po' il tuo pensiero e il tuo modo di vedere il mondo, il tuo desiderio di condividere il sapere, provo ancor più rispetto per te. Sono grata di vivere nella tua stessa epoca; è una benedizione perfino essere nata in un periodo tanto inquieto, se ci sei anche tu.*

« All'inizio sì », è tutto ciò che mi esce dalle labbra. Faccio uno sforzo enorme per non arrossire. Credo proprio di essere troppo grande per arrossire. « Ma è stato bello conoscerti. »

Mi rivolge un sorriso assonnato e all'improvviso mi sembra di vederlo come un ragazzino, non un grande scrittore, soltanto un bambino che scarabocchia furiosamente i margini dei libri di scuola. È difficile immaginare tanta grandezza emergere da tanta fragilità.

« E come procede la scrittura? »

Il cambio di argomento è un sollievo. « Bene, credo. In effetti non ho modo di saperlo, ma sto facendo del mio meglio. A dire il vero sono riuscita a concludere qualcosa. »

Si accascia sul tavolo. « Buon per te. Quella è la parte più difficile. »

« Voglio scrivere anche qualcos'altro, però non sono sicura... è... personale. »

Sbatte lentamente le palpebre. Riconosco lo sguardo, so che domani non ricorderà una sola parola di questa conversazione.

« Ah, in tal caso devi proprio scriverlo. Spiegami di che si tratta. »

Sento nella testa la voce di Javier che m'incita a osare: *Oyeee! Esa muchacha tiene chispa!*

« S'intitola *Gossamer,* sono arrivata a metà. Procede più

veloce di qualsiasi altra cosa io abbia mai scritto. Parla di una giovane donna di Orléans, di nome Daphne. »

Mi sta ancora ascoltando. « Com'è fatta e cosa vuole? »

Resto quasi senza fiato mentre gli parlo del personaggio, che per me è quasi una presenza reale. « Vuole fuggire via dalla madre e trovare l'uomo che è convinta sia suo padre. Scappa per stare con lui, ma le cose non vanno come si aspettava. »

I suoi occhi cadenti sono puntati su di me. Hanno una strana vivacità, benché le palpebre siano quasi chiuse. « Perché? »

« La madre della ragazza si lancia dal balcone. »

Resta in silenzio per un attimo e si schiarisce la gola prima di parlare ancora. « Sembra interessante. Mi piacerebbe leggerlo. »

Nemmeno i suoi complimenti riescono a placare il mio timore. Faccio dei gesti disperati con le mani. « È troppo personale. Troppo... non potrei sopportare l'idea di essere giudicata. »

La nebbia abbandona il suo sguardo e per un momento diventa perfettamente sobrio. Tira su una mano e colpisce il tavolo col palmo. « Ti posso assicurare che verrai giudicata, in modo molto severo, da persone che non hanno abbastanza talento da riempire una pozzanghera né il coraggio sufficiente per fare loro stesse una cosa del genere. Questa è la sorte di chiunque abbia mai osato compiere gesti che esulano dall'assoluta normalità. Se è abbastanza importante per te, lo farai comunque. » Detto ciò, cade faccia avanti sul tavolo e inizia a tremare così forte che un bicchiere rotola a terra, rompendosi.

Volto il capo per rivolgermi al barista, spazientito. « La prego, chiami un taxi per il signore. Aspetto con lui. »

Faccio il giro del tavolo e gli sollevo la testa con tutta la delicatezza possibile, poi gliela faccio poggiare sulla mia borsetta. Sovrappensiero, gli accarezzo i capelli radi, proprio come facevo con maman.

Non mi commuovo. Non subisco nessuna trasformazione, non sento cori angelici. Sono e resto solo Delphine, forse Delphine Auber, forse Delphine Hemingway, ma solo e sempre Delphine.

Gli do un bacio sulla fronte madida.

« *Merci beaucoup*, papà. »

Ora ho toccato il sole.

*

24 LUGLIO 1960

« Delphine, *levántate*. »

La voce s'insinua nel rifugio dei miei sogni. Sono da qualche parte in una grande biblioteca, con infinite file di libri. Ha quell'odore magnifico, indescrivibile, che esiste solo nelle biblioteche. Tutto svanisce nell'attimo in cui apro le palpebre.

« Sta partendo. Hemingway. Torna in America. »

Javier è sulla soglia della mia camera da letto e mi rovescia addosso quelle parole come un sacco di tizzoni ardenti.

Non ho neanche preso ancora il caffè. La luce del sole filtra nelle fessure delle tende e inonda la stanza di un chiarore bianco e delicato, che basta a mostrarmi la sua espressione preoccupata. Perfino i suoi riccioli sembrano appiattiti.

Mi tiro la coperta sotto il mento. « No. »

Viene a sedersi accanto a me. Non lo sgrido nemmeno per essersi seduto sul mio letto coi vestiti con cui è stato in giro o per essere entrato senza bussare. Lo guardo e scuoto la testa.

Lui però contrasta il mio diniego senza troppe cerimonie. « Sì, invece. L'ho saputo da fonti più che certe. Sono sempre stato all'erta, perché sapevo che avresti voluto la possibilità di dirgli addio.»

Non ho nessuna voglia di dirgli addio, non voglio nessun *altro* cambiamento proprio ora che ho trovato la felicità. Tiro le coperte ancora più su e nascondo il viso.

«Anche tu dovrai partire: i patti sono patti», aggiunge in tono molto meno vivace.

*Smettila di parlare, ti prego, sta' zitto.*

«Per il momento, però, dobbiamo andare, se vuoi avere almeno una speranza di parlargli. La macchina è qui fuori.»

Mi lancio in avanti, e lui mi stringe forte al petto. «Non sono pronta. Ho detto a me stessa che ormai sono grande, che non ho bisogno di lui e non m'importa se dovessi perderlo. Nella mente l'ho lasciato andare, ma c'è un luogo dentro di me che vuole a tutti i costi credere che un giorno... avverrà un miracolo, e tutte le luci che ho desiderato vedere accendersi quand'ero bambina a Parigi abbiano ascoltato le mie preghiere, e quel giorno, se sarò abbastanza buona, lui si accorgerà di me e mi vorrà bene. So che è assurdo, anche se ho voluto sperare. So che non dovevo, so che è assurdo, la vita stessa mi ha dimostrato che non avrei dovuto, ma l'ho fatto lo stesso.»

«Nessuno è mai pronto ad abbandonare la speranza, Delphine. Può morire migliaia di volte, però non ci lascia mai.»

Chino il capo, arrendendomi all'idea che, a quanto pare, non finirò mai di crescere. «Meglio se mi vesto, allora.»

Mi accarezza una spalla. «Ti aspetto fuori dalla porta.»

Quando esce, mi alzo così in fretta che mi gira la testa. Se non mi do subito una mossa, potrei non farlo più. Una parte di me vorrebbe abbracciare il cuscino e piangere, ma così facendo non ho mai risolto nulla.

Mi muovo alla cieca, ripetendo movimenti compiuti un milione di volte. Cerco tastoni nell'armadio e afferro un vestito, vado in bagno a lavarmi i denti e a sciacquarmi il viso, poi mi pettino davanti allo specchio senza quasi percepire il movimento della mano. Per la prima volta da un bel po' di tempo prendo un attimo per guardarmi davvero.

Ho i capelli lunghi quasi come li aveva maman. Ora che non porto più il cappello sono diventati un pochino più folti, e mi piace come m'incorniciano il viso.

La mia pelle è sempre perfetta, con una leggera abbronzatura per tutto il tempo che passo al sole, e mi è spuntata una spruzzata di lentiggini sul naso che mi piace molto. Crescendo sono diventata più proporzionata e, benché il petto sia rimasto miseramente piatto, ho delle belle gambe e i denti dritti. Ho imparato che mi stanno meglio le gonne corte e che mi donano più gli abiti che si stringono in vita anziché sotto il seno. Il mio colore è il rosso.

Non sono certo Rita Hayworth, ma mi pare che i miei occhi sembrino più luminosi di un tempo. Mi rivolgo un sorriso incerto.

Javier bussa e fa capolino tenendo lo sguardo basso per rispetto. « Pronta? »

« Sì », mento. Molte cose nella mia vita sono iniziate con una menzogna e adesso sono vere. Forse succederà anche adesso.

« Bene, allora andiamo. »

Busso. Dopo anni passati a cercare d'incrociare con discrezione il cammino di mio padre, stavolta salgo i gradini di casa sua, raggiungo la porta e busso, senza troppe cerimonie. Mi apre la moglie. Potrebbe essere una delle tante signore anziane che si vedono al mercato la domenica mattina, ma ha un sorriso gentile. Ha i capelli raccolti in un foulard, l'aria stanca. In sottofondo si sentono grida e colpi.

« Sì? » chiede in tono abbastanza cordiale.

Mi sistemo una ciocca di capelli dietro l'orecchio. « Mi scusi per il disturbo, mi chiamo Delphine Auber. Sono un'amica di... ecco... sono venuta a trovare... »

« So chi sei venuta a trovare. Vengono tutti solo per lui. Un attimo », dice con una risatina.

Chiude la porta e si allontana. Per un attimo immagino che questa fattoria sia casa mia, chiudo le palpebre e vedo le minuscole impronte delle mie dita che macchiano la carta da parati, i segni di matita su una parete che segnano le tappe della mia crescita, le ginocchia sbucciate per le lotte con tre fratelli, le discussioni per accaparrarsi l'ultima fetta di dolce. Mi vedo mentre tengo in braccio un marlin più grande di me con mio padre in piedi dietro di me, e lui sorride, felice, come se non avesse mai avuto bisogno di un premio Nobel o di quattro mogli per trovare la felicità. Perché tutto ciò di cui aveva bisogno ero io.

La porta si apre di nuovo e mi trovo davanti mio padre, l'aria tormentata, i capelli radi dritti sulla testa. Non sorride quando mi vede. « Oh, Delphine. »

Faccio un cenno d'assenso col capo e deglutisco diverse volte prima di riuscire a parlare. « Mi dispiace presentarmi così. Ho sentito dire che parti, volevo solo salutare. »

Abbassa lo sguardo. « Sì, è vero. Mary vuole andare via e a quanto pare pensano tutti che sia meglio così. »

Vorrei poterlo abbracciare. « Tutti pensano sempre di sapere ciò che è meglio per gli altri. »

Le mie parole gli strappano un sorriso e sento il cuore alleggerirsi.

« La situazione si stabilizzerà, è sempre così. Ho visto di peggio. Tornerò presto, non sono mai riuscito a stare lontano da qui », dice con sicurezza.

Non posso trattenermi troppo a lungo, altrimenti rischio di mettermi a piangere, e non voglio farlo davanti a lui.

Tiro fuori la lettera dalla tasca. « Ho una cosa per te. »

Solleva di scatto le sopracciglia ispide. « È la tua ultima opera? »

« No, è solo... solo qualcosa che volevo dirti da un po'. »

Alla fine non ho più tempo a disposizione. Vorrei potermi sedere con lui su una panchina di un parco e raccontargli la storia della mia vita. Ho sprecato tanti anni, troppi, solo perché avevo paura, e adesso il tempo è finito.

La prende e se la rigira tra le mani grosse. « Devo leggerla subito? »

« No, per favore. Quando ti sarai sistemato, al sicuro... quando sarai di nuovo felice », esclamo con voce gracchiante. Vigliacca sino alla fine.

Ha gli occhi inespressivi, però sorride. I segni intorno alla bocca si contraggono appena. « Di nuovo felice? »

*Sì. Possa arrivare presto il giorno in cui saremo entrambi di nuovo felici.*

« Adesso devo andare. Buon viaggio », dico.

« Arrivederci. Che cosa farai? »

« Vorrei restare, ma se non posso tornerò a Parigi. »

Mi scruta con attenzione. Oggi indosso un vestito blu, coi capelli lunghi sciolti sulle spalle. Lo sto affrontando a viso aperto, con gli occhi arrossati.

« Col passare del tempo cominci a somigliarle di più, dopotutto », dice con una nota sorpresa nella voce.

« Te la ricordi ancora? » gli chiedo, sforzandomi di mantenere un tono neutro anche se il mio cuore è impazzito.

« Oh, sempre. »

*Sempre.*

Mi si riempiono gli occhi di lacrime.

La moglie lo chiama, e lui si volta per risponderle gridando.

No, non sa dove sia il registro verde. Lo dice di provare nello studio. Forse un gatto l'ha fatto cadere.

Quando si gira di nuovo, sono già andata via.

*Caro papà,*

*sono tua figlia.*

*Scusa per la mancanza di preamboli, ma penso che ne abbiamo già avuti abbastanza. Da anni desidero dirti chi sono, e forse in un certo senso l'ho fatto.*

*Ti chiedo di aiutarmi a non avere più dubbi. Sono nata l'11 gennaio del 1929. Mia madre era Sylvie Auber. Mi ha detto che voi due eravate amanti quand'eri sposato con la tua prima moglie e dovevi ancora sposare la seconda.*

*Mi ha detto di avere la certezza assoluta che tu fossi mio padre. Mi ha raccontato così tante storie del tempo che avete trascorso a Parigi insieme con molti grandi artisti e pensatori. Sei stato la mia prima favola della buona notte.*

*Ti ammiro da tutta la vita. Ho lasciato Parigi per trovarti, sono diventata una scrittrice per te, ogni viaggio che ho iniziato è stato solo per raggiungerti.*

*Certo, allora non ti conoscevo.*

*Questo era prima della pesca, delle chiacchierate sulla scrittura e dei mojito. Mi hai dato la sicurezza necessaria per lottare per un sogno, proprio come hai fatto tu. Mi hai resa più intrepida di quanto non potessi sperare di diventare.*

*Nel corso della mia vita ti ho conosciuto, e ora, senza ombra di dubbio, posso dire di averti voluto bene. Ti voglio bene, e sempre te ne vorrò.*

*Per quello che vale.*

*Tua,*

*Delphine*

# 16

## *Un vecchio amico*

L'AVANA, CUBA, 25 LUGLIO 1960

Eccomi qui, di nuovo in esilio.

Una vita fa, quand'ero solo una ragazzina e non la donna di trentun anni che sono adesso, ricordo di aver pensato che il mondo aveva imparato la lezione, dopo due guerre mondiali in meno di cinquant'anni, che la gente aveva assistito ad abbastanza spargimenti di sangue e morte, e che non ne avremmo visti mai più.

Che stupida che ero.

La presa di Javier è decisa. Mi sta praticamente trascinando al porto, con una delle mie tre valigie stretta nella mano sinistra. Cerco di puntare i piedi ma non serve a niente, è inarrestabile.

« Non voglio partire », grido rivolta alla massa di riccioli scuri sulla sua nuca.

« Partirai, invece. Perfino tuo padre è andato via ieri, non c'è più nulla che ti trattenga. »

« Non posso lasciarti! »

« Allora ti lascio io. Vedila come vuoi, comunque sia salirai su quella barca e andrai a Key West oggi pomeriggio stesso. »

« No! »

« Sì, Delphine. »

Non cambierà idea. Lo so, lo conosco da più di dieci anni e so che non cambierà idea. Quando si è presentato a casa mia stamattina e mi ha detto di tirar fuori la valigia da sotto il letto, ho capito che la battaglia era già persa. Mi rendo conto solo ora che stava aspettando la partenza di mio padre. Ha organizzato tutto nel modo più delicato possibile, e lo odio e lo amo per questo.

Eppure lo imploro lo stesso, per tutto il tempo, tra promesse e minacce. Sento la collera sorgere, ma non c'è nessuno con cui possa prendermela per impedire che accada. M'infurio, piango, imploro, contratto. Faccio qualsiasi cosa, tranne mettermi in ginocchio.

Lui però scuote il capo.

« Non posso andare, questa è casa mia! »

« Casa tua è Parigi. »

« *Tu* sei casa mia. Non posso lasciarti qui da solo, non con tutto quello che sta succedendo. Il regime potrebbe portarti via ogni proprietà, potrebbero arrestarti, potrebbero ucciderti! »

Finalmente si ferma. La *Tournesol* è alla nostra destra e dondola appena, inconsapevole del fatto che oggi non ci saranno viaggi di piacere.

Mi lascia andare. Credo di aver trovato uno spiraglio, ma rapido come un fulmine Javier sale a bordo e comincia a mollare l'ormeggio.

« Hai sentito cos'ho detto? »

Annuisce. « Sì. E non c'è nulla che tu possa fare per impedirlo, Delphine. Così come non posso io. L'unica cosa che posso fare è mandarti via. Tieni, ho preso le carte nautiche con la rotta per Key West, non è una tratta difficile e so che sei in grado di arrivarci. Ti ho messo dei soldi in valigia. »

Mi tende la mano e mi lascio tirare sul ponte senza una parola di protesta.

« Vieni con me », lo imploro.

Non ha la minima esitazione. « Non posso. »

« Sì che puoi. »

Scuote la testa, come un genitore che parla con un figlioletto pieno di buone intenzioni, ma che si sbaglia di grosso. La sua voce è gentile. « No, non posso. Sono cubano, questa è casa mia, e preferisco essere cubano che al sicuro, famoso o qualsiasi altra cosa. »

« Potresti essere cubano in Francia! »

Sorride, anche se i suoi occhi restano seri. « Come tu eri francese a Cuba? Ah, quante canzoni ci potrei scrivere. »

Mi aggrappo a lui come una bambina. « Ti prego. Vieni con me, partiamo adesso. »

« Non c'è nulla che tu possa dire per farmi cambiare idea, Delphine. Mi dispiace davvero, odio questa decisione tanto quanto te. »

Lacrime di rabbia mi bagnano il viso. « Non ho bisogno del tuo dispiacere, ma di te. In tutti questi anni sei stato la persona più importante del mondo, per me, e adesso ti chiedo di non lasciarmi come hanno fatto tutti gli altri, e tutto quello che sai dirmi è solo no. »

Abbassa lo sguardo senza negare. « Delphine, io ti amo. »

Non me l'aveva mai detto. È una crudeltà incredibile dirmelo ora, proprio il giorno in cui ha deciso di abbandonarmi.

Mi sento invadere dall'amarezza. « L'amore non mi serve a niente. »

« Ti serve invece, serve a tutti. Spero che tu ne abbia tantissimo, nella tua vita. »

Emetto un lamento e lui mi stringe forte.

« Sai che non ci sono alternative. Quelli che non sono ancora scappati presto si pentiranno di non averlo fatto. Ne sono sicuro. Sento che il cuore del Paese ha cambiato ritmo, però devo restare a vedere cosa succede sino alla fine. Serviranno persone capaci di guidare la nostra nazione lungo la giusta strada. »

« E tu? Che ne sarà di te? Ci rivedremo, vero? » chiedo disperata.

« Dio solo lo sa. Ma questa non è la tua guerra. Torna a Parigi, fai pubblicare i romanzi, fai sentire la tua voce, fatti ascoltare. Questa potrebbe essere la tua guerra. »

Mi dà un bacio su una guancia, poi, prima che mi senta pronta, prima che sia anche solo lontanamente pronta, salta giù sul molo.

Ha il viso contratto. Non l'ho mai visto piangere. Mi domando se sia questa la sua espressione quando sta per farlo.

« Adesso vai, Delphine. »

Mi trema la voce. « Ti scriverò, e tu dovrai rispondere. Giuramelo. »

Riesce a sorridere. « Certo che risponderò. »

Resto immobile. Vorrei fermare questo istante per sempre, ma mi sta scivolando via dalle mani. Lui non è già più con me. Capisco dallo sguardo che si è rassegnato all'idea di non vedermi mai più.

È più doloroso di quanto non potessi immaginare.

« Devo vederti andare. Resterò qui finché non sparirai all'orizzonte », dice con dolcezza.

Non vado al timone. Singhiozzo e basta. Le volte che ho pianto così tanto era alla morte di Teddy, o quando ho stretto mia madre morta tra le braccia.

Ma la mia disperazione non cambia nulla. Non esiste un segnapunti cosmico, Louise si sbaglia: non esiste nessuna giustizia al mondo. Non c'è nessuno lassù che ci osserva e che potrebbe dire: *Sì, dai, questo glielo concedo. Possiamo riscrivere la storia, solo per questa volta.*

Esiste soltanto la dura realtà e la mia sottomissione a essa. Per l'ennesima volta.

Chino il capo e mi avvio verso il timone.

« Cerca di essere felice, Delphine. Non esiste un premio per la tristezza. Diventi triste e basta », mi grida dietro.

Distendo le mappe, avvio il motore, poso le mani sul timone, poi guardo lui.

Vorrei dirgli che lo amo, ma le parole non mi escono.

Perdo la voce, riprovo. « Mi hai cambiato la vita. »

Si posa una mano sul cuore. « Ah, be', non esiste niente di meglio. Dedicami un libro, un giorno, così diventerò immortale. »

Non resta altro da dire, non esistono parole meravigliose che possano migliorare momenti del genere. Sono momenti orribili. È come se avessi tutte le ossa spezzate, che sbucano dalla carne torturata. Come se mi avessero spalmato del sale negli occhi, strizzato il cuore come un fazzoletto.

Sono i sintomi più strazianti e inevitabili dell'essere vivi.

Salpo.

Lui sorride e saluta con tutte e due le mani, come un bambino, come se mi stesse spedendo verso qualche gloriosa avventura. « Buon viaggio, Delphine! Scrivimi! »

Non mi volto prima di essermi staccata di qualche metro dalla riva.

Ma, quando lo guardo per l'ultima volta, vedo che ha smesso di agitare le braccia. È solo una macchiolina sul molo, coi piedi che dondolano sopra l'acqua e con la testa rivolta verso di me.

Di colpo mi manca. Ho la pelle rovente, sento un formicolio, il bisogno di tornare indietro.

Ma non torno indietro.

Vado avanti, dritta verso il noto e l'ignoto.

*

Languisco in Florida per tre settimane soltanto. Qui la gente è spaventosa.

C'è tanto sole, ma sembra un sole fasullo. Non so spiegarlo, ha qualcosa che non mi piace. È come se fosse tutto troppo pacchiano. Quasi tutte le mattine passeggio fino alla spiaggia e piango per un'ora, in silenzio, prima di cominciare la giornata. Nel pomeriggio l'umidità è insostenibile e mi rifugio nella mia stanza d'albergo. Da quando sono qui, sto male. Il caldo è diverso da quello di Cuba. Mi succhia via la vita dalle ossa, invece di farcela entrare.

Non leggo i giornali e non ascolto la radio. Non voglio sapere niente del mondo.

Il giorno peggiore è quello in cui vendo la barca. Non ho bisogno dei soldi, ma non posso certo portarmela fino in Francia.

Mentre vado a comprare il biglietto aereo per Parigi sono così pallida che l'agente di viaggio che me lo vende mi domanda se sia malata.

« Adorerà Parigi », dice con entusiasmo. Mi chiedo come abbia fatto a non notare il mio accento. Annuisce e la sua acconciatura ad alveare compatta e scintillante resta immobile. Chissà quanta lacca è necessaria, per ottenere un simile risultato. Si accende una sigaretta, mettendo a serio rischio la vita di entrambe. « Oh, sì, certamente. Chi non ama la Città dell'Amore? È impossibile essere infelici in un posto del genere. »

Mi sforzo e le faccio un sorriso vacuo. Gli americani hanno la strana convinzione che Parigi possa risolvere ogni problema. Non cerco mai di convincerli che non è vero: tutti abbiamo bisogno di credere in qualcosa.

Mi domando se papà abbia già letto la mia lettera. A

quanto pare il pensiero che le mie parole siano importanti per lui è ciò di cui ho bisogno io.

Mi procuro l'indirizzo di casa sua senza troppa fatica, ma mi hanno detto che non alloggia qui, al momento. Una sera m'intrufolo dentro per dare un'occhiata, e ci riesco con una certa facilità, trovo i gatti. Hanno preso possesso del cortile, mi siedo tra loro e do da mangiare dal palmo della mano ai più coraggiosi.

Sembra ci sia un custode che se ne prende cura quando la famiglia è assente.

Sono così tanti che sono quasi sicura che non si accorgerà che ne ho rubato uno.

Ho scelto una batuffolina bianca polidattila che mi ricorda una palla di neve: si chiama Minette. Si è sottomessa docilmente alla cattura, senza nemmeno un miagolio.

Le piace salirmi su una spalla e restare lì. Mi fa sentire come una piratessa, e le do da mangiare dei pezzetti di tonno invece dei cracker. Dorme raggomitolata sul cuscino accanto al mio viso.

Le piace anche masticare qualsiasi cosa: vestiti, scarpe, le tapparelle della camera d'albergo. Sono convinta che abbia del sangue di lupo: quand'è in collera, si avventa col corpo esile contro la carne del mio braccio e vi affonda gli artigli. Non ascolta una sola parola di ciò che dico e mi ruba il cibo dal piatto.

È la gatta che merito, e l'adoro per questo.

Non ho la minima intenzione di lasciarla qui. Mi mordicchia le caviglie mentre mi faccio coraggio e pesco l'agenda dalla valigia.

Prendo il telefono e chiedo al centralino di passarmi New York.

Mi tremano le mani. Una parte di me spera che non risponda. Non ho nessun diritto di telefonarle, dopo tanti anni; mi sento così egoista.

Invece risponde. La sua voce è sempre uguale. Comincio a balbettare, lei lancia un grido, poi sento anche la voce di Blue e insieme m'intimano in coro di mettere il mio stretto posteriore su un volo e tornare a casa.

*

HARLEM, NEW YORK, SETTEMBRE 1960

Scendo dal taxi davanti alla villetta. Mi stanno aspettando tutti e due, insieme con una donna corpulenta che indossa un'uniforme da cameriera.

Sembra che gli affari vadano bene.

Faccio appena in tempo ad aprire la portiera prima che Delia mi afferri e mi trascini letteralmente fuori dalla macchina. Mi saluta in francese, ed è meraviglioso sentirlo di nuovo. Non parlo la mia lingua madre da quando ho salutato Javier, e in genere parlavamo spagnolo per metà del tempo. « Delphine! Delphine! »

Mi stringe a sé e affondo il viso nel calore del suo braccio come se fossi ancora una bambina.

Sento le lacrime che mi pungono gli occhi, ma so che non merito tutto questo. « Mi dispiace. »

« Sttt », mi zittisce Delia.

Il senso di colpa è insopportabile. Faccio fatica a respirare, tale è il peso che mi schiaccia. « No, ti prego. So quanto vi ho feriti e voglio solo... vi chiedo scusa, di cuore. Per tutto. »

« Sttt, ho detto, tesoro. Non ce n'è bisogno. »

Blue è alla sua sinistra e ci sorride. È vestito di tutto punto, come sempre, con un abito blu scuro. Sembra non siano invecchiati più di una settimana. La strada è identica a come la ricordo.

Resisto alla voglia di farfugliare, raddrizzo la schiena e lo guardo dritto negli occhi, come mi ha insegnato lui. Gli parlo in inglese. «Ciao, Blue.»

Mi fa un cenno col capo. «Sembra che tu abbia avuto una bella avventura.»

Accenno un sorriso. «Sissignore.»

«Forse avrai imparato che non è facile cavarsela da soli, nella vita.»

«Sissignore. È vero.»

Scuote il capo. «Non sei nemmeno mia figlia, e so che ora hai più di trent'anni, eppure provo la sensazione di doverti sculacciare a dovere per non averci scritto abbastanza spesso. La tua ultima lettera ci ha spaventati a morte, e poi dirci così della fine della tua povera mamma...» Con quel tono sarebbe in grado di sciogliere una stalattite. La sua espressione si è indurita.

Ma non abbasso lo sguardo. Parlo forte e chiaro. «Ho sbagliato a gestire le cose in quel modo. Avrei dovuto dirvi la verità su mia madre quando sono arrivata a New York. Non avrei mai dovuto falsificare le lettere e mentirvi. Mi sentivo responsabile della morte di maman. È stato un suicidio, ma pensavo... pensavo che avreste dato la colpa a me, proprio come ho fatto io. Mi vergognavo tanto. Spero solo che mi concederete la possibilità di guadagnarmi di nuovo la vostra fiducia.»

Annuisce. «Ci vorrà del tempo.»

«Sì, signore. Con l'aiuto di Dio, il tempo ci sarà.»

Mi posa una mano sulla spalla. «Sai quanto volevo bene a tua madre. Però la sua morte non è stata colpa tua, Delphine. Non è mai stata colpa tua.»

Mi asciugo una lacrima. «Sì. Ora lo so.»

Mi abbraccia forte. Delia sta già elencando tutto ciò che ha preparato per la cena di benvenuto: gumbo, crostata di more. Fa scorrere le dita tra i miei capelli lunghi e mi dice che mi stanno benissimo.

Se fossero stati loro i miei genitori, non avrei mai vissuto le mie avventure, non avrei visto L'Avana né avrei provato un desiderio così potente di scrivere.

È davvero molto meglio se non sono i miei genitori.

Le lacrime che inzuppano il tessuto appena inamidato della camicia di Blue mi accusano di essere la bugiarda che ho sepolto tanto tempo fa.

Capisco subito che non posso trattenermi a lungo, o non me ne andrò mai. Qui mi sento troppo al sicuro.

Dormo nella mia vecchia stanza, sopra il ristorante. A Minette piace sedersi alla finestra e lanciare grida disumane ai passanti.

Mentre ero via, Blue e Delia hanno aperto un lavasecco, un altro ristorante e un autolavaggio.

Delia mi ha detto che vuole avviare anche un orfanotrofio per bambini non bianchi.

Hanno un televisore a colori in salotto, una domestica che vive con loro e un'altra ragazza che due volte alla settimana li aiuta a fare qualsiasi cosa sia necessario fare.

Do una mano a Delia in cucina e lei si complimenta per la mia abilità nel pulire il pesce.

Le racconto di maman, di Javier e della barca, delle lettere di Louise, di papà. Le dico tutto con gli occhi fissi, puntati sul ripiano davanti a me.

Lei resta in silenzio a lungo. Gli unici suoni che mi arrivano sono quelli della radio e di un clacson in strada.

« Ha dormito qui, sai. Fidel. Quand'è venuto a New York,

ha dormito proprio a Harlem, coi neri e coi latinoamericani. Dice che è un uomo del popolo.»

«Che strano, dicono tutti così, eppure non cambia mai niente.»

Ridacchia. «Sei rimasta la stessa.»

«No», rispondo soltanto. Non potrei mai essere la stessa. «Ma, per quanto sciocca fossi, credo di aver trovato il modo per arrivare alla conclusione più semplice.»

«E cioè?»

«Meglio non fidarsi mai delle promesse degli altri.»

«Parlando in generale non hai torto, mia cara. Ma dimmi ancora di questo ragazzo, questo Javier. È stato molto importante per te.»

«Non l'ho detto.»

«Non era necessario. Ce l'hai scritto in faccia. Tanti anni passati con lui... ne parli come se fosse la tua famiglia.»

«Io non ho una famiglia.»

Mi lancia un'occhiataccia. «M'insulti in casa mia?»

Arrossisco, piena di vergogna. «Non intendevo questo. Vi voglio molto bene. Voglio bene a Javier e a Louise. Volevo bene a Teddy. Ma non abbiamo legami di sangue.»

S'indigna. «E allora? Pensi che me ne importi qualcosa?»

Strappo le branchie di un altro pesce. «Non è voluto venire con me. L'ho implorato – e non ho mai implorato nessuno –, mi sono strappata il cuore dal petto e lui ha saputo rispondere solo di no.»

«Non puoi prenderla sul personale, Delphine. Ama il suo Paese.»

Per una volta mi piacerebbe che qualcuno mettesse me al primo posto. È un pensiero egoista e sciocco, ma non riesco a mandarlo via. È il mio desiderio segreto fin da quand'ero bambina, e forse non me ne libererò mai. Non lo dico a voce alta, lo ricaccio indietro. «Lo so.»

« E hai avuto risposta alla lettera che hai dato a tuo padre? »

Mi lavo le mani e le stringo forte un braccio. La sua pazienza è commovente. « Ci ho scritto l'indirizzo di maman. Se c'è una risposta, la troverò a Parigi. »

Annuisce, approvando le mie parole. « Devi essere emozionata all'idea di tornare. »

Chiudo le palpebre. Lei mi abbraccia e mi dà un bacio sulla fronte. « Sono tanto orgogliosa di te, Delphine. Sei una ragazza coraggiosa e intelligente. »

« Non ho fatto niente di cui tu debba andare orgogliosa. Sono stata troppo vigliacca per dire apertamente a mio padre chi sono. O chi *penso* di essere. Ci sono giorni in cui non lo so nemmeno », borbotto.

« Sei cresciuta. »

« Sì, certo. Ma cos'ho realizzato, in fondo? »

« Ora cammini a testa alta, e non è poco. E poi hai scritto tre libri. »

« Che non ho il coraggio di far leggere a nessuno! Mia madre ha sempre detto che mi avrebbe voluta più coraggiosa di lei. »

Mi guarda seria. « Ascolta, Joseph ha un contatto con Random House, è un cliente del ristorante. Se te la senti, potremmo fartelo incontrare. »

Per poco la mia mandibola non tocca il pavimento. « Cosa?! »

« Se vuoi farlo sul serio. »

« Non... non sono mai stata più seria in vita mia. È ciò che ho sempre desiderato. »

« Be', allora dammi un manoscritto – per iniziare direi che uno basta, quello che ritieni sia il più forte – e glielo farò recapitare in ufficio. »

Sto per mettermi a piangere. « Faresti questo per me? »

« Non posso assicurarti nulla, però », mi avvisa.

Le getto le braccia al collo. « Non merito due persone come voi. »

« Siamo a tua disposizione, se hai bisogno di noi. Non devi continuare a mostrarti sorpresa, sarà così per sempre », risponde con semplicità.

Al diavolo « ti amo ». Questa è forse la frase più bella che mi abbiano mai detto.

« Grazie, Delia. »

Scelgo il mio primo amore: *La casa del puro rimpianto*. A parte il fatto che è quello più rifinito, c'è qualcosa dentro di me che mi suggerisce di mandare questo.

Se decideranno di disprezzarlo, mi sentirò come se qualcuno mi dicesse che il bambino che ho appena dato alla luce è brutto. Ma è un rischio che devo correre, ed è arrivato il momento di tirar fuori il coraggio.

Passano tre settimane senza risposta da parte dell'editor, e per tutto il tempo non riesco neanche a ragionare. Adesso ho *due* cose da attendere e per le quali sentirmi male. Forse a Parigi c'è una lettera di mio padre che mi aspetta, forse no. So che è così, però non riesco a fermare il tremito delle mani.

Cerco di aiutare al ristorante, ma prendo male le ordinazioni e alla fine Blue mi dà dei soldi – come se fossi ancora un'adolescente – e mi dice di andare a vedere un film.

« Non hai motivo di preoccuparti. Ti dirà quello che c'è da dire. Ora esci di qui prima di scavare un buco nel mio pavimento. »

Così esco. Cammino, percorrendo chilometri e chilometri, come facevo con Javier. Solo che adesso sono sola.

A quanto pare è questo lo stato naturale delle cose.

Mi fermo per prendere un hot dog da un venditore ambulante. È disgustoso, ma per qualche strano motivo mi dà soddisfazione.

In questa città mi sembra di vedere Teddy ovunque. Vedo i suoi scintillanti occhi castani, i suoi riccioli ossigenati che non si afflosciavano mai. La vedo sbattere le palpebre per ottenere ciò che vuole, noto la ferrea determinazione di realizzare i suoi sogni che spesso era ben nascosta dietro una finta timidezza. Aveva grinta. Forse non se n'è mai accorto nessun altro, ma io sì.

Mi chiedo dove l'abbiano seppellita. Mi sono appena resa conto di non saperlo.

Quando sono partita da New York, stavano cercando di contattare la madre. Al pensiero di non poter nemmeno andare a portare dei fiori sulla sua tomba la mia ferita si riapre, e devo smettere di camminare per sedermi su una panchina. Osservo i bambini che corrono senza ascoltare la tata che li richiama a sé.

Teddy non c'è più da tanto tempo, ma oggi mi sembra quasi che sia seduta vicino a me, a fumare una sigaretta.

Sento anche le sue proteste: *Theodora... che razza di nome è? Non va bene per un'attrice. No, non va bene per niente. Non ti sembra di vedermi nei campi coi secchi del latte in mano?*

Mi passa per la testa un pensiero rapido e pericoloso: potrei andare a cercare Harlan e dare fuoco a qualcos'altro che gli appartenga. Non consento che metta radici dentro di me. Mi tengo alla larga dall'Upper East Side e nascondo il viso sotto la tesa del cappello.

Non so se mi stiano ancora cercando, se mai l'hanno fatto.

Non mi sono mai pentita dell'incendio.

Faccio in modo di rientrare a casa prima di sera. Mi sento troppo male per farmi vedere a cena, così vado dritta nella mia stanza.

Non so cosa farò, se la pubblicazione del libro non andrà

a buon fine. Non so cos'altro potrei fare nella vita, se non la scrittrice. L'unico elemento positivo dell'essere quasi del tutto inutili è che si sa con assoluta precisione cosa *si sa* fare, e ci si può dedicare a questo anima e corpo.

Pregherei, se mi restasse ancora un briciolo di credibilità.

Così salgo nella camera sopra il ristorante, dove Minette mi accoglie strusciandosi contro le mie gambe e mi concede di grattarle la pancia per ben dieci secondi.

M'inginocchio e resto più immobile che posso. Faccio due respiri profondi.

*L'equità non esiste,* ricordo a me stessa. *Non c'è giustizia al mondo, e forse, in fin dei conti, dovresti esserne felice. Non c'è nulla che tu possa fare per influenzare il risultato. La collera, la paura, le trattative non servono a nulla. C'è solo l'accettazione. Lo sai, ce l'hai scritto nel sangue, l'hai imparato tante volte.*

Mi prendo il viso tra le mani.

*Ah, però... ti prego.*

*Ti prego.*

*Ti prego, solo per questa volta, fa' che tocchi a me.*

*Fa' che sia il mio momento.*

Quella sera, mentre aiuto Delia a preparare la cena, suona il telefono.

Sono seduta davanti a lui con indosso il mio migliore abito da giorno, i capelli raccolti in un'acconciatura elegante e legati sotto uno dei cappellini di Delia, in modo che non si noti che li ho lasciati crescere come una rivoluzionaria.

Ho le mani giunte sulle gambe, prive del minimo tremore, mentre le caviglie, dal canto loro, ballano in modo incontrollabile ma sono ben nascoste sotto la scrivania. Bertrand Mullins ha quarantotto anni e una triste chiazza di capelli sale e pepe ancora aggrappata dietro la testa; per il resto, è completamente calvo. Porta degli occhiali enormi sugli occhi azzurri e acquosi e un abito che gli cade malissimo ed è stirato solo per metà. Dà l'idea di non dormire abbastanza.

E in questo momento ha la mia vita tra le mani.

Beve un sorso di caffè, senza fretta. « Allora, Miss Auber, ho ricevuto il suo manoscritto e ho delle considerazioni. »

Sembra che stiamo andando dritti al punto. « Mi dica. » Cerco di mantenere un tono neutro.

« Prima di tutto, da dove ha tratto l'ispirazione per il romanzo? »

Oh, no, non ci posso credere. È addirittura *peggio* della domanda « di cosa parla? » Non pensavo fosse possibile.

M'incollo un sorriso in volto. « Volevo scrivere un romanzo di formazione incentrato su una protagonista femminile. Il resto, in un certo senso, ha preso forma da solo. »

« La protagonista viene dal Belgio, e alla fine arriva all'Avana. Come mai ha scelto queste ambientazioni? »

Mi costringo a non distogliere lo sguardo. Quanto vorrei che Javier fosse qui. « Non ho mai vissuto in Belgio, ma all'Avana sì, per molto tempo. »

« Però lei è francese, giusto? »

« Sì. Ma sono in grado di scrivere in inglese senza problemi, come può vedere, e potrei farlo anche in spagnolo, se dovesse servire. Ho studiato Lettere all'università dell'Avana. »

Ha un'aria davvero torva, tanto che immagino stia per darmi un rifiuto. Abbasso lo sguardo sull'orribile moquette di tweed. Me lo aspettavo, ma provo comunque la sensazione che mi stiano smembrando.

« Mi è piaciuto », dichiara, e devo aggrapparmi alla sedia per non mettermi a saltare di gioia. « Anche se ha bisogno di alcune limature, mi è piaciuto immensamente. Non so dire a quale pubblico si rivolga, e l'avviso: è probabile che sia un pubblico di nicchia, ma... »

Lo guardo negli occhi. Se anche mi dessero mezzo dollaro, non me ne importerebbe niente. Ho quasi voglia di baciarlo. « Sta dicendo che lo pubblicherete? »

Alla fine si lascia andare a un sorriso beffardo. « È proprio quello che sto dicendo, sì. »

« Oh, *grazie*. »

Sta succedendo. Sta succedendo davvero. Non ho mai pensato... non ci ho mai creduto, fino a questo momento. Ho un sorriso che va da un orecchio all'altro.

« Be', sì, ma deve ringraziare se stessa: è stata lei a scriverlo. Mi ha ricordato *Un albero cresce a Brooklyn*. Louise, la protagonista, ha un bel po' di fegato. Mi ha fatto ridere a crepapelle e al tempo stesso mi ha fatto venire una gran voglia di strozzarla. Ha molto talento, Miss Auber, davvero un talento eccezionale. »

Comincio a singhiozzare. Non esiste complimento migliore per me.

Sono una donna adulta, oggi è il giorno più importante della mia vita e sto piangendo come una maledetta stupida.

Eppure la mia coppa trabocca dopo una vita intera di siccità, vera o immaginaria, e non potrei smettere nemmeno se lo volessi.

Sono stata vista.

Sono stata ascoltata.

*Esisto.*

Lui sembra in imbarazzo, ma non dice nulla nell'attesa che la marea si abbassi.

Mi tampono gli occhi con dei fazzolettini presi dalla borsa. « Mi scusi », dico con un filo di voce. Quante donne hanno un'occasione del genere? Meglio per me se mi ricompongo, prima di far vergognare tutte le esponenti del mio sesso.

Accenna un sorriso. « Si figuri. Prima di diventare editor sono stato un corrispondente di guerra, sa. Ho visto uomini adulti svenire. In ogni caso, Miss Auber, ci sono alcuni dettagli da discutere. La mia segretaria, Ruth, le darà il contratto quando uscirà di qui, se desidera farlo leggere al suo legale. »

Raddrizzo la schiena e mi schiarisco la gola. « Sì, certo. »

Il resto è un vortice indistinto. Mi chiede se ho altri romanzi e rispondo di sì. Dice che vorrebbe vederli, ma non può promettermi nulla. Il contratto riguarda soltanto *La casa del puro rimpianto.*

Sono vincolata per un solo romanzo e farà il possibile con la campagna pubblicitaria, ma... continuerò a scrivere in inglese? Bene, bene. Dovrei trovarmi un agente, e lui può fornirmi un elenco di nomi.

« Domande? »

« No, signore, però avrei una richiesta. »

« Sì? »

« Speravo di pubblicare il libro nell'anonimato. »

Mi guarda come se gli avessi chiesto di correre nuda per le vie di New York.

« Sperava cosa? »

« Vorrei che il libro uscisse senza che nessuno sappia chi sono. Forse potrei usare uno pseudonimo, come hanno fatto anche molte altre donne. Ma non voglio che vengano diffuse foto mie o che siano rese disponibili al pubblico informazioni su di me. »

Lo sguardo stupefatto resta dipinto sul suo volto; l'unica cosa che fa è protendersi appena in avanti. « Miss Auber, perché mai? Perché rifiutare il prestigio? »

Comprendo la sua perplessità. Quando ho intrapreso questa strada, desideravo solo ottenere consenso e notorietà. Adesso vorrei che le parole se la cavassero da sole, pure come il canto di usignolo. O la va o la spacca, basta che lo facciano senza avere me tra i piedi.

Cerco di mostrarmi sicura. «Credo sia meglio così. Non voglio che qualcosa confonda le acque. Nella mia esperienza, la gente non riesce proprio a evitarlo.»

Si gratta il mento. «Non sono certo che si possa. Dovrei chiedere.»

«Per favore, lo faccia.»

«Joseph mi aveva detto che lei non è una persona convenzionale, ma non mi aspettavo una cosa del genere.»

Arrossisco. Non voglio che pensi che sono difficile, rischiando di fargli cambiare idea. «Le assicuro che sarò un'ottima autrice. Rispetterò le scadenze, lavorerò più sodo di tutti, glielo giuro.»

Si passa una mano sulla testa lucida. «Miss Auber...»

«Delphine, la prego.»

Guarda il fascio di fogli sulla scrivania. «Non riesco proprio a capire questa scelta.»

In un attimo decido di mettermi a nudo di fronte a questo sconosciuto che mi sta offrendo la salvezza. «Un tempo mi vergognavo, sempre, in ogni istante. Perché sono una donna, perché sono una figlia bastarda e perché mia madre era... tante cose. Volevo ammirazione, rispetto, qualcosa per dimostrare che la mia vita non era soltanto un triste incidente. Ho inseguito una persona...» M'interrompo e stringo le mani forte tra loro per recuperare un contegno. «Non ho un nome familiare importante, anzi, non ho nemmeno una famiglia vera e propria, nel senso tradizionale del termine. Non sono bella, né particolarmente affascinante. Ho sempre avuto solo la mia testardaggine e il mio talento. Scrivere mi è servito per tirarmi fuori dall'inferno. Quindi ora sono orgogliosa di esserci riuscita, ed è qualcosa che nessuno potrà mai portarmi via. Anche se sarò l'unica a saperlo, per me è abbastanza.»

Si alza, e per un attimo provo il terrore più assoluto che voglia buttarmi fuori, in strada, per chiedere alla prima ragazza con un sogno nel cassetto di entrare e prendere il mio posto. Una ragazza più docile e meno esigente.

Invece mi tende la mano e sorride. «Benvenuta nella famiglia di Random House, Delphine.»

Mi alzo a mia volta e la stringo. Credo di non essere mai stata tanto orgogliosa di me. Vorrei tanto che mia madre fosse qui.

«Grazie.»

Resto da Blue e Delia per qualche altra settimana. Per festeggiare il contratto mi portano a downtown, in un ristorante in cui adesso possono entrare, e dove ignoriamo con gran cura gli sguardi indignati degli altri clienti.

Con la coda dell'occhio vedo un tavolo vuoto in fondo alla sala. Per un attimo non mi sembra più vuoto: c'è Teddy, che solleva una coppa di champagne e mi strizza l'occhio con aria sfacciata.

*Ben fatto, Delphine. Ho sempre saputo che quella intelligente eri tu. Magari ne trarranno un film! Una grande produzione hollywoodiana. Sarebbe davvero perfetto.*

*Tu sarai la voce, io la star.*

Incontro l'agente che ho scelto, l'unica donna dell'elenco che mi ha fornito Mr Mullins, un'immigrata tedesca di nome Irma Wagner.

Dopo due appuntamenti con l'editor, il contratto per un unico libro si trasforma in un contratto per tre. Tutti e tre i romanzi verranno pubblicati. Posso usare il mio nome oppure no, sono libera di scegliere. Le piace la mia idea di usare il mio secondo nome come *nom de plume*.

Piango anche davanti a lei, che mi accarezza la testa e mi fa promettere di venire a New York quattro volte all'anno per incontrarla.

Non appena rientro a casa dopo la riunione, scrivo una lettera a Javier per raccontargli tutto ciò che è successo. Ho un sorriso a trentasei denti al solo pensiero di come si metterà a ballare quando lo saprà. Si pavoneggerà come se fosse un suo personale successo. Mira! *Sapevo di averti tenuta in vita per un buon motivo.*

L'ultima sera sono seduta in salotto con Blue e Delia a bere limonata ascoltando la radio.

« Ci mancherai tanto, tesoro. Sono felice che il tuo lavoro ti riporterà qui presto », dice Delia asciugandosi gli occhi.

« Anch'io », rispondo, e sono sincera.

Blue ha il sorriso beffardo di un gatto che ha appena mangiato un canarino. « Sono davvero orgoglioso di te. »

« Non ce l'avrei mai fatta senza di voi. »

Scrolla le spalle. « Sei sicura di non volerlo firmare col tuo nome? » mi chiede Delia per la centesima volta.

« Violette è il mio secondo nome. »

Schiocca la lingua. « Sai benissimo cosa intendo. »

Blue alza gli occhi al cielo. « Delia, non ricominciare a tormentarla. »

« Be', scusa tanto, però devo farlo. Siamo nel 1960. È tempo che le donne si prendano i loro meriti. Negli ultimi tempi ho cercato di far iscrivere alle liste elettorali molte più persone della comunità e non ho potuto fare a meno di pensare... Delphine, non ho conosciuto tua madre di persona, ma essendo una suffragetta so che avrebbe desiderato che sulle tue opere ci fosse il tuo nome completo. Vorrebbe che fossi orgogliosa di ciò che fai. »

« È il suo romanzo, non il tuo e nemmeno quello di sua madre. Lasciala in pace », dichiara Blue in un tono che non ammette repliche.

Delia sbuffa. « Be', e che farai col secondo? E con quello dopo? »

« Non lo so, Delia. »

Invece lo so, ma non penso che cambierò idea.

Esito prima di spiegarle il motivo che credo possa comprendere. Sento di doverle almeno questo. « Non voglio che la gente parli di me. Mi fa pensare a quand'ero piccola, che mi trattavano male e mi prendevano in giro. Venivo imitata, ero incompresa, tutti pensavano di sapere chi fossi e non si preoccupavano nemmeno di scambiare due parole con me. La gente decide di sapere tutto di te con una sola occhiata, e non voglio più espormi a niente del genere », ammetto.

Delia mi accarezza una mano. « Hai avuto il vento contrario per così tanto tempo che quando invece soffia in tuo favore non riesci a fidarti. Tesoro, tutto nella vita ha un prezzo, proprio tutto, anche le cose belle. Tu puoi solo decidere per quali vale la pena pagare. »

✸

PARIGI, FRANCIA, OTTOBRE 1960

Finalmente a casa.

Il mio arrivo non viene acclamato. È evidente che Parigi non ha notato la mia assenza, ma è proprio questa sua irriverenza che io amo. È come una danza eterna; cosa le importa se una ragazzina sgraziata esce dalla fila e poi vi rientra?

Sono felice di essere a casa, però non è una felicità semplice. Non è una felicità senza un prezzo.

C'è solo un posto in cui posso andare. Anche se sono sfinita dal volo, prendo un taxi e mi faccio portare subito a Sainte Geneviève, dalla mia amorevole, imprescindibile madrina: Louise.

Le ho scritto qualche settimana prima di lasciare Cuba, ma non ho avuto risposta.

Anche se ho giurato mille volte che non sarei mai tornata qui, ora sto andando da lei come un peccatore riportato in vita nel Giorno del Giudizio.

Deve essere bello per lei scoprire di aver sempre ragione, alla fine.

Entro nella fresca oscurità della chiesa proprio mentre la messa di mezzogiorno sta finendo. Il fatto di non prendere fuoco all'istante mi sembra un buon segno.

Forse Dio non ha voglia di dare spettacolo.

Percorro la lunga navata, supero l'altare e vado verso il fondo della chiesa. La riconosco perfino di spalle e con addosso la veste. È come se l'aria, intorno a lei, fosse diversa; ogni cosa è più calda di qualche grado.

Sta chiacchierando con una ragazza con le guance rosee, che avrà sedici anni. Per un attimo la fisso. Dio, quanto è *giovane*. Ero così giovane anch'io, quando pensavo di essere più furba di tutti, quando credevo di essere andata ormai troppo in là per potermi salvare?

Mi sembra ridicolo avere avuto tante certezze allora e così poche adesso.

La ragazza se ne va, e ha una sicurezza nel passo che non penso di aver mai avuto.

È in quel momento che Louise mi nota. Ha delle rughe sul viso che non ricordavo, ma i suoi grandi occhi verdi si spalancano e le sue braccia si allargano ancora di più. Una piccola ciocca di capelli biondi che si stanno ingrigendo spunta da sotto il velo.

È facile abbandonarmi al suo abbraccio, e la sento mormorare una preghiera tra i miei capelli.

« Grazie a Dio. Non ho più ricevuto tue notizie dopo che mi hai scritto che la situazione all'Avana stava peggiorando. Avevo tanta paura per te. Ringrazio il Signore misericordioso che ti ha riportata a casa », dice soltanto.

« Ringraziamo la Pan Am e Fidel Castro. È tutto merito loro », ribatto, ironica.

Mi stacca da sé e mi sorride con quella sua espressione birichina che sembra così strana in una suora. « Delphine... guardati, sei diventata una donna. »

Per fortuna. Mi sento una donna: ho sempre così tante cose da fare che avrei voglia di dormire per mille anni.

« Speravo che potessi accompagnarmi a casa. »

Sembra sorpresa. « Adesso? »

« Prima che perda il coraggio di farlo. »

« Be'... se ti senti pronta. Ho tenuto la casa pulita, però ha bisogno di un po' di manutenzione. Se solo mi avessi dato un po' più di preavviso del tuo ritorno... »

L'abbraccio di nuovo. Mi è mancata più di quanto non mi sia concessa di ammettere. « Hai fatto fin troppo. Grazie. »

Le si riempiono gli occhi di lacrime e mi rendo conto di come la mia partenza sia stata un vero lutto per lei. Nelle lettere non mi rimproverava tanto per fare; sentiva la mia mancanza ed era terrorizzata perché ero una ragazzina sciocca e testarda dall'altra parte del mondo. Soffriva per la morte di maman e per la mia assenza, però mai una sola volta se ne è lamentata con me.

È una donna migliore di quanto io non possa essere.

Una volta uscite, chiamiamo un taxi anche se casa mia sarebbe raggiungibile a piedi.

Louise mi guarda con la coda dell'occhio mentre abbraccio il trasportino di Minette che tengo sulle gambe. « Sei sicura? Puoi dormire da noi sorelle, stanotte, oppure in hotel. Non è necessario che tu lo faccia subito», mi dice piano.

Guardo fuori dal finestrino. Vedo nuovi complessi residenziali in costruzione. Un negozio di dolci che ricordo dall'infanzia ha le porte e le finestre sbarrate. Scorgo un gruppo di donne con indosso abiti a fiori corti e senza maniche, stivali bianchi e alti ai piedi, e sorrido al pensiero che anche qui ci sono giovani che non intendono piegarsi alle convenzioni sociali.

Forse l'anno prossimo, di questi tempi, pranzerò con Simone de Beauvoir. Maman ne sarebbe entusiasta. Questo pensiero è una bella distrazione.

Ma il viaggio termina fin troppo in fretta.

Il palazzo è un po' malridotto, ma per il resto è identico a come lo ricordo. Mi domando se ci abiti ancora qualcuno che conoscevo da bambina, se si siano trasferiti tutti, o magari sono morti. Scopro che sto sperando di trovare un viso familiare.

Saliamo le scale fino all'ultimo piano, e più ci avviciniamo più mi percepisco pesante. Oggi sono di nuovo Sisifo, e il masso sta per schiacciarmi una volta per tutte. Sento una risatina folle e mi accorgo che proviene da me.

Louise mi guarda preoccupata. «Delphine...»

«Sto bene.»

È una bugia e lei lo sa, però non insiste. Non c'è modo di semplificare le cose.

Alla fine arriviamo in cima. La vernice della porta è rovinata, viene via a scaglie, ma posso sistemarla.

La maniglia deve essere sostituita. Posso sistemare anche quella.

Quando Louise mi dà la chiave e la faccio girare nella serratura, sento il gemito dei cardini poco usati e mi arriva una zaffata d'aria viziata.

Non è un problema. Posso aprire le finestre.

Entriamo e poso a terra il trasportino di Minette e la valigia prima di accendere la luce.

Anche la carta da parati va cambiata: ha un'aria unta, come se avesse visto bruciare troppe cene.

La cucina andrà rimodernata. Sfioro i piani di lavoro con le dita e osservo il linoleum appiccicoso sotto i piedi.

Nel salotto c'è ancora il vecchio giradischi, e mi sembra di sentirlo suonare una melodia spettrale.

*There's a somebody I'm longin' to see*
*I hope that he turns out to be*
*Someone who'll watch over me.**

Non ho la minima intenzione di andare nella camera da letto di maman o nella mia, non oggi almeno.

C'è un solo posto dove voglio andare.

Mentre cammino nel corridoio, mi aspetto... qualcosa. Qualcosa di più.

Una sorta di evento.

Mi sembra così strano che andare verso il balcone dov'è morta mia madre risulti essere un gesto tanto ordinario.

Apro la portafinestra, esco e provo il desiderio di essere altrove. Ho nostalgia della casa all'Avana, del piccolo giardino, della libertà del mare aperto, delle storielle volgari di mio padre gridate in un bar affollato.

Ma soprattutto mi manca Javier, e spero sappia che sto leggendo tutte le notizie che riesco a trovare e prego che sia sano e salvo.

Non riesco a credere di aver rimpianto Parigi al punto di

* Ella Fitzgerald, *Someone to Watch Over Me.* (*N.d.T.*)

averla definita Eden, il posto perfetto. Non voglio dover affrontare un inverno freddo e un'estate grigia e piovosa. Non voglio più stare qui. Vorrei essere ovunque, ma non qui, nel luogo in cui è iniziata la mia vita, alle radici della mia vergogna.

Louise esce e si ferma accanto a me.

È qui che ci ha trovate tutte e due, una vita fa. In questo punto preciso. Non riesco a guardarla negli occhi.

« Pensavo di trovarla qui. Non per davvero, è ovvio. Però pensavo che l'avrei sentita... una presenza vivente, reale. Invece non c'è. Non è come un genio della lampada delle storie che mi leggeva, non è rimasta nei suoi vecchi oggetti. È morta e basta », mormoro disperata.

Louise mi prende il viso tra le mani e mi asciuga le lacrime.

« Lei non è nelle sue cose o in questo luogo. È dentro di *te*. Sua è la voce che ti dice di essere indomita, come lo era lei, ma più forte e più saggia. Suo è il sussurro che ti consiglia di afferrare al volo ogni occasione di essere felice, e ti dice che lei ti amerà sempre. Tua madre è sempre stata tanto orgogliosa di te. Sii orgogliosa di te stessa, Delphine. »

L'antico senso di colpa torna a galla dalle profondità dell'anima, mi stacco da lei, chinandomi in avanti, e mi aggrappo alla ringhiera. « Come posso essere orgogliosa di chi sono adesso, dopo ciò che sono stata in passato? »

« La ragazza che eri un tempo ti ha tenuta in vita abbastanza a lungo da permetterti di diventare la donna che sei ora. Non dimenticarlo mai. Adesso lasciala andare, Delphine. È morta da tanto tempo. Lascia che quella ragazzina vada a cercare tua madre e riposi in pace al suo fianco », mi dice Louise con fermezza.

La mattina dopo trovo una lettera per me tra la posta che Louise ha raccolto e messo sul tavolo della cucina.

*Delphine,*

*questa lettera ti raggiungerà a Parigi, e spero ti dia un caloroso benvenuto. Non sono molto bravo a scrivere, quindi perdonami se non so cosa dire. Ho sempre avuto voti pessimi nelle composizioni, tranne all'università, dov'eri tu a scrivere per me.*

*Non siamo tutti artisti della parola come te,* flaca.

*Congratulazioni per il libro, sapevo che ce l'avresti fatta.*

*Qui la situazione è complicata. Mio padre è sotto inchiesta. Non voglio dire altro, anche se spero che sarai solo tu a leggermi.*

*Ho ancora delle persone che possono farti arrivare le mie lettere, quindi sappi che avrai mie notizie e non osare anche solo pensare di tornare qui. T'inviterò io stesso non appena sarà di nuovo sicuro. Nel frattempo, non dimenticare lo spagnolo, dopo tutta la fatica che ho fatto per insegnartelo.*

*So che per te deve essere dura in questo momento, ma quando ti sarai sistemata le cose andranno meglio. Non essere così di malumore.*

*E ricordati di uscire di casa.*

*Come sta papà Hemingway? Ha risposto alla tua lettera? Sarebbe uno stupido a non farlo.*

*Raccontami, che progetti ha il tuo editore?*

*Il tuo amico per sempre,*

*Javier*

Me la porto alle labbra e bacio la carta. Sta bene. Grazie a Dio sta bene. Posso sopportare qualsiasi cosa, se lui è al sicuro.

Controllo l'altra posta, ma non c'è nulla da parte di mio padre. Con un leggero rantolo mi accascio su una sedia.

Devo lasciarlo stare, so che è così. Il silenzio mi ha già risposto.

Non vuole riconoscermi.

E forse è giusto così.

Sono una donna adulta, non ho bisogno di una madre né di un padre.

Forse sono abbastanza forte da sopportare questo esito così prevedibile.

Domani ragionerò su tutto.

Stasera, però, voglio distendermi sul balcone e chiedere alle luci un mondo che non infranga ogni giorno i sogni delle bambine.

# 17

## *Papà*

PARIGI, FRANCIA, MAGGIO 1961

Sto facendo dipingere le pareti dell'appartamento di un giallo chiarissimo, color burro, e farò cambiare anche il lampadario con uno che ha lampadine più potenti. Ho già fatto sostituire le finestre con dei vetri di Murano così cari che dovrei vergognarmene, ma è il modo migliore che mi è venuto in mente per usare l'assegno del primo anticipo. Voglio catturare la luce del sole e vederla riempire il mio mondo. Voglio scacciare i fantasmi e le ragnatele che si annidano negli angoli. Userò la grande camera da letto di maman, mentre la mia diventerà la biblioteca.

Ho ordinato delle librerie personalizzate a forma di albero di ceiba.

Louise dice che ho già un numero sufficiente di scaffali nello studio e io le rispondo che i libri non bastano mai.

Minette ha un angolino tutto suo in soggiorno, con una cuccia bordeaux imbottita di piume d'oca. Ha già cominciato a bucherellarla coi denti. Voglio viziarla a morte.

Ho deciso che devo essere felice qui, in questa casa che appartiene alla mia famiglia da generazioni ma ha visto pochissimi istanti di preziosa gioia. Chissà se troverò mai un marito che mi stia accanto, o se avrò dei bambini i cui piedini rotondi passeggeranno su e giù per le stanze?

Non ne ho idea.

Ma ci sarà gioia.

Oggi, in particolare, la gioia c'è.

È arrivato il mio libro. Il *mio* libro, che vivrà più a lungo di qualsiasi bambino.

Il pacco mi aspetta sulla soglia quando torno a casa dal mercato. Appena lo vedo, capisco.

Ho lavorato sulle correzioni di persona, attraverso il mio editore francese, però questa è la prima volta che vedo il prodotto finito. La versione inglese uscirà il mese prossimo, poi toccherà a quelle tradotte: in francese, naturalmente, poi in spagnolo, italiano, tedesco e russo, almeno per ora; Random House sostiene che ce ne saranno altre.

Sono sorpresa che non mi tremino le mani mentre lo apro, ma nei recessi della mia mente so che questo è un momento che ricorderò per il resto della vita. Mi metto in posa come una ballerina, e mentre la busta cade vedo una copertina blu pavone con impressi caratteri dorati che dichiarano al mondo che *La casa del puro rimpianto* è un romanzo. Un romanzo vero.

Lo sfioro con le dita. Osservo i contrasti nell'aspetto: le lettere ruvide, il resto del volume liscio. Lo porto davanti al viso e inspiro a fondo, adorando il profumo delle pagine.

So che sto piangendo ma sono anche in estasi, sento una risata scuotere potente il mio corpo come il rintocco di una campana.

Un giorno, molto presto, arriveranno i critici, informati e disinformati, che si contenderanno l'occasione di fare a pezzi questo romanzo. Lo so.

Ma non me ne frega niente.

Perché oggi non esiste la paura. Non esiste il dubbio. Non esiste la vergogna.

Oggi vinco io. Oggi nasco per una seconda volta.

✸

Alla fine è Louise ad avvisarmi della sua morte. Arriva a casa mia così presto che mi trova in camicia da notte, coi bigodini in testa, mentre mi sto ancora domandando se sia il caso di alzarmi dal letto o no.

Entra usando la chiave invece di bussare e mi desta dal sonno leggero con delicatezza. Si presenta vestita come una donna qualsiasi, non come una suora, coi capelli biondi e grigi davanti al viso. « Svegliati, piccola. »

Mi metto seduta, sbattendo le palpebre, e lei mi prende il viso tra le mani lisce.

« È tornato dal Padre Eterno. Volevo che lo sapessi da me, non dai giornali. Mi dispiace tanto, Delphine, è morto », dice a bassa voce.

Non dice chi, perché non è necessario. Le lacrime arrivano subito, scendono dai miei occhi spalancati attraverso le fessure tra le sue dita. Lo accetto senza discutere. In qualche modo, lo so.

« Come? »

Sembra che non abbia nessuna voglia di dirmelo. La voce le diventa più profonda. « I giornali dicono che è stato un incidente, ma... ho saputo da una fonte affidabile che si è sparato. »

Chiudo le palpebre. Rapida come un fulmine l'immagine mi passa davanti agli occhi senza darmi il tempo di costringermi a non vederla. Vedo il sangue, sono sicura che era ovunque. Proprio come quello di maman.

Sento il mio corpo andare in avanti; lei mi stringe così per un po', e restiamo entrambe in silenzio.

Poi però scivolo via dall'abbraccio e mi schiarisco la gola. « Grazie per avermelo detto. Vuoi del caffè? »

Cammino nel corridoio, diretta in cucina, e lei mi segue, agitata.

«Dovremmo parlarne.»

Sento una risata folle risalirmi in gola. «Perché? Possiamo forse riportarlo in vita? Possiamo riportare in vita mia madre?»

«Allora dovremmo pregare.»

Non riesco a evitare il tono sprezzante: «Perché invece *questo* serve moltissimo».

Mi conosce troppo bene per insistere quando sono così in collera. Mi lascia preparare due tazze di caffè in silenzio. Ma, prendendo la sua, m'inchioda con quel suo sguardo da civetta. «Ti ho detto ciò che sai a proposito della tua origine tanti anni fa proprio per evitarti questo dolore. Non volevo vederti aggrappata a un fantasma.»

Lui però *non* era un fantasma. Sono sicura di averlo conosciuto, e per me lui era reale.

Mi porto una mano sulla fronte.

So che ha a cuore il mio bene, davvero, ma non ho bisogno della sua protezione materna. La mia pelle si è trasformata da smalto ad acciaio.

So già, anche se sto singhiozzando in silenzio, che ce la farò anche stavolta.

A volerla vedere da un punto di vista puramente pratico, per me non è cambiato nulla. Lui non è mai stato mio. L'ho avuto come si può possedere il canto degli uccelli tra gli alberi.

Ho la mia vita e tante aspettative. Inoltre ho affrontato molto di peggio.

Quindi, alla fine, starò bene.

Ma non oggi.

Non sono mai stata al camposanto.

Non ero andata al suo funerale. Louise c'era, però hanno seppellito maman senza di me. Non ero in grado di alzarmi dal letto ed ero anche convinta che, se mi fossi presentata, lei sarebbe volata fuori dalla tomba, sventolando il sudario, accusandomi di averla assassinata.

Mentre entro nel cimitero all'alba, ho la netta sensazione che lei mi stia guardando.

M'inginocchio davanti alla sua lapide e vi deposito il girasole, uno solo, che ho portato con me. « *Bonjour, maman.* »

Un merlo mi risponde, non lei.

Deglutisco. « Sono venuta a dirti che è morto. Hemingway. Papà. »

Provo uno strano senso di torpore nel dirglielo. Dopotutto è morta da più di quindici anni. Forse per lei queste sciocchezze non contano più nulla, almeno spero.

« Gli ho scritto una lettera, dicendogli ciò che tu hai detto a me e quello che ti è successo. Gli ho spiegato come ho fatto a trovarlo. Ma non so se l'abbia letta o no. Immagino che non lo saprò mai, a questo punto. »

Inspiro a fondo. Devo accettare l'ovvia, eppure al tempo stesso sconvolgente, realtà: non potrà mai più rispondere.

« Sai, ho difeso le tue poesie con lui. E si ricordava di te, di quanto fossi radiosa. Non credo sia mai stato capace di amare una donna... non l'ha fatto solo con te. So che hai sempre pensato di non essere abbastanza per lui, ma non penso che il problema fosse lì. Era molto facile amarti. Davvero.

« Volevo dirti che ho pubblicato tre romanzi, e stanno andando benissimo. Sono una donna ricca, a tutti gli effetti, e ultimamente ho deciso che forse è possibile addirittura che qualcuno mi voglia bene senza che sia uno spreco. Non inseguirò questo sogno, non fuggirò nemmeno. Sono speranzosa. Per tante cose. Ho fatto più strada di quanto non credessi possibile. Penso di voler vedere fin dove mi porterà la corrente: non ho più paura delle tempeste, perché ho imparato a navigare. Credo che saresti orgogliosa di me.

« Anche le donne possono votare, adesso. So che avresti voluto saperlo. Io vado a votare a tutte le elezioni. A tutte, maman. E ho sistemato la casa, assumendo un professionista, ho fatto le cose per bene. È bellissima. Ho una gatta, Minette, e sto pensando di prendere un altro gatto. »

Poso la mano sulla pietra liscia. In una vita più misericordiosa, svanirebbe al mio tocco, maman si alzerebbe dalla tomba, rinfrancata come se avesse appena fatto un pisolino pomeridiano, mi prenderebbe per mano e mi accompagnerebbe in qualche folle avventura. *Sistemati i capelli, Delphine, non siamo mica in una fattoria. Devo vivere qui, sai. Oh, guarda, c'è Remy. Eravamo amici! Vieni, vediamo se ci compra un gelato.*

Ma in questa vita non succede.

Bacio la lapide. Mi vedo seduta ai suoi piedi mentre mi racconta aneddoti di quand'era giovane e il suo mondo era pieno di luce. Sento la sua voce che canta, limpida come sempre.

*No one here can love or understand me*
*What hard luck stories they all hand me*
*Pack up all my cares and woe, here I go, winging low*
*Bye, bye, blackbird.**

Il dolore mi passa addosso, e non lo contrasto. Lascio che mi spinga nelle sue profondità e sento dei respiri brevissimi, ansanti, uscire dal corpo.

« Oh, maman. *Tu me manques*. Quanto vorrei che ci fosse

* Chet Baker, *Bye Bye Blackbird*. (*N.d.T.*)

stato più tempo per noi tre tutti insieme. Credo che ce l'avremmo fatta, se solo avessimo avuto un pochino di tempo in più.»

✸

ANTIBES, FRANCIA, SETTEMBRE 1964

«È sicura di volerla comprare?» mi chiede di nuovo Monsieur Satie. È un ometto ansioso coi baffi rossi. Fruga nel fascio di documenti che ha in mano. So che non bisogna giudicare i libri dalla copertina, ma non è possibile immaginare che faccia un mestiere diverso dal contabile.

Sono anni che ci rifletto. «Sì.»

«Mademoiselle Auber, è una proprietà molto costosa.»

Indico gli ambienti eleganti intorno a noi. Sei camere da letto, quattro bagni. Una cucina in cui potrebbe entrare tutto il mio appartamento parigino, finestre enormi con una vista sulla scogliera e sul mare azzurro. La luce della tarda mattinata conferisce a tutto una leggera sfumatura arancione.

«È uno *château* in Costa Azzurra con vista sull'oceano. Mi aspetto che sia costoso. Apparteneva a mia nonna, quand'era ragazza. L'ha venduto per pagare dei debiti, e voglio che torni alla mia famiglia.»

Si tampona il viso con un fazzoletto. «Ma, Mademoiselle, lei non ha figli. Questa mi sembra un'abitazione per famiglie, non trova? Un'eredità da passare alle generazioni future. Lei non è nemmeno sposata, anche se sono sicuro che un marito non le mancherà.»

Sorrido. Ho quasi trentasei anni e non sono ancora sposata, e tutti provano il bisogno di consolarmi per la mia terribile sventura. Al momento ho una relazione con due gentiluomini, e credo che uno dei due sia piuttosto preso da me, però non sento il bisogno di parlarne.

«Ora come ora mi manca, certo, ma apprezzo la sua preoccupazione.»

«È senza dubbio un investimento di grande valore. E può permetterselo, visto che i suoi romanzi hanno avuto tanto successo, ma...»

«Bene, allora è deciso. Firmo i documenti.»

«Ma, Mademoiselle, lei è sempre stata molto parca: perché spendere tanto, adesso?»

Mi avvicino al corrimano e accarezzo il mogano raffinato. «Perché, come ha detto lei, Monsieur Satie, ho messo da parte quasi tutti i soldi che ho guadagnato. Comprerò questa casa e poi prenderò una barca a vela da tenere ormeggiata al molo.»

Si agita leggermente. Ha capito che dico sul serio, è evidente. «Perché non cominciare con qualcosa di più piccolo? Poi, una volta sposata...»

Lo interrompo con tutta la gentilezza di cui sono capace: «Per caso le è giunta notizia di una nuova politica finanziaria che consente di portarsi il denaro sotto terra quando si muore?»

«Be', no.»

Tiro fuori il libretto degli assegni dalla borsetta. Dentro, riposta con cura, c'è la penna stilografica azzurra che mi ha regalato Javier. «Allora perché no?»

Non appena ho le chiavi scrivo a Blue e Delia invitandoli a venire a trovarmi l'estate prossima, quando mi sarò sistemata. Provo un moto d'orgoglio invitandoli in una casa tutta mia.

*Sarete i primi e più onorati ospiti nella nuova casa. Mi sto esercitando a cucinare apposta per voi. Potremmo anche andare a Parigi in modo che possiate finalmente conoscere Louise. Non vedo l'ora di rivedervi.*

*Con affetto,*

*Delphine*

Passo le prime settimane scegliendo mobili dai cataloghi e osservando dal terrazzo le maestranze che li portano in casa. Ah, il terrazzo. È un vero sogno, potrei vivere per sempre qui fuori.

La mia assistente, Adeline, arriva qualche giorno dopo di me portando con sé le gatte. Simone e Minette si rincorrono nei lunghi corridoi, e di tanto in tanto mi arriva il suono di un tonfo mentre rotolano giù per le scale.

Adeline fa capolino sulla terrazza, dove mi trova raggomitolata su una sedia pieghevole con un libro di poesie e un bicchiere di chardonnay.

« La scrivania e la macchina da scrivere sono pronte nella camera che ha scelto al piano di sopra, quella più luminosa di mattina. Anche il suo letto è pronto. » Abbassa lo sguardo e tossisce. « Può smettere di dormire qui fuori, Mademoiselle. Rischia di essere vista da qualcuno, e la gente parla. »

*La gente parla.* L'antefatto di infinite vite sprecate.

Le lancio un'occhiata. « Puoi guardarmi quando mi rivolgi la parola. »

Solleva gli occhi. Hanno il colore del fiordaliso, proprio come quelli di maman. « Ha telefonato Monsieur Martin per rallegrarsi con lei per la sua meravigliosa nuova casa. »

È l'editor della casa editrice francese. Un vero maschilista: la mia parrucchiera è la sua ultima amante. Non è tra le mie conoscenze preferite.

Reprimo una risata. « E? »

« E ha chiesto di nuovo se intende firmare il quarto romanzo col suo vero nome. »

Giro una pagina. « No. »

« O se darà almeno una spiegazione. »

« Gli ho già detto che ho i miei buoni motivi. L'editore inglese, quello spagnolo e tutti gli altri hanno accettato senza problemi. »

« E questi motivi sono...? » Quasi balbetta, tanto è esasperata. È evidente che l'hanno convinta a sfinirmi. Forse l'hanno perfino pagata. « Mademoiselle, la prego. Se teme la reazione del pubblico, non ha motivo di preoccuparsi. Le sue opere sono state accolte in modo positivo quasi all'unanimità. I critici più severi la portano in palmo di mano. A nessuno importa che sia una donna, se è questo a preoccuparla. »

« Non so davvero più come dire di no. Digli di venire qui a implorare di persona, se vuole che glielo ripeta prima del mio ritorno a Parigi il mese prossimo. È un uomo adulto, non è necessario che tu faccia il lavoro sporco per lui. »

Arrossisce. « Mademoiselle, ha proposto di trattare un aumento del suo compenso, se accetterà. Non potrebbe almeno pensarci su? »

Non ce la faccio ad arrabbiarmi con lei, povera ragazza. Ha ventidue anni, è molto carina, per sua fortuna è del tutto inconsapevole di esserlo e smania per far felice chiunque incroci il suo cammino. Non c'è gara, con un uomo del genere. Almeno per ora.

« Ci ho pensato, anche se non sembra che lui e i suoi compari se ne siano resi conto, e la mia risposta è no. Se proprio non riesci a trarre altri insegnamenti dal lavoro che fai con me, impara almeno che 'no' costituisce una frase completa. È tutto? »

È sconfitta. Fruga nella borsetta. « Ho delle lettere per lei, le ho prese alla casa editrice. »

Balzo in piedi e gliele strappo dalle mani tese. « È Javier? »

Scuote il capo con gentilezza e nascondo il viso perché non possa vedere quanto sono delusa, anche se sono sicura che la mia voce abbia tradito le mie speranze.

Sono passati tre mesi dall'ultima volta in cui mi è arrivata una sua lettera. Potrei scrivergli io domani, nel caso la mia risposta fosse andata persa. La paura che possa essergli accaduto qualcosa è tale che ci sono giorni in cui risucchia via ogni goccia di felicità dal mio mondo, anche se so che lui non vorrebbe.

« Sembra che provengano dai lettori. È stato l'editore di New York a mandarle qui. »

Apro la prima busta. Leggo la lettera due volte.

*Cara Violette,*

*ho amato tantissimo il tuo romanzo* Gossamer. *A dire la verità l'ho rubato in libreria approfittando di un momento di distrazione dei commessi.*

*L'ho letto tre volte. Una volta ho fatto tardi a scuola, per leggerlo. Frequento il primo anno del liceo.*

*Volevo scriverti una lettera e ho guadagnato dei soldi verniciando recinzioni per comprare il francobollo. È stata dura perché tutti preferiscono assumere i ragazzi per questo genere di lavoro. Vivo in una piccola cittadina in un posto chiamato Ohio. Non credo che tu l'abbia mai sentito nominare. Qui non succede mai niente, siamo solo io e mia mamma, e lei beve come la madre di cui racconti nel libro. A volte anch'io ho tanta voglia di scappare.*

*Non sono mai stata in Francia, ma è stato come se mi ci*

*avessi portata. Sono andata in biblioteca e ho visto delle fotografie, è molto carina.*

*Grazie per aver scritto questo romanzo. Non vedo l'ora di leggere qualsiasi altra cosa scriverai.*

*Cari saluti,*

*Suzanne Logan*

Piego la lettera e me la infilo in tasca. « Hai detto che la mia scrivania è pronta? »

« Sì. »

« Più tardi scriverò una risposta, allora. Puoi spedirla domattina? »

« Sì, certo. »

So già cosa le dirò. Le parole si dipanano nella mia mente senza il minimo sforzo.

*Cara Suzanne,*

*grazie per avermi scritto, sono felicissima che il mio libro ti sia piaciuto.*

*Sono sicura che un giorno non troppo lontano sarai in grado di andare ovunque tu voglia, ma non avere fretta di correre via.*

*Finisci gli studi, poi trova una meta verso cui camminare. Qualcosa che ti renda felice.*

*Troverai dieci dollari in questa busta. Mettine da parte metà, e usa l'altra metà per comprare altri libri: ti aiuteranno.*

*Se mai volessi scrivermi ancora, ti restituirò i soldi dell'affrancatura.*

*Con affetto,*

*Violette*

Il bagliore rosato del sole al tramonto ci inonda. Adeline solleva una mano per schermarsi il viso.

Sarà una serata magnifica. Prendo una decisione improvvisa. «Pensò che andrò a fare un giro in barca. Potresti pensare tu a dare la cena ai gatti?»

Sembra scioccata. «Mademoiselle, non può andare in mare a quest'ora! Presto sarà buio, è pericoloso!»

«Non mi allontanerò molto dalla riva, mi farò guidare dalle luci. Non preoccuparti.»

«Dovrebbe farsi accompagnare da qualcuno.»

Mi sto già legando i capelli in un veloce chignon per tenerli lontani dal viso. «Setaccerò la casa in cerca di volontari. Nel frattempo, non mi aspettare per cena. In cucina c'è del prosciutto.» Le passo accanto e le do un veloce buffetto su una spalla mentre mi allontano.

Con una breve passeggiata giù per la collina raggiungo l'approdo. La mia barca ancora senza nome è ormeggiata proprio dove l'ho lasciata.

Salgo sul ponte accolta da un dondolio familiare e non ho problemi a ridurre la vela alla luce del giorno che finisce. A dire il vero, non ho più bisogno di guardare per farlo. Le manovre correnti sono già segnate, quindi non avrò problemi a regolarle in caso di necessità.

Io e Javier discutevamo sempre sul colore del tramonto, se fosse arancione o rosso. Oggi abbiamo torto entrambi: è rosa come lo zucchero filato.

Procedo sull'acqua piatta, addentrandomi in nubi dense e spingendomi molto più in là di quanto avevo detto. Ma c'è sempre quella voce dentro di me che mi sprona a osare, a fare un passo in più verso l'estremo.

«Uno spirito libero.» Così mi chiamava mia madre, scuotendo il capo con aria afflitta. «Ma sempre meglio selvaggia che debole», aggiungeva.

Louise mi direbbe che non c'è modo di cambiare i miei istinti primari, e che incanalarli verso qualcosa di più utile è il modo migliore per assicurarmi di dare un senso alla mia vita. Blue e Delia mi direbbero di resistere e di credere in me stessa.

Javier mi direbbe di non scavallare il buonsenso e di essere grata per ogni giorno che mi è concesso su questa terra.

Papà...

Ho bisogno di appoggiarmi al timone, quando penso a lui. È incredibile quanto possa sentire la mancanza di qualcuno che ho potuto solo osservare di sfuggita, come una luce filtrata attraverso frammenti di vetro.

E, anche se alla fine ho smesso di venerarlo, non ho mai smesso di volergli bene. Non ho mai smesso di amare tutto ciò che mi ha dato il coraggio di fare.

Non saprò mai se fosse il mio vero padre, però da tanti anni ormai non m'interessa più. Mi ha abbandonata, ispirata, distrutta e ricostruita. È stato la mia stella polare, e gliene sarò per sempre grata.

Mi domando cosa abbia pensato di me, alla fine, se in me abbia visto una giovane donna che viveva una vita degna di essere ricordata.

Non li lascio mai andare del tutto. Nessuno di loro. Teddy, Louise, maman, papà.

Forse ho perso anche Javier. Forse non riceverò mai una risposta alle mie lettere né vedrò il suo viso sorridente mentre percorre il sentiero fino alla porta di casa mia. Posso continuare a sperare, ma la mia veglia costante non me lo riporterà indietro.

Pensavo di onorare il loro ricordo restando avvolta in esso, sforzandomi di non farli diventare come foglie senza un volto e senza un nome, perse nella corrente eterna.

E forse ci stavo riuscendo.

Ma al tempo stesso avevo solo paura di decidere chi sono senza di loro.

Alla fine il sole s'immerge dietro le nuvole, e finalmente li lascio andare.

Guardo i fantasmi di tutti coloro che ho amato svanire danzando nella nebbia rosea, sollevo la mano e auguro loro buona fortuna. Ho i loro doni, i loro ricordi, e anche se non sono più con me non li perderò mai.

Le luci mi chiamano dalla riva. Sta facendo buio e so che è il momento di rientrare nella mia bellissima casa, dai miei gatti appallottolati sotto le lenzuola, nel silenzio che presto riempirò col ticchettio delle dita sui tasti della macchina da scrivere.

Ho solo questa carne fragile, una voce e del tempo. Pochissimo tempo.

Perché ho bisogno di dirglielo. Ho bisogno di dire a quella ragazzina sola sul tetto, con ai piedi delle scarpe troppo strette, che è fatta a opera d'arte. Devo provarci, almeno.

È questo che sono: Delphine, che non resterà mai in silenzio e che morirà solo una volta.

*Guarda che hai fatto.*

Eccomi: scelgo me. Finalmente sono perfetta.

# RINGRAZIAMENTI

Scrivere il secondo romanzo è stata un'esperienza di grande cambiamento, fatta di paura, angoscia, felicità, prezzi da pagare, crescita, e infine senso di pace.

Come sempre, ringrazio la mia meravigliosa agente letteraria, Rebecca Scherer, e tutto il team di JRA: grazie alla mia editor, Maya Ziv, davvero incredibile, e alla squadra di Dutton. Continuare a lavorare con tutti voi è stato come un sogno che diventa realtà.

Un *merci* davvero speciale alla mia zietta francese preferita, Cécile, per le idee e l'aiuto. E a *mi prima cubana*, l'incomparabile Morgan Radford: le tue conoscenze preziose hanno reso possibile questo romanzo. Ti sono davvero grata. *Y con tumbao.*

Infine, la mia più profonda gratitudine va ai lettori che mi sostengono. Voglio dedicare a tutti voi un pensiero speciale.

Guardate fin dove siamo arrivati.

FSC
www.fsc.org
MISTO
Carta
da fonti gestite in
maniera responsabile
FSC® C005461

Fotocomposizione Editype S.r.l.
Agrate Brianza (MB)

Finito di stampare
nel mese di marzo 2024
per conto della Casa Editrice Nord s.u.r.l.
da Rotolito S.p.A. – Seggiano di Pioltello (MI)
Printed in Italy